JN072831

論創ノンフィクション 002
NonFiction

冷戦文化論［増補改訂版］

私たちの「内なる冷戦」を見つめ直す

丸川哲史
MARUKAWA Tetsushi

はじめに——増補改訂版に寄せて

この「はじめに」を書いているのは二〇二〇年の春、全世界的に新型コロナ肺炎が拡大し続け、いわゆる世界的大流行(パンデミック)となっている、その最中である。果たして一五年前に記した論が今日でも有効性を持ち得るのかどうか、考えながら書いている。

一五年前に「冷戦文化」論を構想した経緯については、既に「序」(二〇〇五年版)に書いているので、本書を初めて手に取られた方はそちらもお読みいただければ幸いである。また本書の補論(二〇二〇年版)では、現在の時点から東アジア冷戦を考える意義について、近代オリンピックの歴史とパンデミックに言及しつつ、改めて最近着想した冷戦論を展開しているので、是非そちらもお読みいただければ幸いである。

そのうえでも本書の扉に位置する「はじめに」(二〇二〇年版)に特に記すべきことがあるとすれば、それは日本が、まず二〇一一年に東日本大震災と福島第一原子力発電所の爆発事故を経験したこと、そして本年二〇二〇年において新型コロナ肺炎の世界的大流行(パンデミック)の波に洗われていることであろう。このふたつの大きなモメントを受け、日本が、東アジアが、世界がどういった方向に動いていくのか——私たち一人ひとりがその問いを抱えて未来に向けて歩かなければならない現在である。

私の脳裏から、数年間ずっと離れないイメージとしてあるのが、放射能の除染作業の中で出てきた数えきれない放射能のゴミを詰めたフレコンバッグの巨群である。既にその巨群の数パーセントずつが徐々に破れ始め、汚染した土や植物の破片が地表へ、地中へと流れ続けている。私は、いや私たちはみな、この絶望の「砂時計」とともにある時間を生きているのである。そこにもうひとつ加わったのは、本年の春、各国の病院病棟のベッドに横たわる肺炎を患った多くの人々の映像であり、その患者たちの間で右往左往する完全防菌のスーツを着て働いている医療従事者たちの姿である。彼、彼女たちの闘いは、また別の意味での「砂時計」を体現しつつあるものとして私には映る。

私は論証抜きではあるが、そういった「砂時計」の中で人類が生きなければならないと考えた時、確実に、これまでの経済のグローバル化の時代において構成された資本、モノ、ヒト、情報の過度の集中と拡散が不可能となっていく、と考える。より具体的には、まず長期的な世界全体の経済活動の低迷が続くであろう。また、人間同士の信頼が壊され、疑心暗鬼の情動が主流となることであろう。実に暗い予想しかない。しかし、だからこそ、その中で希望のイメージが、これまでのグローバル化を推し進めた力とは質的に違った力として滲み出すように(グローバルに)顕れてほしい、と私は思う。過剰な資本やモノの蓄積を避けた生き方の模索というもの、また人々が集まって語り合い、また自ら決めていく尊さというものが思い起こされるべきだろう。

それらもすべて、先に述べた「砂時計」とともに出てくるはずの希望のイメージである。世界は今大きく変化せざるを得ない、その中でも、世界中の富の多くの部分を集めつつあった東アジア、なおかつ旧来の軍事的緊張を抱えた東アジアのポスト冷戦構造の変転が今後において必ず顕れるはずだ、と私は思う。その東アジアの未来の幸福と平和は、必ず全人類に貢献するはずである。

序

本書は、『冷戦文化論』と銘打たれている。この題名、何回となく目を通し、あるいは声に出してみて、熟さない奇妙なコトバの組み合わせと感じる。冷戦を文化論として論ずるとは、いったいどのような試みなのか……おそらく、そのとば口で、訝り（いぶか）はじめる読者もいることだろう。予想される印象の最大公約数は、冷戦体制下における政治文化を論じようとするもの、となるかもしれない。しかし、私が試みたいのは、例えば冷戦時代の「社会主義」諸国におけるプロパガンダであるとか、またそれと対抗する「反共」を国是と掲げていた地域や国家の文化的表象など――それらについてあれこれ論じることではない。なかなかすっきりした表現にはならないが、とにかく私が論じたいのは、戦後日本に住まう日本人の内部にある歴史意識、あるいは地政感覚の問題性について、それをとにかく「冷戦文化」と名づけて論じよう、ということである。

とりあえず、世界的規模における冷戦体制、また冷戦構造といわれるものは、長らく政治体制の別によって区切られた国際政治の空間編成を表示し続けていたものである。さらに、それは一九八九～九一年の旧ソ連圏の崩壊をメルクマールとして、一般的には乗り越えられたもの、あるいは現在進行形で組み替えられつつあるものと認識されているだろう。ところが最近、「新冷戦」という言い方も出てきているわけなのだが、差し当たり序文以下の部分で扱うのはかつての「冷戦」である。

冷戦体制というものを特に日本人の歴史意識、あるいは地政感覚として論じようとする理由として、私には抜きがたくある問いが潜在している。いったい日本人にとって、歴史的現実としての冷戦とは何であったのか、さらにはそれが確かに把握されていたものであったのかどうか、という問いである。日本人自身においてその冷戦の終わりがはっきりと把握されていないように思われる。一度は終わったとされている冷戦の出口が曖昧なのは、翻ってその入り口、つまり日本が冷戦構造へと巻き込まれていく、あるいはそれが打ち立てられていくプロセスをどう生きたかが結局は十分に対象化されていない、ということではないかと思われる。客観的にはどうであれ、無意識において傍観者としてやりすごしていたように考察されるのである。私は、ここで奇妙な言い方をしてしまった。「無意識の傍観」という存在様態それ自身が、何がしか自家撞着を帯びているわけであり、そのことがまた、日本人と冷戦との関係を物語っているものとして、このような表現が出てきた。

私が以上のような問題系を考え始めた契機としては、以下のことがある。私はひょんなことから台湾という地域の研究にかかわり出し、その過程で台湾と同時代の韓国との比較に意識が及び、このふたつの政治社会の変化を観察することになったことである。このふたつの地域における一九七〇年代から八〇年代までの民主化運動の盛り上がりは、当時はっきりと脱冷戦という特徴をあわせ持つものであった。台湾でも韓国でも、それまでの期間、敵＝共産圏に対する内部的団結を打ち固めるため、長らく言論の自由、政治活動の自由を禁圧する軍事独裁（反共独裁）が続いていた。具体的には、旧独裁体制が厳しく問われ、一九八〇年代後半、ほぼ同じ時期に「戒厳令」が解除されて、いわゆる「民主」体制に移行することとなったという経緯である。このふたつの地域・国における民主化とは、言い換えれば脱冷戦の実践形態であった。

もちろん、それでも東アジア冷戦体制そのものが終了したわけではなかった。朝鮮半島（および他の地域の朝鮮人／韓国人）の共有する価値観として、冷戦克服の指標である南北統一が達成されていないわけであり、また台湾と大陸中国との間の緊張関係も、冷戦時代を引き継いでいる側面がいまだに根強い。しかしながら、そこでの人々の政治的文化的要求は、明らかに日本人よりも、脱冷戦を目指すサイクルに自分たちが居合わせている実感に裏打ちされていたと思われる。言い換えれば、台湾や韓国において民主化を担った人々の歴史意識に相当するものが、一般的に日本にはほとんどないかのように見えるのである。ある意味、本書の狙いは、このような私の素朴な実感に対する反証（とその痕跡）を探し出すための努力、ということにもなるだろう。

さて、日本人と冷戦をめぐる問題性を追究し始めたもうひとつの別の道筋について述べてみたい。それは、二〇〇二年九月一七日の小泉首相による朝鮮民主主義人民共和国（以後「北の共和国」と称す）への訪問で明らかになった、いわゆる日本人「拉致」問題にかかわって生じた、日本側の激しい反応（ナショナリズム）のあり様である。このような二〇〇〇年代からの感情政治のサイクルに加わったものとして、近年の中国（大陸）の台頭に触発された中国脅威論、また韓国内部の植民地の歴史清算に対して日本政府が示した反発なども、はっきりとした曲折として示されたと言える。特に韓国に関しては、韓流ブームにのった好印象も一時期高かったものの、むしろそれへの反動とも見まがう嫌韓感情の噴出が引き起こされ、冷戦時代の政治社会的分断が、また別の形態へと再編成されつつある現状が浮き出てきているようにも感じられる。その一方で、日本では台湾については「親日的」であるとか、そのような中国や韓国と対照的な反応も続いている。

このようなアジア隣国、諸地域に対して発揚する日本の国民的反応、あるいはその感情の成分の変動をどのように解析すべきなのか。また知識人は、そこで何を提示するべきなのか。私はこの間、多くの東アジアの友人たちと討論を重ねることになった。このような文脈において、冷戦を歴史に遡って考究する必要を感じたのであり、特に日本人にとって冷戦とは何であったのか、あるいは今日において何であり続けているのか——その根に向き合いたい、と思うようになった。そうしなければ、日本人は、冷戦的な思考パターン無意識に変形させながら幾度も反復し続けてしまう、まさにその軛（くびき）から脱せられないままではないか、と考えたのだ。つまり、そこで問題にしたいのが、先に述べたように、戦後日本人の歴史意識、そして地政感覚なのである。
そして私はいつしか、そのような冷戦というアポリア（難問）がどのように語られ、また演じられているのかという角度から、日本を含む東アジア個々の文学作品および映画作品に向かうようになっていた。ただ本書は、主たる対象としては、日本で生産されたテクスト（およびフィルム）を論じる対象として選んでいるのだが。そこで例えば、朝鮮戦争を扱ったものは、在日朝鮮・韓国人のものを除いて、（実はそうでもないのだが）その数が少ない印象がある。そして現在において朝鮮戦争は、日本人の一般の記憶として風俗史の一部として位置づいてしまうようなものとなっている。一方、韓国の文学作品や映画作品において朝鮮戦争が主題となり続けていることは、ある意味当然のことではあったのだが、それが台湾の文学や映画の作品において見いだされた際には、また格別の感興を私個人にもたらすことになった。

例えばそれは、台湾の王童（ワントン）監督により一九九六年に撮られた自伝的作品『赤い柿（紅柿子）』で描かれていた一九五〇年代の台湾の状況である。そこに間接的に描かれた朝鮮戦争は、いわば背景や風俗史としての取り扱いを超えた何ものかとして現前していた。『赤い柿』は、国共内戦に敗れた国民党政権の台湾への撤退にともなってやって来た軍人家族の物語である。私が強く注意を引かれたのは、主人公である軍人の部下であったひとりの兵士のエピソードである。その周福順という兵士は、大陸中国での内戦の最中、台湾への撤退の船に乗り遅れ、そのまま内戦の最終段階に投入された人物である。周は、その敗北の過程で共産党側の捕虜となり、共産党軍の中に編成されるのではあるが、彼の物語はそこで完結しなかった。

周は、朝鮮戦争がはじまると、今度は共産党の人民義勇軍に編入させられ、朝鮮半島で「南」側と闘うことになる。しかも、彼はまたそこでも米軍の捕虜となってしまい、政情の不確かな大陸への帰還か台湾への送還かの選択を迫られる。結局彼は台湾を選択し、台北の街中で元の自分の上司である軍人家族と再会することになるのである。周福順へと向けられるカメラ――そこに映し出された周の身体の表面（胸の皮膚）には、はっきりと中華民国の国旗の刺青が刻印されている。それは、米軍の捕虜となった時、台湾（中華民国）行きをアピールするために自身の発意で施したものであった。

このように朝鮮戦争時に米軍の捕虜となり、一九五四年に朝鮮半島から台湾へと送られた人間は、決して少ない数ではない。七〇〇〇人以上いたと言われている。しかしそのような存在が、映画フィルムの中に定着されるのにも、実に実際の時期から四〇年近くの時間がかかったわけである。さて『赤い柿』において、さらに強く私の印象に残ったのは、その周福順の顔つき、そして語り方であった。彼の顔（表情）には、どこか完全に壊れたところがある。彼は無表情に近い固い顔つきで、自身のその数奇な体験について、また戦闘時の様子について、身振り手振りを交え饒舌に語り、演じるのであった。

一見すると、彼自身は、自身に降りかかった災難を何らトラウマと感じていないようにも振る舞っている。しかしながら、その壊れた「顔」が逆にトラウマの深さを如実に物語っていると言わざるを得ない。すなわち、彼のその顔（眼）の裏側に映る光景がどのようなものであるのか、それを想像することが肝要なのだ。ただ映画作品は、それをそのままストーリーとしては映像化せず、ただ彼の「顔」をじっと映し出すだけに止まっている。私たちはそこに、むしろ映画作家の歴史に対する畏怖を、歴史を表象することに対する慎重さを感得することになる。

本書、『冷戦文化論』が目指すのは、いわば、その周福順の顔（眼）の裏側にある光景に、日本人の側からにじり寄ろうとするための準備作業である。さて、ここまでの説明で、朝鮮戦争が朝鮮半島の内部に限定される戦争ではなく、東アジアの大きさの中で戦われてしまった戦争であることは、既に理解していただけたのではないかと思う。その戦争は、後方の兵站基地としての日本に戦時特需をもたらし、日本の「復興」と再「独立」に資した戦争となったことは、言うまでもない。周の顔（眼）の裏側に広がる光景は、一般的には日本人にとって縁遠いものと想定されつつも、だが決して無関係ではない。朝鮮戦争、つまり冷戦を固定化させた最大の熱戦の戦場から、日本は地政学的にほんの少し外側であったにすぎないのだ。しかし、その微妙な「間」こそが、日本人の戦後観に決定的な歴史意識や地政感覚のズレをつけ加えることになったとも推察される。

日本における文学作品や映画作品においても、冷戦体制への抵抗や抵抗のイメージが露出したものが全くなかったわけではない。それはまさに、序文以下において提示せんとすることである。それとは別に、政治的表現としては、例えば一九六〇年には、まさに冷戦体制の根幹にある日米安保体制への異議申立て運動が、国民規模で大きな盛り上がりを見せていた。一九六〇年の闘争は、いわば五〇年代の冷戦経験へのひとつの総括であるようにも見える。そこでは、日本政府の対米従属の姿勢が「独立した日本」を疑わしめるものとして認識されていたし、国会における新安保条約の強行採決を、独裁的なクーデターとして見るような視点も生まれていた。ただそれらの運動の大部分は、現在から見れば、一九四五年以前のかつてのような戦争に巻き込まれたくないという、いわば消極的な嫌戦意識を根底にしたものだったとも言えよう。

とはいえ、それらの運動は、東アジアの大きさにおいては、明らかに冷戦状況を乗り越えようとする意思表示として見える側面もあった。現に私が大陸中国や韓国、台湾に出かけた時、現地の年配の知識人がしばしば、日本における六〇年安保に言及することがある。それは、六〇年安保闘争に対する関心であると同時に、日米安保条約が含んでいる冷戦構造の問題を、むしろ日本人一般よりも敏感に受け止めていたことの証左でもあるだろう。

しかしながら、本書で論じたいのは、日米安保条約といった狭義の政治問題でもなければ、日本における反戦運動の系譜をたどることでもない。いわば冷戦構造に巻き込まれつつ、実にその共犯者であり、また主人公でもある日本にとっての冷戦の意味を日本人の歴史意識や地政感覚のあり様として、個々の文章テクスト（あるいはフィルム）、あるいは知識人の言論や行動を通じて浮かび上がらせることである。

本書で取り上げる作品は、概ね日本人にとって解読可能な言語や文脈によって構成されているものであり、それは本書の最大の欠点であるかもしれない。だが、それは半ば戦略上の選択である。日本で生産されたテクスト（フィルム）の行間に、ある人間の行動の後ろ姿に、冷戦は影を落としているに違いないものであり、私はそこに接近することから始めたいのである。それ以外に冷戦記憶を脱コード化するとば口は、日本においてはなかろうと思うのである。

もう一度、『赤い柿』の周福順の話に戻って、序文を閉じたい。彼の顔（眼）の裏側に映っているのは、おそらく実際に戦場となった故郷、中国大陸の風景であり、あるいはまた朝鮮半島における苦しい戦闘の記憶、さらには台湾へと移送される際の船上から眺めた、複数の名を持った「海」であったはずだ。それらの光景は、すべて内戦（冷戦）に属するものであり、おそらく彼が自身の「生」をそこで閉じるであろう台湾でさえ、冷戦に内属する場所だったということになる。彼は、その一生を内戦（冷戦）によって左右され続けながら、己の故郷に帰ることをずっと夢見ていたであろう。

しかし、その願いはついに叶えられなかった。見方を変えれば、周のような存在を作り出した冷戦（内戦）は、彼の「故郷」そのものとなってしまったと言えるかもしれない。とはいえ、この「故郷」の使い方は、おそらく間違ったものである。そのような人々に対して、例えば日本で在日朝鮮人・韓国人の方に対して、冷戦（内戦）が「故郷」であるという言い方は、ただコトバを玩ぶ（もてあそ）ことに他ならないだろう。だが、こうした「故郷」の使い方は、おそらく日本人に対しては、逆説的にも当てはまる事実である。

日本の「独立」は、一九五一年のサンフランシスコ講和条約において達成されたものである。本書で何回も触れることになるが、その講和会議には中国（および台湾の中華民国政府）、また朝鮮半島のふたつの代表は呼ばれていなかった。また沖縄は、日本の潜在的領土として仄めかされつつ、日本の「独立」のプロセスの外側に置かれていた。日本の一九五一年の「独立」とは、つまり東アジア冷戦構造への帰属化のことでもある。逆から言えば、東アジア冷戦体制とは日本の再「独立」によって作られた土壌そのものであり、そのように構成された「故郷」なのである。

その意味で、この『冷戦文化論』は、戦後日本の「故郷」としての冷戦体制を再記憶化することであり、また同時にそれを脱する企てなのだ、と考えていただいてよい。その「故郷」とはいわば、帰りたくもない場でありながら、依然として日本がその内部に抱えている場であり、別の意味でそれは不可能な「故郷」ということになろう。日本人は、その「故郷」からほとんど出たことがないのだから。日本人がいまだ冷戦に内属しつつ、しかもその不可能な「故郷」を想起し直せるのだとしたら、それこそ「故郷」からの離脱をはじめられる第一歩なのではないか、と考えたい。冷戦という「故郷」へ帰るということは、すなわちその「故郷」を壊す、ということに他ならない。

I　竹内好と「敵対」の思想

敵は、何らかの理由から除去されねばならないところの、またその無価値のために絶滅されねばならないところの、ものではない。敵は、私たち自身の中にあるのである。この理由から、私は自己の尺度、境界、形成をうるために、敵と闘争しつつ対決しなければならない。

（カール・シュミット『パルチザンの理論』より）

前提1　日本の「独立」？

もはや「戦後」自体が、「戦前」以上にノスタルジーの対象になりつつあると聞く。「もはや戦後ではない」と言われるようになったポスト戦後体制のメルクマールとして、一九五五年と一九五六年の間を分水嶺とするなら、狭義の意味での「戦後」とは、それ以前の一〇年間だけを指すということになる。しかし、現在に到る「新憲法」体制というものが、あの戦争によるインパクトの歴史的産物であるとするならば、「戦後」という意識は、「新憲法」の枠組みとともに一九五五年を越え、現在に到るまで消え去らないものなのかもしれない。ただ、「新憲法」

自体が生き長らえながらその内部に折り返してきた史脈も、一九五五年以前と以後とでは、やはりその意味合いを異にせざるを得ないだろう。

いわゆる五五年体制とは、東アジアの文脈から規定される時、実際には三年のタイムラグを有するものの、サンフランシスコ講和条約の発効（一九五二年）以後の体制、すなわちサ条約体制としての日本の「独立」を安定させたシステムを同時に意味するだろう。つまりその日本の「独立」（五五年体制）とは、日本が敵対した旧ソ連や中国といった、あの戦争の当事者（あるいは、植民地支配の対象としての朝鮮半島や台湾など）を排除したまま承認された日本的冷戦システムを表現するものなのだ。もとより、「独立」という言葉の響きからするならば、果たしてこれは、ひとつの倒錯ではあるだろうが。五五年体制以前の一〇年、中でもその七年間の「戦後」とは、連合国によって信託統治された時期を指しており、いまだ独立せざる日本の時間性を言うのであるが、逆にある意味では、如何なる日本の「独立」があり得るのかが真剣に模索され、むしろ希望に満ちた時間であったとも表現できるのだ。

ただし、また別の見方、ニュアンスとして、一九四五年から五〇年代前半にかけての数年間に対して、極東軍事裁判に対する「右」からの否定的評価にあるように、「占領期」と呼ばれる屈辱の時間として想像するディスコースというものも存在している。思い起こされるのは、この時期とは、江藤淳が『自由と禁忌』の中で指摘したように、GHQによる検閲が実際に行われた時期に相当する。江藤は、この占領期を無自覚にやりすごした「進歩派」をドレイ根性の主として批判したわけである。ところが、江藤のディスコースが残した効果とは、結局のところ、実質的なアメリカ合衆国による占領政策に対して、戦前の「独立日本」を先験的な規範として、そこから想像されたトラウマの物語を強化するのではないか。このディスコースのもうひとつの効果は、結果として、当時のふたつの中国や朝鮮半島のふたつの政府との交渉を排除した「独立」の意味を無視する、そのことによって、戦前日本の「独立」を、つまり植民地帝国主義としての「独立」を不問視することになるだろう。

あのサ条約による「独立」は、当初から「片面講和」と呼ばれていたように、旧連合国を東／西に二分割した片方のみとの交渉の結果を表示したものだったわけだが、この「片面」の「平和条約」によってこそ、東アジアの冷戦構造は創出されたのだ。言い換えれば、日本は、冷戦に巻き込まれたのではなく、冷戦成立の当事者性を否認しつつ、東アジア冷戦システムをそれとなくアメリカ合衆国との合作によって成立させてきた。もちろん、あのサ条約の前提となる史脈は、疑いもなく、一九四九年の新中国の成立と、それに続く朝鮮戦争によって顕わになりつつあった、アメリカ合衆国内部の極東政策にかかわる一大転換であった（当時はこれを逆コースと呼んだ）。

さて、ここで明らかにされなければならないのは、その日本の「独立」が意味するもの、とりわけ東アジアの文脈において意味するものである。米ソの関係において、東アジアにおける冷戦構造の敷設は必至であったにせよ、その分割線が朝鮮半島における、いわゆる三八度線へと収斂（しゅうれん）してしまったこと、また台湾と中国大陸の間に横たわる台湾海峡によって確定されたことは、実は偶然に満ちた結果だった。つまりそれは、一九四九年以降の中国内部（共産党／国民党）の対立、および「解放」後に徐々にと顕在化しつつあった朝鮮半島内部の対立関係、さらに米ソ超大国の対立という複数の力関係から重層決定されたものであった。現に、台湾（中華民国）という政治政体の起源は、朝鮮戦争の勃発を期して合衆国による反共防衛ラインが台湾海峡にまで押し上げられた、その結果によるものであった。朝鮮戦争勃発のタイミングがもう少し遅ければ、台湾は中国共産党の軍隊によって「解放」されていただろう（台湾海峡を渡るために準備していた軍隊は、朝鮮戦争の勃発の後、人民義勇軍の編成とともに解消された）。

そういった偶発的な力のせめぎ合いによって重層決定されたという意味で、現在私たちが知っている東アジア冷戦国家群を分かつ複数の分割線は、実は極めて流動的なもので、ちょっとした不均衡によって移動していた可能性もあったのだ。さらに、それに先立つ終戦前後の時点で、八月に急遽参戦した旧ソ連が、ルーズベルトとの密約に従って北海道の「占領」を要求していたことは有名な話である。ルーズベルトの急死という偶然から、代わって大統領となったトルーマンにより、旧ソ連による北海道占領案は反故にされることとなった。

いずれにせよ、朝鮮半島の三八度線にしても、また台湾海峡にしても、偶然が必然に転化したかのように、それらの分割線が、一九四五年以前の帝国日本の支配領域のセグメント（区分）に沿って引かれてしまったのは、まことに皮肉な結果である。三八度線は、日本の関東軍および朝鮮軍の管轄を分けていた線分であり、また台湾海峡は、周知の通り、抗日戦争が戦われた大陸地域と、その逆に侵略戦争の人材供給源として規定された植民地台湾との間に横たわっていた分割線だった。このように整理するならば、日本を除く東アジア諸地域において、帝国支配と冷戦構造とが、まるで神の悪意が介在するかのように、連続性の相を呈していることも、容易に納得できるところとなろう。

とはいえ、先に述べたように、それらの分割線が朝鮮半島(三八度線)と台湾海峡ではなく、日本に移動して来ていた可能性というものもまた、歴史的想像においては完全には否定できない。後期ドゥルーズは、ユートピアの効用を掲げていたが、まさに日本が分割されていたらという(逆)ユートピアの不気味な潜在性を封殺することによって、日本の「独立」とそれによって構成されている東アジア冷戦体制が敷設されてしまったこと——私たちの「戦後」認識は、ここからの仕切り直しも必要ではないかと思われる。その意味で、列島規模に縮小しながらも分割を免れ、朝鮮戦争を対岸の火事として眺めた日本の「独立」とは、日本人の主観とは無関係に、明らかにアジアに対する「裏切り」の意味をも含んでいた。

もちろんここで忘れてはならないのは、戦後日本において一九五〇年から五二年にかけて闘われた反戦運動を含めた実力闘争の史実である(そこでの闘争の担い手の多くは、在日朝鮮人の若者のグループであった)。朝鮮戦争の火は、実は日本の内部にも火を放っていた——このことについては後述することになろう。

話を元に戻すと、いわゆる日本の「復興」と「独立」とは、大陸における新中国成立によってにわかに重要性を増した日本に対する、アメリカ合衆国の政治経済的梃入れの結果としてある、ということである。さらに、その後の韓国や台湾、フィリピンなどの反共諸国連合を後背地とした日本資本主義の復活は、かつての大東亜共栄圏の空間において成立していた支配的分業体制の「反復」の様相を示すことにもなった。その前提として、最大の悪夢としての朝鮮戦争による軍需景気（国際軍事ケインズ主義）の「恩恵」が、そこに既に内蔵されていたのである。端的に、日本の「独立」から「復興」へと向かうナショナルヒストリーは、アジアの悪夢に他ならなかったということである。

総じて、一九五五年が画期する時間性とは、まさにサ条約から朝鮮戦争の休戦を経て、東アジア全域が冷戦構造（ネオ大東亜共栄圏）に閉じ込められてしまった事態の表現であり、またそこに、「日本が戦後と決別した」という瞞着の文字（一九五六年発行の『経済白書』）が刻印されることになるのだ。

前提2　国民文学？

今必要なのは、現在の私たちが見知っている、東アジアに敷設されたあの列島規模の政治政体が、冷戦構造に規定されつつ遂行的に誕生したことの意味を根底的に捉え返すことである。しかし言うまでもなく、日本人は、一九五五年以後の時間について、それを自分たちの「戦後」と名づけつつ生きてきたのであり、主観として、「冷戦」体制としては生きてこなかった。冷戦構造の特色は、その分割線の線分付近、つまり最前線においてこそ、最も激しくその暴力（独裁体制）を発動させ続けていた。その反面、前線に立たないことで冷戦の利益が配分された日本は、ひとつの特権的な歴史のエアポケットに入っていたとも言える。例えば、中華人民共和国の成立と朝鮮戦争に刺激され、日米ブロックが一時期、激しい「赤狩り」を行った史実があったにせよ、基本的に日本のアカデミズム、あるいは日本の労働者政党の中で、マルクス主義は、有力な分析装置として認められつつ、また幾分ダラクして現在に到っているとも言えるのであるから。

ただし別の側面として、日本の労働者政党、あるいはその近傍から「新左翼」が析出するなど、さらに一九六八年をメルクマールとする反体制文化の構造転換がもう一方で進行していたわけである。しかし日本を除く東アジアの諸地域では、日本で起きたような「新左翼」への分離は生じなかった。こういった現象にかかわる解析は、本稿にあまる課題であり、別の機会に譲るしかあるまい。ここでは、ひとつのエピソードを紹介するのに止めたい。

台湾の作家、陳映真（チェンインジェン）が、「転覆叛乱」の罪で七年間の獄中生活（一九六八〜七五年）を経て東京を訪れた時のことである。山手線に乗っていた彼が驚いたのは、代々木駅付近に設置されていた「日本共産党」の比較的大きな看板である。冷戦下の東アジアにおいて、おおっぴらに「共産党」の看板が掲げられていることは、台湾や韓国出身のインテリにとってみれば、まさに驚愕に値する光景だったようである。翻って、日本のインテリの立場を東アジアの大きさに定位してみれば、冷戦構造に深く蔵されつつ生きていたこととは、つまりその分、冷戦構造を忘却すること、冷戦構造によって深い傷を負うこととなった人々の苦しみから隔たることでもあった。

このような「冷戦」を忘却する冷戦忘却装置に抗うとすれば、一九四九年の新中国の成立から朝鮮戦争（一九五〇～五三年）、そして国内的な冷戦ブロック形成が完了した一九五五年に到る期間をこそ、改めて分析の俎上に乗せなければならないことになる。例えば、最近ではほとんど問題にされなくなっていた文学論争として、主に竹内好が主導し整理係りを務めたとされる、一九五一年から五二年の間に集中的に展開された「国民文学論争」がある。その大前提および背景にあるのは、アジア第三世界における独立運動の気運である。戦前からの知識人の国際的機関として定評のあった太平洋問題調査会が、一九五一年にその議題を「アジアのナショナリズム」に設定するなど、当時は端的に植民地から脱した第三世界諸国のナショナリズムの高揚期に入っていた。その時代、植民地支配から脱したばかりの新興国の民衆および指導者たちの初々しいイメージが、確かに存在し日本のインテリに影響を与えていた。そしてこの気運はまた、一九五五年のアジア・アフリカバンドン会議において、ひとつの頂点が示されることになる。

そういった潮流との対比で言えば、日本において提起された「国民文学」論争は、帝国主義の過去の陰影にかかわる処理も含め、勢い屈折したものとならざるを得なかったようだ。丸山眞男が当時述べたように、日本は既に帝国主義国家としての過去を抱え、ナショナリズムの「処女性」を喪失していたとも言えるのだから。

さて竹内が提起し、整理係りを務めたとされる「国民文学論争」の方向性を大ざっぱに示すならば、戦前の記憶と繋がる日本人の民族的主体性について、それを日本の近現代文学のあり方への批判という形で問おうとしたものだと結論づけられる。竹内が伊藤整との論争において明らかにしたアポリア（難問）は、かつての日本の文学者は国策への協力か、あるいは私小説的な世界への撤退へと追い込まれるか、そういった選択しかなかったのか――といった苦渋の歴史認識である。また、なぜ日本文学は中国文学のように、文学の要求が民衆との結合を果たし得なかったのか――そのような文学的土壌を問題にしたわけである。

しかして、竹内との間で交わされた往復書簡の中で、伊藤は、竹内の提案に沿う形で、ヨーロッパからの移植たる近代主義的な文学認識によっては救いきれない「肉体的実質」というものが「民族」によって形成されることを認めていた。ただし、オーソドックスなリベラリストたる伊藤の論の端々には、「文学の自律性」が脅かされることへの警戒が色濃いことも見て取れた。またそこへの保守派とされる山本健吉の介入は、国民的要求や民族的土壌のうえに立つ文学の要求という意味では、「国民文学」という設定を歓迎している。だが、山本の論においては、竹内が目論んだであろう、自己否定の契機を含んだ「民族」的主体性への自覚は比較的薄い印象を受けることになる。さらにまた、この議論に介入した福田恆存（つねあり）の論は、山本のような素朴な民族感情は示されないものの、伝統の肯定という文脈をむしろ竹内批判として押し出すことになる。福田が放った論の骨子は、竹内の「近代」の把握の仕方に対する疑義である。竹内は近代主義批判をしているはずなのに、明治以降、つまりウェスタンインパクト以後を日本近代の出発点としている点において、そもそもの姿勢が「近代主義＝植民地主義」的ではないか、と福田は論難するのである。福田の主張によれば、明治以前にも、日本には特有の合理的精神が存在したわけであり、そこに西欧や日本といった区別はないものだとしている（ここには、戦前におけるマルクス主義者の後退戦として、江戸期にルネッサンス＝近代の芽を見ようとしていた、福本和夫や中野重治などとの相同性も認められる）。

ただしこういった議論には、アジアと日本との関係を思考するうえでの大きな断層が横たわっている。竹内は以下のように把握している。すなわちアジア諸地域において、ほぼ同時期にウェスタンインパクトへの警戒とその導入をめぐる葛藤が現れたはずであるが、日本は自ら植民地（を領有する）帝国へと突き進んでいくプロセスの中で、決定的にアジアと袂を分かってしまっていた、と。端的に、そういう論点について福田はほとんど顧みていないわけである。竹内にとっての「近代主義＝植民地主義」批判の文脈は、他のアジア諸国、諸地域（特に中国）から照射される、明治維新からの日本の近代受容や欧米模倣のあり様への考察を除いては成立しないものだった。

ところで、アジア諸国におけるナショナリズムと文学との関係は、多分に防衛戦争、反植民地闘争、あるいはそれに触発された革命など、帝国主義への「抵抗」に規定されており、そのような「抵抗」の伝統のうえで、文学の政治性は自明なものとされていた。そういった文脈で、そもそも「文学の自律性」といった欲望が文学者にあったとしても、毛沢東「文芸講話」（正式には「延安文芸座談会における講話」）が、当時日本の若いインテリに大きな意味を持って受け止められていたことも確かであった。ここから導き出されるのは、戦争や革命の勝利の結果によって創設された体制をどう評価するかという問題とともに、評価する主体がその戦争や革命とどのような関係にあったかなど、解釈の主体性（限界性）にかかわる自覚の要請を竹内は大きな前提にしていた、と言えるだろう。

その一方で、戦後日本の左翼の実践の態度というものが、また竹内にとっての批評の対象となっていた。つまり戦後直後、GHQを「解放軍」と規定していた日本共産党が、その頃コミンフォルムからの批判や新中国の成立をきっかけに、冷戦の前線としての反帝民族解放を担う立場へと方針を移動させたこと、つまり平和革命論からアメリカ帝国主義と闘う「民族」解放へとその機軸を転換する事態があった。

竹内の思惑は、当時党員であり、積極的に文芸を政治闘争の中心に据えていた野間宏との論争に見られるように、当時の日本の左翼勢力による「民族」への着目という文脈に乗りつつ、そこに積極的かつ批判的に介入することであった。印象としては、当時の野間が日本共産党の綱領を前面に立てながら議論したのに対して、竹内は、そのような日本の左翼の政治性そのものが、エリート意識によるところの柔軟性を欠いた、外在的な政治綱領の「文学」への当てはめに見えた。竹内にとって「文学」は、むしろ狭義の「政治」に対峙しつつ、さらにそれを踏み破る「何か」として思考されなければならないものであった。

竹内からすると、「国民文学論」は明確に、戦前日本における左翼の政治的失敗に対する批判を含むものであった。かつての日本の左翼陣営は、その近代主義的な性格から、「民族」の課題を避けて通ったと言うのである。「民族」への軽視、つまり日本的土着性を消化し得なかった欠陥が、なし崩しの天皇制への転向をもたらした、という見解に竹内は立っていた。この点においては、戦後における吉本隆明の左翼批判と竹内のそれとは、目的や結果として別ではあっても、この頃ほぼ同じ軌道に乗っていたとも言えよう。

竹内は端的に、孫文（そんぶん）などの知見によりつつ、「民族」というファクターを避けて無批判に欧米近代を取り入れる文化態度について「近代主義＝植民地主義」と批判したのである。竹内によって整理、主導されようとした「国民文学論」とは、そのような白樺派以降の「近代主義＝植民地主義」的態度の克服を目指したものであり、その批判の対象として日本の左翼インテリも例外ではなかった。竹内によれば、「文学における植民地性は民族に媒介されない世界文学の表象によってはかることができる」ものであった。その意味を敷衍（ふえん）するならば、無批判にコミンフォルムや中国共産党のテーゼを受け入れ、それを機械的に適用する当時の日本共産党（あるいは、既成の左翼の文化団体）の態度にしても、また広義の「近代主義＝植民地主義」の虜であった、ということになる。

繰り返しになるが、一九四〇年代後半から一九五〇年代にかけて、五五年のA・Aバンドン会議に結実するようなアジア諸民族のナショナリズムの興隆ということが一方にあり、そういった諸国、特に新中国の成立に到るプロセスにおける現代中国文学のあり様が、竹内の中では「近代主義＝植民地主義」克服の参照枠になっていた。竹内には、日本の文化構造においては、中国のような「社会革命とナショナリズムの結合」が欠如しているとの深い認識があった。

確かに竹内が指摘していたところの、小林多喜二の虐殺の遠因がインテリの民衆からの孤立にあるとする論は、日本の文脈においてある程度は説得力を持つものであった。しかし根本的な問題として、抵抗戦争を遂行しているインテリと大衆との結合は、そもそも侵略する側に立ってしまった国家のインテリを批判する参照枠そのものになり得るのか、という指摘もあり得よう。すなわち、防衛戦争を闘っていた民族を自民族批判のモデルとすることはそもそも実践的に可能なのか、ということになる。両者（日／中）は、戦争状態として一体化しながら、端的に抵抗と侵略という非対称的な関係に置かれていたわけである。

もちろんそこには当時、中国大陸における日本人の反戦運動もあったであろうし、また日本インテリにおける偽装転向しながらの「抵抗」もあっただろう。現に竹内らが戦前に作っていた中国文学研究会は、日本文学報国会に職能団体として加入しながらも、その一方で、大東亜文学者大会への参加要請には拒否を貫いていた。そういった期間、竹内たちは、時に無力感に落ち込みながらも、おおよそ複雑な闘いを継続していたと言える。しかしてその結果、中国文学研究会のメンバー、武田泰淳にしても、またその後では竹内好自身が、自分たちが愛してやまない大陸中国の戦線に侵略者として派遣されることになった。もちろん、竹内たちがその中で感得したのは、政治と文化が危機において一体化しつつ抵抗を続ける、中国のインテリと民衆との結合のあり様というものが自分たちにビビッドに跳ね返ってくる経験であった。そうした竹内らの貴重な体験と感得があったとしても、しかしもう一方の侵略される側の民族の屈辱と、またその屈辱への抵抗とは、実にどのような関係を有することになるのか――いずれにせよ、「抵抗」の問題は、当時（冷戦下）の竹内においては、冷戦構造の「こちら側とあちら側」をどのように媒介していくのかという文化的実践として、二重の相のもとに意識化されんとするものであった。

「敵対」の思考

一九五〇年代の後半、一九五五年を越えて一九六〇年代を迎えようとする中、東アジアの冷戦構造を根底で支えていた制度的基礎でもある日米安保条約の改定問題がクローズアップされつつあった。この時期、日本の反戦平和勢力は、新安保条約阻止の運動を活発化させていくこととなった。この最中、竹内好は、新安保を阻止する運動に積極的にコミットしていくわけだが、竹内における実践の構図として、一九五〇年代初頭の「国民文学論争」からするならば、もはや（日本）文学という領域には、ほぼ見切りをつけていたようにも観察される。一九六〇年にかけての竹内の活動は、沖縄問題、部落差別問題などに注がれながら、徐々に政治的イシューとしての六〇年安保闘争に傾けられていった。しかして、新条約が六月一九日の自然承認という形での決着を見るや、竹内は当時勤めていた東京都立大学の教職を辞するという破格の身の処し方を示し、大いに注目されるところとなった。

総じて、安保阻止闘争を支えていた平和運動自体は、もっぱら「日米安保条約によって日本が再び戦争に巻き込まれるかもしれない」という戦後に主流となった平和運動のロジックから出るものではなかった。とはいえ、一九六〇年の時点で、朝鮮戦争の記憶や台湾海峡における緊張感というものは、現在と比較にならないほどの切迫性を持っていたことも確かである。一九六〇年五月頃の竹内の戦術ディスコースとしての「民主か独裁か」という設定は、戦前日本の軍国主義の「記憶」を運動化し得るギリギリの賞味期限にあったうえでのアイディアであったとも言える。しかし、実のところ、竹内が実践しようとしたことは、「記憶」をバネにしたものである以上の何かではなかったか、とも思われる。つまり国民の主体的実践によって状況に風穴を開けること、そして抵抗の「伝統」を創出することにあった。その意味では、竹内の中で五〇年代前半の「国民文学論争」と六〇年の安保改定反対運動は、ひとつの繋がりの中にあったと言える。

振り返ってみて、「国民文学論争」における竹内好は、日本の文学が文壇や文学者ギルドの占有物となっている現状を批判すると同時に、「国民」文化のあてどもない商品化への警鐘も鳴らしていた。竹内は、いわば二面作戦を立てていたとも言える。社会学的な観点からすれば、ポスト六〇年安保の時空とは、まさにそのような大衆社会の本格的到来が現実味を帯びつつある時期でもあった。一九六〇年以降「所得倍増計画」によって大衆の目を「経済」へと差し向けることに成功した池田勇人内閣の軌跡から見るならば、一九六〇年の政治の季節は、実に一過的なものとして局限化されてしまうのであった。ちなみにこの時期、エネルギー政策の転換により、炭坑が次々と閉鎖され、（石油がタンカーで運ばれてくるなど）日本社会は自身の力でエネルギーを掘り出すような労働社会の磁場を失っていく。つまりそこで成立したのは、近代文学がそこから生み出され、またそれが必要とされる社会的土壌が根底から変質する産業構造の転換、高度成長期の到来、そして大衆社会の成立である。しかしてこのことは、竹内がかつて「国民文学論争」で応接したところの、文学の消費物資化への有効な抵抗の視座というものの――そういった一九五〇年代前半に既に出されていた問題が本格的に到来し、また自分たちを追い越していく事態であった。

ただし、竹内が日本人の歴史意識の構図として持っていた「現代中国」という参照枠の賞味期限は、あと少しは、生き延びることになっていた。その賞味期限を具体的な年号によって示すならば、田中角栄政権が主導した一九七二年の日中国交回復まで、となるだろう。ここでの「現代中国」という賞味期限の意味は、一九三七年からはじまる日中戦争（別の見方では、一九三一年の「満州事変」から始まったとも言えよう）が、中華人民共和国との間で正式な平和条約の取り決めを欠いたまま継続中であるとする、竹内独自の時間意識から来るものである。正確に言うなら、サンフランシスコ講和条約発効と同年、一九五二年の日華平和条約において、中華民国政府（台湾）と日本政府との間では、一九三七年から始まった日中戦争に対する一応の区切りがつけられたことになっている。しかし、日中戦争当時、主流の国民党軍の他に、統一戦線の中で中国共産党に指導された八路軍および新四軍などが、日本軍にとっての戦争の相手であったことは間違いのない事実である。だから竹内にとっての「現代中国」（新中国）とのかかわりとは、日中戦争における敵対性の持続と、まさにその敵対性を隠蔽してしまうかのごとく「現代中国」が東／西冷戦の敵対者として冷戦構造の向こう側へ配置されたということ——つまり日本と中国との間の敵対性は冷戦下において二重化しつつ、その二重性のために日本人の敵対性の自覚が、むしろ封印されているという事態であった。

　興味深いのは、このような竹内による「敵対」をめぐる思考は、まさに戦後反戦運動を駆動した「平和立国日本」というセルフイメージとはかなり相違していたことである。もちろん、竹内が顕在的な目的意識の中で望んでいたのは、「現代中国」との和解であったことは間違いない。しかし、竹内の内部に抱え込まれていた「現代中国」との関係の絶対性とは、まさにこの冷戦下において二重化した敵対性によって根拠づけられていたものであった。だからこそ竹内は、日本の平和勢力あるいはのちの第三世界論者の動向とは無関係に、自民党の田中派や経済界が中心となって画策された一九七二年の日中国交回復が成立した後、ほとんど沈黙に近い状態に陥ってしまうのであった。このことは、同時代を生きた武田泰淳や堀田善衛など、戦中の中国体験を梃子にしてきた文化人にも当てはまる出来事だった。武田と堀田が翌年、一九七三年に『私はもう中国を語らない』（朝日新聞社）という対談集を出したのも象徴的である。

話の筋を元に戻そう。竹内は、六〇年安保の前年、一九五九年四月号の『近代文学』（近代文学社）に、「敵」と題した短いエッセイを書いている。このエッセイが書かれた直接の動機は、日本の運動の内部で頻発する「敵」という言葉の使用法について、竹内がそれへの批判と「敵」という概念にかかわる、さらに深い再定義を行おうとしたことに発する。竹内の主張は、日本語における「敵」の対立語は「味方」となるが、中国語においては「我」である、と強調するところに極まっている。この根拠となるのは、江西ソヴェト（ソヴィエト）時代に共産党軍が定式化した遊撃戦法のスローガン、「敵進我退」から来たものである。とはいえ、それは、遊撃戦法を理論化した毛沢東の「持久戦論」では、さらに日本との関係において練り上げられていったものである。ただ、中国語において「敵」の対立語が「我」であるかどうかはさほど問題なのではなく、我の中で敵が敵として捉えられること――カール・シュミット流に言えば、「現実の敵」として相手を設定し得ているかが重要なのである。ここから想定されるのは、竹内の冷戦下の時間において日中戦争が継続しているのであれば、竹内にとっての「思考＝運動」とは、まさにその時々のリアルな敵対性を「我」自身に遡りつつ、再定義する以外ではなかった。もちろんそこにある「我」とは、中国との戦争を媒介として現在を生きている日本人総体をもその中に含んでいるものであった。

ここでひとつ立ち止まって考えてみたいことがある。戦後の竹内に向けられた批判として、「現代中国」を規範として理想化し、その眼差しから日本を批判してきたという見解である。そういった竹内批判への積極的な注釈として、例えば絓秀実による竹内評価がある。絓の定義によると、「評伝毛沢東」を書いた竹内は、いわば毛沢東をフェティッシュ化（呪物化）しているのだと言う。絓が言うのは、竹内が為した抵抗とは、西洋からの眼差しが構成するオリエンタリズムとしてのアジアというもの、ヨーロッパからの反射されるアジアを「否認」することであった。そしてそのためには、何者にも代替不可能な対象というもの、つまりそれ自身として屹立している対象（フェティッシュ）を析出せざるを得なかったと言うのである。精神分析の知見を援用したやや難解な議論ではあるが。

思うに、竹内が毛沢東をフェティッシュ（呪物）として扱わざるを得なかったことは、西洋に定位され、西洋に従属し、また西洋を通じて主体化するというオリエンタリズムの機制だけでは解けないものではないか。ここにおいても、冷戦構造が果たした敵対性の二重化とその隠蔽作用というものを問題化せざるを得ないだろう。竹内が戦後、ずっと言い続けていたのは、日本はあの戦争において米国に負けたイメージはあるものの、中国（現代中国）に負けたとは考えていないということである。これが竹内の中で反転したイメージを生む。つまり、日本人の思想的敗北のマイナスカードをプラスに転化して毛沢東に託してしまうという論理である。ここには冷戦において、さらに「現代中国」が日本の敵として屹立している状態が鋭く入り込んでくる。ところがその一方、一般的には、日本に対する韓国、台湾については、同じ西側陣営に位置づけられることによって、潜在的な敵対性が分節化されることなく同陣営のものとして重ね書きされてしまうのである。今日、竹内が批判されるとすれば、同じ西側に位置づけられることによって見えなくされた韓国や台湾などの存在へのアプローチの不足だと言えるが、本稿ではこのことは深く問題化せず、先を目指すことにする。

ここで必要になるのが、まさに前述したような、「我」自身に遡って「敵」を選び直す思考であろう。カール・シュミットが、毛沢東の「持久戦論」に触発され書いたとされる『パルチザンの理論』（初版：一九六三年）におけるパルチザンの闘いとは、まさに「土地」の防衛を機軸とするものとして、敵の敵たるゆえんが「我＝土地」との関係において明確化される論理構成を示していた。このロジックに従えば、日本にとっての「現代中国」にかかわる敵対性とは、「我」の中に敵を敵として定位しない自身を否定し、むしろ敵を絶対化する試みに賭けるということだった、と言えるのではないか。

竹内が「現代中国」との関係において欲していた、「和解」に到る敵対性の再定義を求めるとすれば、以下のようになるだろう。つまり、かつて日本は中国を「正しい敵」として遇しなかったわけである。中国との戦争は、正規戦ではなく、まさに「事変」として処理されていたわけである。そうした中国、とりわけ「現代中国」を正しい敵として定位し直すということ——この試み自体が、実に現在（一九六三年）において、引き続き冷戦下のロジックにおいて二重化されているということ。だから日本と「現代中国」は、単なる敵ではなく、むしろ絶対的な敵として再定位しなければならない、ということである。そうであるからこそ、竹内にとって、「我＝日本」はかつて「現代中国」の「敵」であったこと、そして今も「敵」であり続けていることを現在の磁場の中で想起し続けなければならない、という冷戦下の「抵抗」が必須となるのだ。その意味でも「現代中国」は、竹内にとって最大の参照の宛先となり続けなければならなかったし、さらにラディカルに言ってしまえば、現実の中国ではなく、まさに「参照枠＝敵」として機能する「現代中国」こそが求められていたとも言えるのだ。

ただもう一方で、カール・シュミットが『大地のノモス』（初版：一九五〇年）の中で、「正戦」の非差別性（対等性）は、戦争原因の正当性そのものを保証し得ない、と述べていたことを思い出してみたい。「正戦」の正当性という問題設定は、まさに毛沢東が示した「持久戦論」の中で実践論的に乗り越えられていたものであった。日本軍や国民党正規軍に対するゲリラ戦術は、我と敵との非対称性をこそ前提とする。それはまさに、後のシュミットにおいて「正戦」から「パルチザン戦」への思想的傾斜において浮き彫りになったものであり、つまり東から西への逆の地政学的回転を通じて逆輸入されたものと見てもよい。シュミットは、ベトナムのゲリラ戦、それに遡る中国の抗日ゲリラ戦を注意深く眼差(まなざ)していたのである。後付けではありながら、シュミットが『大地のノモス』において展開した、ヨーロッパ公法下の「正戦」がパルチザン戦のステージへと移動した時、まさにそれは竹内の思考＝運動の軌跡と重なるようにして(今度は中国から日本へ、つまり西から東へという移動によって)、日中戦争を分析する視座となったと言える。

結局のところ、竹内がやろうとしたことは、このシュミットの思考——ヨーロッパ公法下の専売特許であった「正戦」からパルチザン戦へという視座の移動を、空間的にはまた別の極から凝視していたことになるだろう。中国の東に位置する日本が発動した日中戦争を日本の視座ではなく、抵抗する「中国」の側から記述するということ、すなわち「中国」にとっての「現実の敵」であった日本が、「敵」であった自身を思い出すというプロセスにおいて、「中国」という参照枠、またその媒介を絶対化するのである。

日本における左翼に対する批判の中で、よく為されていたあるパターンとして、「理論の輸入業者」、あるいは海外の権威に服従し、日本の現実を見誤った理論・戦術を行使した、というディスコースがある。吉本隆明を中心として形成されたこのような批判のパターンは、実際のところ、日本のインテリを「近代主義＝植民地主義」という視座から批判しようとした竹内の姿勢と一脈通じるものであった。このような配置を確認したうえでも、先ほどから言及されている竹内にとっての「現代中国」という特権的な参照枠の問題性そのものは残ることになるだろう。とはいうものの、一九五一年から五二年の「国民文学論争」における竹内のディスコースを点検するなら、竹内は前述したように、日本共産党の路線変更については、実にアンビバレント（両義的）な立場に立っていた。

新中国成立に深く影響され、冷戦構造の敷設とともに、東アジア総体の危機が反帝民族解放闘争の一環としての日本共産党の役割を規定していた時、竹内は、半ばその「民族」への注目という潮流に分け入り、さらにその「民族」解放というコンセプトさえもが輸入品でしかあり得ないことに対して批判的な姿勢を示していた。しかしながら、「現代中国」を参照枠とする竹内は、それにべったりと張りついたわけではない。むしろ、自身の内部にある「中国」、あるいはまたその中国の内部の「敵」としてあった「日本」をこそ問題にするという意味で、それは主体形成における媒介性の問題であり、その絶対化のあり様なのであった。端的に、竹内にとっての中国（＝毛沢東）は実のところ、目的ではなく、やはり媒介であった。その媒介は、限りなくフェティッシュ（呪物）に近いものとして見えたにせよ、それが媒介であったという意味で、竹内にとっての目的は中国（＝毛沢東）そのものではなく、やはり「日本」なのであった。

決断の失敗を保つこと

竹内ほど政治的判断を失敗し続けた思想家は、いないとも言われている。まず想定されるのは、戦後における新中国、人民共和国成立への期待の文脈が想定されよう。このことについてはまず、一九四九年直後においては、それまでの中共の新民主主義路線、つまり政治協商会議が機能し、政治的決定の複数性が公的に保証されていたことが考慮されなければならない。竹内自身の現代中国論は、ほぼその時期かその前に完成しており、そこから全く動かなかったと言ってもよい。竹内を著名な評論家、現代中国研究者へと押し上げた論文「近代とは何か——日本と中国の場合」自体が世に出されたのは、実にその前の一九四八年のことである。

冷戦の文脈としてたどり直すなら、新中国成立を経てすぐさま朝鮮戦争が勃発し、以後から続く冷戦構造の切迫感、さらには旧ソ連との同盟の解消から敵対へという展開が待ち受ける。この間、人民共和国は朝鮮戦争という新たな戦争を突破するために、実際のうえで新民主主義段階を解消、（戦時共産主義とも呼べる）急速な集団化に突き進むことになる。いずれにせよ、このような危機的状況を乗り切るための体制を統括し得る組織は、全国規模で細胞が敷設されていた中共以外にはあり得なかった。

ただし、こういった冷戦の文脈とは離れて、戦前との繋がりにおいて「現代中国」を見ることの困難とその重要性について思いを馳せるならば、竹内が、一九四一年の一二月に書いた「大東亜戦争と吾等の決意（宣言）」（以下「決意」）について触れないことは許されないだろう。これは、戦後の新中国への期待の文脈に先行するところでの、竹内の政治的判断の失敗として長らく論じられてきたものである。「決意」の状況判断を約めて言うなら、その年一九四一年の真珠湾攻撃をもって、一九三七年から日本が行ってきた対アジア侵略という戦争の質が対英米戦争へと転換したことを端的に歓迎するものであった。しかし、この竹内の判断の失敗は、後の竹内の大きな仕事のひとつである一九五九年の論文「近代の超克」として結実することになる。

体制内反体制とも言える京都学派に代表されるような総力戦下の日本のインテリは、当時の日本による戦争政策について、ヨーロッパ近代を乗り越えるモメントを含んだ壮大な精神事業として定義したがっていた。つまり、この問題設定が特に竹内の中で響いたのは、中国をはじめとした対アジア侵略への疚しさの性急な解消として対米英戦争が想定されたからである。ただ、当時の政府や軍部などの対米英戦争への踏み込みは、当然のごとく竹内の「決意」における思い込みとは直接的な関係を有しないものであった。具体的には、中国（満州も含む）に対する効果的占領を円滑に進めるために、中国への英米のコミットメントを断つという意図として対英米戦争が決断されたわけであり、それは依然としてアジア経営の延長線上に位置づけられるものであった。さらに言えば、一九四一年の時点における対米英戦争の決断は、ヨーロッパ戦線における一九四〇年のナチス・ドイツの快進撃に触発されたものであるということ、つまり新帝国主義間の縦横合従に依っていたわけである。では、このような後の実証史学のレベルの総括と、竹内による数かずのアジア論（現代中国論）は、どのような関係にあるのか。

竹内が戦後に為した「近代の超克」論とは、まずもって、竹内のこの「決意」における失敗の経験を検証せんがためのものであったと言える。では竹内が、己の政治的判断の失敗を失敗として悔いているかというとそうでもなく、むしろ「近代の超克」というテーマをアジア連帯の（不）可能な起点として救い出そうとするのである。竹内の決断の失敗は、まさに日本がアジアになろうと求めるが故の失敗であったとも言える。だから、その失敗にもかかわらず、竹内の念頭にあり続けたのは、――言表の水準においてはほとんど矛盾しているが――日本が中国（アジア）に「敵」として対してしまった事実と、現に「敵」として対し続けている事態を深く内部化し、その中から新たな自己を選び出すことであった。竹内にとっての「現代中国」（アジア）とは、そのような見果てぬ自己選択の媒介として、まさに冷戦構造の向こう側に、あるいは冷戦の彼方にあり続けた「何か」に他ならなかったのだ。

II　あの戦争、この戦争

燃えるキリンの話を聴いた
燃えるキリンが欲しかった
どこかの国の絵描きが燃やした
ながい首をまく炎の色
その色が欲しかった
藁で作った玩具の馬に火をつけた
にぶく煙り
残ったのは藁の灰の匂い
それから外に走りでた
泣いているのは悲しいからじゃない
燃えるキリンがほしいだけ。

（黒田喜夫　初期詩篇II「燃えるキリン」より）

戦争と「現実」の生産

メディア学者ポール・ヴィリリオは『戦争と映画』(石井直志ほか訳、ユー・ピー・ユー)の中で、「現実世界のリアリズムを直接表現する大衆産業が作り出されている。精神をかき乱し、時間的流れを混乱させる映画が生まれる」と述べていたが、それは、今日のハリウッドが戦争の光景を先取りするあり様としていちいち述べるまでもなく、ほぼ一般的な認識ともなっていよう。

さて、映画と戦争との関係についてハリウッド映画以外の身近な例として想起されるとすれば、戦前から一九五〇年代まで映画館でよく放映されていたニュース映画である。振り返ってみれば二〇世紀前半の日本において、映画館に足を運ぶ大衆は、帝国規模の広さで都市へと引きつけられた内地および植民地のプロレタリアであった。彼、彼女たちの都市への流亡、さらに映画館への招集そのものが、戦争動員あるいは植民地動員にリンクした流れそのものであっただろう(そして、映画館で上映された戦争ニュースというジャンルの終わりは、おそらく朝鮮戦争においてであったと推測される)。戦前のニュース映画の題材に関して言えば、例えば坂口安吾の『白痴』を読むまでもなく知られている事実として、日中戦争および太平洋戦争にかかわる国策プロパガンダが最も盛んに制作されていた。それは深く広く大衆を巻き込む一大イベントであったことから、もっぱら活字メディアを第一次資料とする従来の戦争報道に対する観方を、おそらく今日的パースペクティブにおいて大幅に修正する資料ともなろう。

さらにこの時、目前の戦争を性格づける名称、あるいはその時間枠にかかわる叙述は、やはりヴィリリオの言う「現実世界のリアリズム」を大きく変更し、また規定する要素となったであろう。そこでまず日中戦争である。日本の相手であった中国国民党、中国共産党の双方からしても、その時間枠は「抗戦八年」という言い方によって統一されている。この「八年」という時間を表示することがまさに政治的に重要なのである。それは、中国における国内統一（国共合作）と抗日戦争とが、一体のものとして進められたからだが、日本人の感覚としては、むしろあの戦争は満州事変からの十五年戦争という、戦後の反省の契機によって区切られる。しかし今日、日本においても、中国においても、自己および周辺の戦争を年数によって表現することが難しくなっていく。特に中国を視座とした場合である。

一九四五年の後、国共内戦が勃発するわけだが、共産党の勝利による新中国成立からわずか八カ月あまりを経て、朝鮮戦争が勃発し、中国共産党は、主にスターリンの指令によってそれにかかわらざるを得なくなる。さらに、台湾の国民党軍との金門島での小競り合いや後の旧ソ連との国境沿いでの衝突、さらに一〇年間ものベトナム戦争への協力といった具合に、中国においては全くのところ「戦後」はずっとやってこなかった。新中国成立以降の映画では、陳凱(チェンカイ)歌(コー)などの第五世代以降は、その作風をプロパガンダ的なものから芸術的なものへと転化させたとよく言われている。だが翻って、紅軍や人民解放軍、そして毛沢東を礼賛するプロパガンダ映画にしても、先に述べたような戦争の年限を確定することもできない永久戦争にも似た（「戦後」ならざる）「戦中」という歴史的基盤を思い描かなければ、それらへの評価もおそらくできないことだと思われる。

　さてもう一方の戦後日本である。一九四五年から五〇年代前半にかけて、日本の対岸（中国大陸および朝鮮半島）では内戦、さらに国際戦への突入が展開されていた。日本の戦争映画は、GHQの統制下において、かつての戦争を反省するためのものとして、ヒューマニズムと戦争批判をすくい上げる平和主義を基調とするものであった。『戦争と平和』（山本薩夫・亀井文夫、一九四七年）、『きけわだつみの声』（関川秀雄、一九五〇年）、『原爆の子』（新藤兼人、一九五二年）、『ひめゆりの塔』（今井正、一九五三年）――こういった反戦映画の系列が思い浮かぶ。そこで例えば『原爆の子』などは、GHQ当局の文化統制への抵抗を通過してきているものの、現在から見れば、朝鮮戦争というリアルな熱戦とは対照的に、自らの被害者意識を反芻（はんすう）する構えを基調としたものであった。

　この間、朝鮮戦争における戦時特需を享受した日本は、その停戦とともに一時的な「停戦不況」を迎えるものの、一九五〇年代半ばから六〇年代にかけ、日本経済は安定した経済環境の下、奇跡的な「復興」を遂げることとなった。この時期、映画産業は一挙に戦前の水準にまで復調することで、戦争を主題としたフィルムは、五〇年代の後半以降は、むしろ娯楽的要素とミックスされる形で生産されることになる。そういった戦争娯楽ものとしては、『独立愚連隊』（岡本喜八、一九五九年）、それに続く『独立愚連隊西へ』（同、一九六〇年）の『独立愚連隊』シリーズ、さらには『兵隊やくざ』シリーズ（増村保造、田中徳三、森一生、一九六五〜六八年）などが、五〇年代前半までの反戦平和映画の系譜とは大きな切断線を引くことになった。ただ、『独立愚連隊』シリーズにしても、『兵隊やくざ』シリーズにしても、戦争批判がないわけではなく、また日本の軍隊への批判意識も濃厚である。にもかかわらず、それらの戦争娯楽ものには、前世代のような被害者的な感傷性が少なく、むしろ途轍もなく饒舌であり、脳天気なほどの活劇性が横溢（おういつ）してもいる。

戦後日本における戦争イメージの生産とその消費のモードにしても、時期によってかなりの差異があること、そしてその差異において戦争期日本のイメージが何度でも書き換えられていることについても強調しておかなければならない。

戦争イメージの書き換えの跡を追っていくうえで必要なこととして、戦後日本の時期区分を大ざっぱに整理すると、おそらく以下のようになるだろう。一九四五年から四九年までの戦後初期、一九四九年から五五年までの冷戦確立期、一九五五年から六八年までの冷戦安定期、一九六八年以降の冷戦動揺期……。戦後初期は、ほぼGHQの政策が日本の旧権力層を弱体化させることを念頭に置いていた時期であり、一方の左翼陣営にとって戦後民主主義革命が、大きな期待をもって志向されていた時期である。続く第二の冷戦確立期は、新中国成立にともなって、アメリカ合衆国の極東アジア政策が転換され、引き続く朝鮮戦争の勃発によって私たちが知る冷戦構造が強烈に固定されることになる。つまり、日本が朝鮮戦争を「復興」の足がかりとし、サンフランシスコ講和条約によって「独立」を果たす時期である。さらに第三の冷戦安定期とも言える時期は、戦後の「復興」が一定の軌道に乗り、日本の左翼も東西両陣営の共存に規定された時期である。例えば武装路線を採っていた日本共産党が平和共存路線へと転換するなど、日本の政治経済システムが相対的に安定を享受するに到った。そして第四の冷戦動揺期とは、六八年革命をメルクマールとする東西両営の動揺がはじまった時期――ウォーラーステイン流に言えば、冷戦構造の終わりが始まった時期と称することができよう。

こういった、おそらく日本を中心とする単線的な構図は、東アジアにおける戦争状態から、むしろ日本の存在を遠ざけるものとの謗(そし)りを免れないかもしれない。とはいえ、ここではこの構図を、日本における文化生産を解析するうえでの暫定的な措置としておきたい。

ところで、このような暫定的な構図の設定の元になる原典テクストとなり得る映画批評、特に戦争映画を論じたものにおいて、有力な参照枠は見いだせなかった（それまでには六〇年代後半まで待たなければならない）。やはり時代画期を積極的に担う軸としては、こういった時期には「文学」批評しかなかったと言ってよい。ここではとりあえず、吉本隆明の「戦後文学は何処へ行ったか」（一九五七年）を挙げておきたい。

一九五七年の時点で書かれたこのテクストには、例えば戦後初期については、このような構図が示されていた――「戦後初期、かつて『戦争の論理』に乗ったために、河上徹太郎、小林秀雄、横光利一などが復活できなかった空隙(くうげき)を突き、戦前の中野重治、徳永直、窪川鶴次郎らの旧プロレタリア文学が戦後民主主義革命とともに跳ね上がってみたものの、大衆の現実生活をすくい上げるパースペクティブ(見通し)に欠けていたところへ、『近代文学』を中心とする第一次戦後派(転向組)の活躍する素地ができあがった」——こういった総括である。引き続き一九五七年時点での吉本の状況判断として、それら戦後派文学は、「社会の相対的安定性にさらされてたえず風俗化作用をうけ、また、擬制的なコミュニズム文学からもおびやかされ」ることになったとしている。そして、「この皮相な社会の拡大安定化を、危機として認識しうる戦後作家だけが風化をまぬかれるだろうし、また擬制的コミュニスト作家へ転落することをまぬかれる」と続けるのである。先に設定した構図から言えば、吉本の視座というものは、第三の時期(冷戦安定期)の観点から、第一期(戦後初期)、また第二期(冷戦確立期)を眺めていることになろう。

本章の意図は、吉本が作った見取り図の真偽を判定することではない。東アジアにおける冷戦構造の敷設にともなう暴力の線分と、吉本の言う「この皮相な社会の拡大安定化」の線分との交錯(あるいは非交錯)のあり様を明らかにすることである。

「海」というメタファー

一九九〇年代に入って知識人同士の論争らしき論争がなくなったと言われる中で、高橋哲哉と加藤典洋による歴史主体論争があった。詳細に立ち入ることは控えるが、そこで問題となったのは、あの戦争の死者にかかわる「哀悼」の問題であった。その論争の後で、特に加藤が批判されたのは、アジアの死者を云々する前に、まず自国民の死者を哀悼することを通じて謝罪「主体」を立ち上げんとする、そういった構えにかかわる議論である。すると実は、戦争に動員された旧植民地人の死者が宙に浮いてしまうということになる。現に、死んだ人々の中で、今では日本人ではなくなっている膨大な人々をどう呼ぶかという問題が出てきており、靖国神社に「合祀」されていることの苦痛が、韓国や台湾、また沖縄から寄せられることとなった。この論争の隠れたテーマとは、実は、「戦後」の東アジアにおいて宙に浮いた死者の問題であった。

もちろん、そういった人々が今日においては既に日本人として扱われないのは、日本帝国が敗北し、自動的に植民地を手放すことになったからだとも言えるが、朝鮮半島や台湾など旧植民地地域ほど、その後の冷戦（熱戦）によって翻弄（ほんろう）された人々もいない。さらに、かつて日本と戦争した中国にしても、おそらく一九五〇年以後の世界的な冷戦構造（熱戦構造）において、最もその犠牲を払ってきたとも言える。

加藤の議論の特徴は、あの戦争の戦後責任を戦後に作られた政治政体としての「日本」の内部のみで処理し得ると信じていることである。戦後責任とは、端的に、あの戦争の結果によって作られた政治政体としての戦後の「日本」が、その後の東アジアの冷戦体制の中で何をしてきたかという問いを含まなくてはなるまい。つまり、今為すべきことは、「あの戦争によって死んだ日本人」をそのまま哀悼するのではなく、「あの戦争によって死んだ日本人」という戦後に生産された表象を批判的に把握し、新たに遡及し直すことである。

ところで、加藤によるもとよりの問題設定とはどのようなものであったのか。彼によって著された『敗戦後論』（一九九五年）や『戦後的思考』（一九九九年）などから分かるのは、大岡昇平や太宰治、吉田満など「戦中派」作家の「声」を集大成しようとすることであったということである。つまり、加藤は、あの戦争を潜り抜けてきた「戦中派」の「声」を聴く者としてあり、すなわち「戦中派」の感覚から「戦後」を批判した吉本の系譜を引き継ぐ者として振る舞った。しかしそういった問題を設定する際、加藤が決定的に欠落させているのは、その「戦中派」の「声」をオーセンティックな「声」と見なし、冷戦構造の変化に沿って形成された「戦後」の「声」として扱わなかった点にあると言える。加藤は総じて、冷戦期に相当する事後性についての相対化が甘い。単純に、「戦後のねじれた文化構造」によって彼らの本物の「声」が聞き届けられていなかった、と結論づけるのである。しかし必要となるのは、むしろ加藤の一国的視野における「戦後のねじれた文化構造」を、日本の内と外とが連動し遂行的に形成された冷戦構造として捉える視点であろう。

加藤典洋の『戦後的思考』の中で、「戦中派」の心情を最も代表するものとして吉田満の『戦艦大和ノ最期』が採り上げられている。が、その初稿が執筆された時期は、端的に戦後である。一九五二年版『戦艦大和ノ最期』の「あとがき」に、「約三年前、或る特殊な事情のために、本篇は極めて不本意な形で世に出ることを余儀なくされた」と書き記されている。この或る特殊な事情とは、まさにGHQによる検閲によって口語体の修正版を出さざるを得なかったことだ。興味深いのは、この一九五二年の時点では、まだ「或る特殊な事情」としか述べられなかったことが、占領期が終わった一九五四年の北洋社版の「あとがき」の中では、「戦争の中に組み込まれた自分の所業を、正直に告白するという執筆態度は、占領軍の検閲方針に触れて出版は難航をきわめ……」とあるように、GHQの介入が具体的に書き留められている。さて、吉田が言うように、あの戦争の感覚は、文語体によってしか描けないことなのかもしれない。また、それがGHQによって口語体に直させられたということは、加藤の言うように「戦中派」の声が封じられたことを指し示すのかもしれない。

しかし、それよりも重要なことは、北洋社版「あとがき」(一九五四年)で吉田がこのように語っていることだ——「われわれが人間として生きる責任が、終戦を境に断絶してしまうものでない以上、平和な時代への転換にあたって、それぞれの戦中体験を正確に再現し、そこに含まれている意味を自ら確認することは、当然なされるべき務めであると考えた」という個所である。吉田は、サンフランシスコ講和条約が既に発効されている一九五四年という年を、「平和への転換」と認識しているのであり、その「平和な時代」に支えられて「戦中体験を正確に再現」することができると言うのである。

さらに、同年に書かれた『鎮魂戦艦大和』(一九五四年)の「あとがき」にも、そういった認識を補うようなことが記されている――「終戦直後に初稿が書かれ、占領軍の検閲に妨げられて昭和二四年、不本意ながら口語体の初版が出版され、講和条約の発効した昭和二七年、はじめて本来の内容をもって発刊された」と。こういったものの言い様は、実に意味深長である。講和条約の発効とともに吉田の言う「本来の内容」が得られるということは、もちろん第一義的には、占領期の検閲が廃止されたことを意味しようが、もうひとつには、朝鮮戦争によって暴力的に決定された冷戦構造の決定とともに、いわゆる「本来の内容」が回帰した、ということになるのである。

さて『戦艦大和ノ最期』の文語体は、確かに「我」が戦艦大和とともに死地へと向かうべき戦いの切迫性において、死すべき運命に抗う悲劇性を十全に表現し得ているようだ。ただ実際には、吉田はそこから生き延び、そのことで「我」を語り手として大和と戦友の最期を語り出しているわけであるから、それは悲劇の形を借りつつ、端的に生き残り得た語り部による死者の口写しなのだ。例えばそのことは、戦艦の沈没に際した脱出のシーンにおいて、主人公の「我」の肋(あばら)から囁(ささや)きかけてくるもうひとりの「声」のあり様からも明らかである。

フト、肋(アバラ)ノ下ヨリ何ビトカノ声

「オ前、死ニ瀕シタル者ヨ、死ヲ抱擁シ、死ノ予感ヲタノシメ

サテ死神ノ面貌ハ如何　死ノ肌触リハ如何
オ前、ソノ生涯ヲ賭ケテ果セシモノ何ゾ　アラバ示セ
今ニシテ、己レニ誇ルベキ、何モノノナキヤ」
双手ニ頭ヲ抱エ、身悶エッツ「ワガ一生ハ短シ　ワレ余リニ幼シ……
許セ　放セ　胸ヲ衝クナ　抉ルナ
死ニユクワガ惨メサハ、ミズカラ最モヨク知ル……」
何タル力弱キ呟キ　（吉田『戦艦大和ノ最期』より）

もちろんこのような「声」が、実際の戦闘において聴かれたとは思われない。これは、戦後に属する「声」、強いて言えば戦中に死んだ者の戦後の亡霊の「声」なのだ。死の淵に瀕しながらそこから帰ってきた人間が聴いた「声」とは、もしそれが表現されるとすれば、むしろ戦争の停止を命じた敗北の「声（玉音）」に呼応したものか、あるいは冷戦体制を生き延びた人間の疚しさが作り出した「声」だとしか言いようがない。生き残った「我」、そして「我」に話しかけてくる「英霊」、そしてその象徴として海の藻屑と消えた「大和」――『戦艦大和ノ最期』とは、「我」とコントラストを為すように死んだ「英霊」が戦艦大和という鉄の塊に乗り移り、それが日本帝国の最期の提喩となる戦後冷戦体制の一大叙事詩なのだと言える。

ところで加藤の吉田『戦艦大和ノ最期』に対する読みとは、大和の沈没に際して示された

「我」の上司たる艦長の潔い最期をクローズアップし、敗北を一身に引き受け、ギリギリのところまで責任をまっとうする犠牲の「英雄」をすくい出そうとするものであった。だがその一方で、そういった戦闘シーンの描写は、彼らを滅ぼそうとする「敵」(アメリカ)の表象をほとんど欠いており、後に残る余韻としては、戦艦がその中へと消えていく「海」が、特権的に生と死を調停する象徴として残り続けるものとなっている。しかし、実はこれこそ、戦後の公共圏において、戦争イメージに文化的偏重をもたらした海軍系神話の原風景とも呼べる道具立てであるように読めないだろうか。

ところで、そもそも陸軍が第二次世界大戦において最大の敵として想定していたのは旧ソ連であり、海軍の敵はアメリカ合衆国であったはずだ。つまり、戦前は、アメリカ合衆国を公敵としつつ、戦後には、旧海軍系の人間が合衆国との共同作業として海上自衛隊を作り出したプロセスをあと押しするものとして、そういった神話が繁茂していったとも言える。また、決定版の「決定稿によせて」を信じるとすれば、『戦艦大和ノ最期』は、GHQによって「敵」(アメリカ)の表象そのものを検閲されていたわけではない。それよりも、既に無意識のうちに自己検閲が働いていたと考えるほうが順当なのである。吉田はまさに、GHQの検閲体制を、「戦中派」の声が日本人に聞き届けられない「言い訳」として使っているのである。

この一隻の戦艦の最期を日本帝国の最期として語る語り口は、戦後日本における戦争を語る際のひとつの定型ともなったものであるが、日本帝国の最期を「戦艦」の提喩によって語ることの中にこそ欺瞞（ぎまん）が蔵されている。周知のように、一九四六年の極東軍事国際裁判では、南京虐殺など、主に陸軍にかかる戦争犯罪にこそ焦点が当てられていた（中には海軍系のA級戦犯も含まれてはいたが、人数構成からすれば極めて少数である）。この裁判は、当時のGHQの方針に沿った日本弱体化路線を体現するものであり、東条英機を中心とした軍部の犯罪性は、もっぱら陸軍の果たした役割のほうに押しつけられている。

つまり、海軍的な物語は、生き残るべくして生き残ったと言える。それは、吉田がのちに口語体で書いた『戦中派の死生観』（一九八〇年）からも補えるものである。その中で吉田は、いち早く当時話題になっていた江藤淳の『海は甦る』（第一部・二部、一九七六年）に反応している。もちろん吉田は、レベルの高い学徒兵であったわけであり、陸軍の無謀で乱暴な作戦計画に対し海軍はもっと合理的でスマートだった、とする程度の俗見には抗している。しかし吉田が、世代を超えて江藤へと無媒介に繋がってしまうその身振りは、まさしく偶然のものではない。文字どおり、戦艦大和の最期を折り返し地点として戦後へと接合する「海」の物語は、今日では、当時の海軍への京都学派の知的貢献というものに象徴される問題としても、議論の焦点となるはずのものである。

いずれにせよ、「海」は、特権的な悲劇の場として集合的に想起されるようになったと言える。さらにこの「海」こそ、冷戦期における日本の役割を合理化するイメージ装置にもなっていった。例えばそれは、京都大学の今西錦司門下のひとり、梅棹忠夫による一九五七年の『文明の生態史観』の登場において象徴的なものである。周知のように同書は、ヨーロッパと日本を第一世界とし、その中間に広がるアジア大陸について、それを文明化が困難な「陸」に閉じ込められた第二世界として記述する「海洋史観」となっており、冷戦における旧ソ連や中国との敵対関係を裏書する学説として流行することになった。そういうことで、梅棹の撒いた種は、九〇年代においては、日本を中心とした韓国、台湾、東南アジアなどの海洋反共諸国連合を科学的に再定義し、「海洋連邦論」を主張する川勝平太などにも持続している。

いずれにせよ、こうした「海」を機軸とした戦後日本のイメージ形成とは、実に、GHQが「大東亜戦争」を「太平洋」戦争と呼ぶことにした歴史の書き換えとも適合力を持つものであった。

「陸」の侵食

一九八〇年代以降、文学的風俗を強力に演出し続けた作家として村上春樹がいる。そしてまた、村上の九〇年代的な「回転」を大いに支援してきた評論家、福田和也がいる。福田の評論で焦点となったテクストとして、一九九四年から九五年にかけて刊行された『ねじまき鳥クロニクル』三部作がある。その三部作に関連して、そこでは阪神・淡路大震災やオウム真理教による地下鉄サリン事件など、不透明な世相とともに村上の作風の変化があれこれと議論されていた。同書『ねじまき鳥クロニクル』を熱心に支持した福田は、戦後の「右」の文化人としては江藤淳の直系に属しながらも、意図的に江藤との差異を打ち出すことによりある種の生産性を発揮してきた人物である。

福田が同書に対して激しく反応した対象は、その舞台となるモンゴルの荒涼たる草原と、またその草原に掘られた井戸に閉じ込められる登場人物（日本人）であった。村上のテクストにおいて、この井戸は、現在の世界で都内の空き地の井戸に降りて瞑想する主人公の想念が呼び寄せた、もうひとつの過去のエピソードに属する幻想の井戸でもあった。この井戸は、主人公の精神のアンダーグラウンドとも言うべき生命の水源をも象徴しており、こういった「草原」「井戸」「水脈」といった道具立てには、ユング派的観念連合の匂いが濃厚に漂っている。福田はまさに、文学的風俗の第一人者たる村上が構成したモンゴルの草原に、日本人にとっての新たな精神地図を描こうとするわけである。

ところで、中国大陸にかかわる記憶を素材にした先行作品としては、清岡卓行の「アカシアの大連」が思い出される。この作品が発表され、芥川賞を取ったのは一九七〇年のことである。敗戦から二〇年以上の時間を経た段階において、安部公房らと同様の植民地二世である清岡が作ったこのテクストは、「記憶の旅」とも称されるものであろう。

あらすじはこうだ。普段は外国語の教師として生きている主人公には、かつての故郷、大連は全く縁遠いものであったが、何かの拍子にそういった記憶が間欠泉のように湧きあがってくる。そういったノスタルジーを触発するモノとして、息子に買い与えた地球儀に刻された地名があり、また触発する「声」としては、アルジェリアの独立戦争を放送するラジオニュースがあるなど、プルースト的な記憶／身体の相互触発を機軸としたテクスト構成になっている。冒頭にはこのような叙述がある。

かつての日本の植民地の中でおそらく最も美しい都会であったにちがいない大連を、もう一度見たいかと尋ねられたら、彼はながい間ためらったあとで、首を静かに横に振るであろう。見たくないのではない。見ることが不安なのである。もしもう一度、あの懐かしい通りの中に立ったら、おろおろして歩くことさえできなくなるのではないかと、密かに自分を怖れるのだ。

（清岡卓行『アカシアの大連』より）

清岡の「アカシアの大連」は、実際の妻の死を乗り越えるために書かれた小品「朝の悲しみ」（一九六九年）がプレテクストとなっている。自殺願望の淵から彼を救い、内地への帰還を促したのが大連におけるこの妻との恋愛だったことから、「故郷（大連）」は、安定した戦後の家庭生活を構成する起点でもあり、かつ自殺願望を醸成された不穏な記号としても顕現（けんげん）する地名である。ただ奇妙なことに、その妻の逝世（一九六八年）は、いわゆるウォーラーステインが言うところの、冷戦安定期の終わりのはじまりを示す一九七〇年代の徴候のようにも読めてしまう。

この「アカシアの大連」と『ねじまき鳥クロニクル』を重ね読みするならば、一九七〇年代から九〇年代という時間の経過とともに、記憶のテクスト（「アカシアの大連」）が物語のテクスト（『ねじまき鳥クロニクル』）へと移動し、また情動の軸線は、ノスタルジーからフィクションへとシフトすることになったと言えるかもしれない。

このことは、村上や福田らの世代が、直接的には戦前の記憶を有していないという意味で、ほぼ人間の生物学的なサイクルに決定された事柄であるのかもしれない。その一方で、「アカシアの大連」以降、清岡は、実際に大連を再訪し、その集大成としてのエッセイ集『大連小景集』（講談社）を一九八三年に出している。つまり、一九七〇年の芥川賞受賞から、次の『大連小景集』までの間に、東アジアにおける脱冷戦化の流れは、着実に中国を訪問するハードルを低くしていったわけである。もちろん『大連小景集』は、ポスト文革期に向かう大連の街角の表情を繊細に綴（つづ）った第一級のエッセイとなる。つまり、実際にその地に降り立つことによって、「アカシアの大連」の冒頭にあった「見ることが不安」であった霧の向こうの「大連」は少しずつこちらに近づき、結果として「不安」や「恐怖」は後退しているように見えることになる。

清岡の世代が脱冷戦化の時代を通じて「植民地」を脱神秘化させる方向を採った一方、『ねじまき鳥クロニクル』において提示された「モンゴル」は、むしろ神秘化の方向にベクトルを伸ばす記号となっている。村上による歴史への回転は、まさに記憶の物語化という、当時発足した「新しい歴史教科書」を作る会のトレンドとも共振するものである。では、その村上の転換を支援した福田が、村上が描く「モンゴル」の草原に見たものとは果たして何であったのか。福田は『保田與重郎と昭和の御代』（一九九六年）において、『ねじまき鳥クロニクル』の構想の下敷きとなった、村上によるエッセイ「草原の中の鉄の墓場」に並々ならぬ注意を引く。「草原の中の鉄の墓場」において、ハルハ河岸付近を歩き回って臼砲弾の破片と散弾をホテルに持ち帰った村上は真夜中に到った時、言い知れぬ恐怖とともに、世界とともに自身の身体が揺れるのを感じたという。福田は、村上が証言するこの「神秘体験」を真に受け、そしてこのように述べるのである。

このような「気配」のために、名づけ得ないもののために、私たちは何千キロという旅程を歩み、途方に暮れて右往左往しているのかもしれない。することになるのかもしれない。村上氏は、ハルハ河まで赴くことで、私たちを動かし、誘っているなにものかと出会ってしまった。

（福田『保田與重郎と昭和の御代』より）

こうして『保田與重郎と昭和の御代』で展開された村上評価のベクトルは、福田の手によって無造作に、保田與重郎によって為された一九三八年の大陸旅行へと、つまり村上が感じたとする「気配」を保田が蒙疆の風景に見た「神」へと連結させるわけである。だがそれ以上に興味深いのは、モンゴルの草原をジープで走った村上自身が、この風景を「海」と表現し、そのことに福田が激しく反応していることである。草原が続くばかりの「海」には、人も建物も道路も標識もないということ、そして何もない空間であるからこそ「気配」が、そして「神」が宿るということなのだ。前節において、吉田や江藤という海軍ラインのエッセイストが、（擬似）悲劇の場所としての「海」を特権化したことに言及したが、ここでまたしても「海」が出てくる。まさにこの「海」は、『ねじまき鳥クロニクル』でモンゴルの草原に掘られた井戸の転喩とも読み込めるものである。そうであるならば、実に福田が狙うものは、ユング的な構図にもまして、「神」の気配が漂う「海」によって、人間がそこに住まうはずの「陸」の経験を消去してしまうことなのだ。

果たして、このような「海」を「陸」へと投影してしまうイメージ操作とは、まさに保田によるイメージ操作と類縁を持つものであろう。福田がプレテクストとする保田の「蒙疆」を見てみよう。

一九三八年五月二日、佐藤春夫とともに大阪を発った保田は、約四〇日間にわたって朝鮮や北京、旧満州、モンゴルを旅し、内地へと帰還した後、その見聞を自ら編集していた『コギト』などの雑誌に発表している。保田は、北京の印象について、「私は藝術と文化との意味で、北京にも萬寿山にも少しも関心しなかつた。そこには未来を展く何かの意味も藝術の論理も存在しなかつた」、あるいは「今の北京は乾隆趣味の亜流と、日本人の支那人観の展覧會場である」とも述べていた。ここで言う「乾隆趣味の亜流」とは、北京が満人という外来政権によって支配された植民地都市であることを仄めかした言い方であるわけだが、さらに「日本人の支那人観の展覧會場」とは、保田が終生批判し続けていた日本の「文明開化」を北京に見てしまった、ということになろう。

それにしても、「未来を展く何かの意味も藝術の論理も存在しなかつた」という評価には、興味深いものがある。当時、佐藤や保田を出迎えたのは、周作人などの日本側協力者だけで、主たる文化人も大学も、既に政府とともに重慶や昆明などへ南下してしまっていた。サーベルを持った日本の憲兵が跋扈(ばっこ)する中、北京の文化的活気が消えてしまったことは、竹内好が二度目に北京を訪問した際の日記にも記されている通りである。

中国現代文化の火が既に南へと撤退したため、いわば空っぽとなった北京に愛想をつかした保田は、「この日本の轉向の萠芽を象徴するものは『蒙彊』である。私はあきらかに北京に失望した。さうして蒙疆に於いてはじめて蘇生の思ひがした」と、旅の収穫を性急に結論づけるのだ。また保田は、「蒙疆にゆけば、そこはすべての若者の世界である。若者が政府の顧問となり、文教にあずかり文化施設に従事してゐる」とし、そこには、「北京にみる日本人の背廣姿が一人として眼につかない」とも叙述している。つまり保田は、日本の「お偉いさん」の姿が見えない蒙疆に、日本の新たな浪漫的な冒険の始まりというもの、何かが始まるための何モノにも冒されていない「処女地」を感じ取るのである。保田は自分の主観においては、そういった「処女地」に軍隊が侵攻すること、また文化官僚が続いて進駐することも、さらに一九世紀的な帝国主義のロジックに従って実業家が乗り込むことにも、ネガティブな意見を表明している。しかして、この若々しく新しい蒙疆という名の「日本精神」が、既に南下してしまった国民党政府を追いかけ、それらを殲滅（せんめつ）し尽くす――そのような幻想を抱くわけである。

だが実際には、このような誇大妄想が、抗日の根拠地を南へと移し変えられるような戦略空間を持つ中国人に太刀打ちできなかったことは、歴史が証明する通りである。日本によって占領された満州にしろ、日本によって組み入れられようとしていた蒙疆にしろ、そこで生活していた者たちにとってみれば、そこは、日本の「神」が宿るべき「海」ではなく、むしろ「人の海」が広がる一大戦略空間であったはずである。

アジアへとその名を響かせた右翼結社、黒龍会が編纂した『東亜先覚志士記傳（とうあせんかくししきでん）』には、入蒙の先駆者、島川毅三郎の事跡が記されている。日清戦争後に島川が行った入蒙工作というものも、対ロシア戦略にかかわる諜報活動であったが、それは当時の北京大使であった小村寿太郎とも緊密な連係をともなったものであった。つまり、当初より、支那服を着た浪人と「背廣姿の日本人」とは、むしろ二人三脚だったわけであり、またそうやって大陸に侵入していた大陸浪人そのものが、宮崎滔天（とうてん）や内田良平といったナショナリストであるよりは、一攫千金を夢見た実業家予備軍であったことは、後の記録にもある通りである。

ただ興味深いのは、大陸浪人たちが駆け回った空間というものも、やはり保田などが「日本精神」を投影するような幻想の空間ではなく、その多くが支那人や満人に成りすまし、貿易商として活動する「陸」の戦略空間、交通空間だったということである。またそこには、「日本精神」を失って本物の馬賊になり、日本人の交易空間を乱す人間も流出していたに違いない。そこはすなわち、秘密の暗号と伝令が行き交うような、人と情報が烈しく接触する「陸」であったのだ。そこで活動する人間は、決して満州や蒙疆を、人のいない「海」とは実感しなかったであろう。

中国革命のグローバル化

抗日戦争から国共内戦、そして朝鮮戦争――中国（共産党）は、この三つの戦争を戦った。三つの戦争における「公敵」は、それぞれ日本、国民党、そして米軍であったが、サンフランシスコ講和会議以降、日本は、冷戦構造の向こう側へと配置され、国民党は台湾へと逃げ込むことになった。そしてアメリカ合衆国は、中国を包囲すべく、日本（沖縄）、韓国、台湾、フィリピンなどに米軍基地を建設した。逆の側から言えば、東アジアにおける冷戦体制の構図を決定する戦争のすべてに、中国（共産党）はかかわっていたと言える。しかし、これらの事実を知るだけでは、一九四九年における、中華人民共和国、新中国成立の衝撃を真に捉えたことにはならない。日本は、この三つの戦争のうち、主にはじめのひとつ（日中戦争）としか、かかわっていないように見えて、様々な媒介項を設定すれば、実のところ決してそうでもないのだ。

まず抗日戦争の性格を中国側から一言で表現するならば、エドガー・スノーの『中国の赤い星』に活写されているように、それは端的に祖国防衛戦争だった。その意味では、「土地改革」を戦力の増大に結びつけていた中国共産党の路線は、一時期、国民党との妥協のためにそれを停止しなければならなかったものの、抗日勝利以後の国共内戦においては、再び「土地改革」が共産党の旗印となり、農民の協力と包囲によって、国民党は台湾へと追い払われることになった。そして、朝鮮戦争は、スターリンによる説得を飲む形で、当初の予定であった台湾解放を遅延させることで、結果として台湾海峡を挟んだ国共対峙の構図を固定化させることを結果した（朝鮮戦争の勃発により、アメリカ合衆国の防衛ラインは、台湾海峡にまで押し上げられ、アメリカ第七艦隊が台湾海峡に派遣されることになったという経緯）。

こうした流れをひとつのプロセスとするなら、満州事変から朝鮮戦争までの間に、中国はまさに、二二年の戦争を戦ったということになる。問題は、この二十二年戦争というものが、他の東アジアの地域に投げかけた影響のあり様である。

この二十二年戦争の波動に匹敵する詩的想像力を展開した日本の詩人がいる。その名は黒田喜夫。黒田は、エッセイ「死にいたる飢餓――あんにゃ考――」において、自身の記憶をたどりながら、出羽村山地方において「あんにゃ」と呼ばれる食い詰め者――つまり日本版「阿Q」とも言えようか――のひとりであるTに焦点を絞った叙述を展開する。黒田は、あんにゃTの戦前戦後のあり様を探る中から、彼にとっての飢餓と戦争、さらに革命運動への参加からその挫折までの軌跡を描こうとした。黒田の記憶の底にあるのは、一九二九年の世界恐慌の波動が飢饉として村に襲い掛かっていた頃、畑の地面に落ちて腐ったトマトのその鮮烈な「赤」のイメージであった。

あんにゃTは、その飢餓に突き動かされるように満州に渡って警官を務め、敗戦とともに村に帰ってくる。そしてTは、都会の工場で思想教育を受けてきた若い書記Kとともに、農地改革委員会に参加するのである。このTは、はじめは萎縮しながらおずおずと発言を試みるのだが、終（つい）には満州での職歴が身体反応として現れ、大声で「本官は、……」と怒鳴ることにより、土地を手放さない僧侶をやり込めることに成功する。そしてTは、革命運動に参加することで、「あんにゃ」の身分の影を払拭することにも半ば成功するのである。しかしその後、Tは、革命運動の方針の転換に翻弄され、最終的には村を通過する高圧送電線から飛び降りて自殺してしまう。次いで黒田は、このTの自殺を、一五〇年前、同じ村で起こった飢饉に端を発した事件――地主の庄屋に質物奉公のために入ったが、狂気に陥り、納屋に閉じ込められるや屋根に上りそのまま高い木に乗り移り、最後には身を投げて死んでしまった若者――に重ね合わせようとする。

さて、ここで登場する若い書記Kとは、限りなく黒田自身に近い人物だと言えるのだが、黒田は、反安保闘争ののちに党から送られてきた除名通知の朱印の赤を、幼い頃に見た飢餓の底にある村の畑に落ちていた先のトマトの「赤」に重ね合わせ、その記憶の底の残る赤色の鮮烈さに立ち戻ろうとする。つまり、あのトマトの「赤」からこの除名通知の朱印の「赤」までの一連のプロセスを、日本人の「飢餓」に突き動かされた海外への移動、そして革命運動への投企とその挫折のプロセスとして叙述したわけである。では、黒田のこういった精神的傾斜の旅をより強く中国大陸と接触させて叙述すると、いったいどうなるだろうか。

まず、一九三一年の満州事変から翌年の満州国建国へと向かうプロセスからはじまる、日本人や朝鮮人の陸続とした満州地域への入植は、中国人や満州人に大いなる不安を抱かせるとともに、それらの人々を流亡化させた。ある者は、山で生活し、さらにゲリラ兵や馬賊への転身を促した。中国共産党の部隊の一部は、実にこの人為的に作られた食い詰め者たち(阿Q)だったわけである。一方、日本人の食い詰め者たちは、第二次世界大戦の敗北によって、旧満州や論陥区(りんかん)からどっと敗戦後の祖国の農村に引き上げ、飢餓の圧迫を加えることになる。その最中、抗日戦争に勝利した中国で「土地改革」を掲げた共産党による国共内戦での勝利の波動が、日本の社会構造を動揺させ、不穏な情勢を醸し出すことになった。

当初は旧革新官僚の策定案に沿っていた戦後の土地改革が、中国革命の進展を睨(にら)みながら、今度はGHQからの強い要望によって、かなり徹底した土地改革(第二次土地改革)として進められていくことになる。皮肉にも、GHQを後ろ盾とした「土地改革」は中国において進展した土地改革の屈折した反映として日本の農村で実践されたのだ(興味深いことに、台湾でも台湾に土地を持たない国民党によって「土地改革」が進展したのだが、その指揮を執っていたのが、まさに日本で

「土地改革」を進めた米国の高官であった)。

つまり、若い書記Kと元「あんにゃ」Tは、このGHQによって代行された中国革命(土地解放)のグローバル化の先端を担っていたことになる。GHQによる土地改革がほぼ終了した頃、日本共産党は、朝鮮戦争の危機を通じて、急速に中国革命を模倣した農村工作路線を強めようとする。しかしながら、農村における「土地改革」はGHQによって既にほぼ完成されており、その工作の対象を改革が遅延した「山村」に求めることになった。周知の通り、結局その山村工作は個別に撃破され、戦略そのものが破綻した日本共産党は、一九五五年を期して、中国共産党に範をとった闘争路線を放棄、世界的な平和共存路線へと己を滑り込ませていくのである。

当時の日本の知識人は、こういった一九四〇年代後半から五〇年代前半にかけての中国革命、および朝鮮戦争に促された準戦時体制とも言うべき東アジア大の戦争状況の中で生きていたわけである。すなわち、この一〇年のプロセスとは、明確にあの中国の二十二年戦争の波動と繋がったものとして位置づけられるもの以外ではない。いずれにせよ、あのTのように飢餓にさいなまれ、満州国の警官となり、引き揚げてきた戦後初期においては、その警官の口調を反転させて日本の封建体制を恫喝した――こういった敵対性が激しく入れ替わる闘争状況が存在していたのである。

しかして黒田喜夫は、そういった日本の元「あんにゃ」たちが革命運動に加わっていった弾機として、「飢餓」の人類史的意味が考慮に入れられなければならないと強調する。黒田は、スターリニズムとも反スターリニズムとも機械的に区分けすることのできない、戦後左翼となった元「あんにゃ」たちに焦点を合わせていたわけであるが、それはまさに黒田にとって、途中まで濃密に同伴しながらも、一貫して都市生活者のイデオローグたろうとした吉本隆明との一九八〇年代における訣別（けつべつ）を予兆する下地であった。

「飢餓」のリアリズムへ

日本と中国大陸（台湾および朝鮮半島）は、地理的に海を隔てていたことは確かだが、敗戦後の列島規模に収縮した日本にとって、かつての旧植民地や旧占領地が海の向こう側へと配置され、また冷戦（熱戦）の最も激しい磁場へと入った事態こそが決定的に重要である。対照的に、日本においては、そこから切り離された「日本」を想像することがそのまま（無）意識の主流となった。吉本隆明が「戦後文学は何処へ行ったか」で述べていた、サンフランシスコ講和条約発効後の「相対的安定性」に晒される「風俗化作用」とは、この文脈においては、冷戦構造に深く蔵されることによって生じた忘却作用のことでもあったのだ。

しかしてその忘却とは、単に一九四五年以前の帝国の記憶を封印せんとするものだけではなかった。むしろ、一九四五年以前の時間とそれ以後とが繋がった、中国（台湾）、朝鮮半島における継続された戦争（革命）状態というものの波動（冷戦＝熱戦）の先端に「日本」が置かれていたことの否認、という現象が生じた。本章における文学テクストの解析から得られた知見を整理すると以下のようになろう。日本におけるあの戦争（戦前）の想起は、この戦争状態（冷戦＝熱戦）への想起にはおよそ繋がらず、急速に吉田―江藤的な海軍系の（疑似）悲劇へと頽落し、さらにその軌跡は、村上―福田のラインによる「陸」的想像力への挑戦へと向かうかに見えつつも、実にその「陸」はあらかじめ「海」によって侵食されていた、ということである。

さてこのように、かつて（そして今も）日本が、アジアを「海」（の向こう）と見なしたことは、一四九二年以降のヨーロッパの覇権、つまりコロンブスによる新大陸「発見」からの波動に、どのように位置づけられるのだろうか。カール・シュミットは、ヨーロッパ公法の根源としての「陸地取得」とそれ以後に形成される空間秩序の形成を比較して、「海洋」というトポスをこのように位置づけていた。

海洋は、海岸以外の境界をまったく知らない。海洋は、貿易に対して、漁業に対して、海戦および海戦における鹵獲権の自由な――近隣や地理的な境界を顧慮することなく許された――行使に対して、すべての国家にとって自由であり公開されている唯一の領域ラウムなのである。

（シュミット『大地のノモス』より）

極端に言ってしまえば、シュミットは、近代帝国主義の起源を「海」における海賊行為に特定したわけである。だが、ヨーロッパ人たるシュミットの希望的観測は、その「海」も、陸地取得の論理へと組み込まれていくこと、つまり（ヨーロッパ）公法の秩序の中へと編入されていくべきことであった。ここから振り返ってみた場合、日本人において、満州（関東州も含む）の経験、あるいは日中戦争の経験は逆に、凡そのところ「国家にとって自由」な「海」の経験へと翻訳し直されてしまったと思われる。

ただ戦後の日本社会において、植民地（占領地）からのいわゆる引揚者の記憶というものが、間欠泉のように様々な機会に噴出し、戦後社会（冷戦構造）の安定した時空に裂け目を走らせていた。それは例えば清岡卓行による一九六九年以降の「大連もの」の中などでも、一瞬顕在化していたものではあった。だが冷静に考えてみれば、国際的な港湾都市としての大連の居住者としての清岡によって、引揚者の精神史的な立場全体を代表させることは、そもそも叶わぬことであろう。

多くの日本人が引き揚げの逃避行の最中に亡くなっており、また多くの「残留孤児」と呼ばれる人々が、冷戦期の只中、中国大陸に留め置かれたままとなった。「残留孤児」が、中国人の養父母に引き取られる際に最も多かったのは、本当のところ、極限的な飢餓によって、食料と自身の子どもを交換したケースだったという。先に述べたように、黒田喜夫は、日本の農村を覆った圧倒的な「飢餓」という弾機が、「あんにゃ」を満州へと赴かせ、また戦後において革命運動を担わせたことを私たちに想起させようとした。

翻って、戦後日本の革命運動の興隆そしてその挫折というものも、中国革命（および朝鮮戦争）の波動の先端が日本人を突き動かした結果であったわけだが、その要諦とは、突き詰めれば、「飢餓」を解決するための「土地所有」の変革だったわけである。

こういった「陸」と「飢餓」にかかわるリアリズムを理解しなければ、おそらくアジアにおける戦争も革命もほとんど理解できないであろう。さらに「飢餓」が既に解決済みと見られる社会においても、それは、拒食症（過食症）といった病の徴候として回帰することもある。では今の私たちに、その「飢餓」のリアリズムへと遡る通路が残されているのだろうか？

Ⅲ 「肉体」の磁場

夢の内容を作りあげる材料は、どんなものであろうとも、ひとがそれまでに体験したものから、なんらかの方法で採ってこられたものであること、だからその材料は夢の中で再生産され、思い出されるということ、これは疑おうにも疑うことのできない事実と見てよかろう。

（フロイト『夢判断』より）

冷戦のポジション、あるいは「肉体」の躓き（つまずき）

戦後文学の中で戦争体験を語る際、前章で概観した限り、南方戦線や海軍系の物語が主流を占める印象が強く、戦後において「陸」（中国戦線）の記憶を描いた作家は、数としてはさほど現れなかったかの印象がある。しかし、戦時中における国策文学においては、例えば火野葦平の『土と兵隊』、『麦と兵隊』が思い出されるように、実は「陸」を舞台にした文学作品は戦争が終わるまでの期間においては目白押しだった。前章で確認したように、戦後において「陸」の記憶は、端的には死体の現前の激しさからも、その戦場のリアリズムを持ちこたえるのは非常に困難であったと言える。

ここでまず、戦時中に中国戦線へと送られ、敗戦後も中国に留まった経験を糧に作家となった人物のひとりとして、武田泰淳の名を挙げておきたい。彼のそれまでの経歴を紐解けば、左翼活動の咎で四度も官憲に拘束された戦前の体験があり、また共産党員の雪崩を打つような転向が生じた一九三三年の翌年において、竹内好らとともに中国文学研究会を立ち上げた話はあまりにも有名である。そんな武田は、戦後文学をリードする作家となったわけだが、もう一方で文明批評家として卓越した書き手でもあった。いずれにせよ、武田の小説や評論においては、やはり兵士という身分で過ごした中国経験というもの、あるいは敗戦後に引揚げ待機者として逗留した上海経験が決定的に重要だと考えられる。だから、「もう戦後ではない」と言われた一九五五年以降、つまり第一次戦後派の退潮が囁かれ始めた頃の、武田に対する評価の変遷は、ある意味で「戦後」の曲がり角そのものを象徴することとなった。

そこで吉本隆明によって書かれた「戦後文学は何処へ行ったか」（一九五七年）に立ち戻ってみたい。その時点で出された吉本の武田への評価は、こうであった。「わずかに現代社会のメカニズムのなかでは、人間と人間は、おもわぬところで接点をもち、おもわぬ形でスパークするという、初期の乱世意識」というものが、次第に「戦後社会の安定感に喰われ」始めた、などと語った総括である。

さらに吉本は、同エッセイの中で、武田に対して、「蝮のするゑ」（一九四七年）など戦後初期の小説に特徴的な日本人対中国人という構図から、『森と湖のまつり』(一九五四年〜)など日本人対アイヌ人へのシフトチェンジに注目しつつも、その試みの成否に疑義を提出している。こういった吉本の武田評価が的を射ていたかどうかの検討はさて置き、ここでも再び確認したいのは、一九五五年の前後を指して語られる狭義の「戦後」の終焉の意味である。その歴史的背後にあるのは、一九五五年の保守合同、左右社会党の合同、さらに日本共産党が武装闘争路線を放棄されたことに象徴的な、朝鮮戦争の休戦からデタントへという国際情勢の変化が日本人の意識にもたらした「何か」である。

ちょうどその頃、あたかも吉本の指摘に応答するように、武田は、戦後文学の歴史的使命を定式化せんとでもするように、「限界状況における人間」(一九五八年)という文明論的エッセイを書いていた。確かに「限界状況」なる概念をことさら提起しなければならなかったところに、何がしか吉本の言う「戦後社会の安定感に喰われ」始めた観が裏書されているようでもある。ただそれは、作家個人の創作にかかわるモチベーションだけに限定できる話でもなかろう。東アジアにおける冷戦構造の確立という国際秩序=下部構造の決定こそ、一九四五年以前の戦争体験(および引揚げ体験)と戦後を生きる人間との間に見えない、しかし確かにある楔を打ち込んだとの観方も出てこよう。

あの戦争の終わりから一九五五年の間に何が生じ、どこに向けて収斂していったのか——武田本人においても、一九四〇年代後半における戦後日本の文学空間における変容に関して、

「限界状況における人間」の中で特に「肉体」をキーコンセプトにして語っている。一九四五年以前の世界と五五年以後とを切断する目に見えぬ力を論じる際に、「肉体」は是非とも論じなければならない概念だったのだ。

戦後、「肉体文学」なるものが、さかんに書かれ、さかんに読まれた一時期があった。性を抑圧されていた戦争中の反動として、性の解放がむやみに叫ばれた。肉体の裸の美しさと強さが、大げさにたたえられた。その頃、志賀直哉氏が「人間の裸なんて、そんなに美しいものかな」と、なにげなく語った一句を私は今でも記憶している。人間の肉体の美しさ強さが、おたがいに感ぜられることは、ありがたいことである。だが、その肉体の醜さや、もろさを感ぜられることも同様にありがたいことなのである。

仏教の先覚者は、その種の感覚を意識的に利用して、悟りに到る方法を考案したことがある。日想観、水想観、不浄観とは、いずれもその方法のひとつである。不浄観とは、人間の醜さともろさを直視する方法であるから、腐敗した死体やいとわしい病状、うみただれた傷口、あからさまに投げ出された内臓を、ありのままにちかぢかとながめるのである。その時、見るものの感覚する激しいショックが、彼の行き詰まった思いを飛躍させる。巨大な太陽の威力をすなおに考えることは、人間の狭くるしいカラいばりを消えうせさせる。こだわりなく自由に変化してやまない水の姿をみつめれば、人間のこわばりやカタ意地が反省させられるのである。「肉体文学」の作者や恋愛至上主義の太陽族が、もし不浄観の一片でも持ちあわせていたら、もう少し深みのある文学が生まれたはずである。

（武田泰淳「限界状況における人間」、『滅亡について』より）

ここで「肉体文学」と名指されているものを想像すると、一般的には例えば田村泰次郎の諸作品――一九四七年に書かれた『肉体の門』や『春婦伝』などが思い浮かぶ。ただそれとは別に、「性の解放がむやみに叫ばれ」ているとするものに関して仔細に検討してみるなら、それは田村のような戦中派世代の作品群でありつつも、さらに石原慎太郎など戦後風俗の中で育った新世代に向けられた物言いであった。まさに武田が「恋愛至上主義の太陽族」というのは、その世代を指している。なぜなら、典型的な肉体文学とされる田村の『春婦伝』は、実に朝鮮人「慰安婦」と日本兵との交情を描いたものであり、ＧＨＱによって発禁処分にされた曰く付きの作品でもある。また『肉体の門』にしても、敗戦直後の占領政策下の「パンパン」の（非）日常を描いたものであることから、むしろ主題としては、武田の言う「限界状況」を描いた作品であったとも言えるのだから。

確かにそうではあれ、しかし『春婦伝』は映画作品へと転生し、さらに「大げさにたたえられ」（武田）ていたとも言える。『春婦伝』は、一九五〇年に『暁の脱走』（谷口千吉）と題名を変えて映画化され、ヒロインを戦後に中国から帰還した山口淑子（李香蘭）、そして相手役に戦争ニヒリズムを湛えた池部良が演じたことで大ヒットするのである。まさにこの映画化というプロジェクトそのものが、吉本の言う「戦後社会の安定感」に喰われたと評言した内容を裏書するようでもある。しかし、その喰われていくプロセスには、武田や吉本が考えていた以上の「何か」——冷戦構造の確立によって規定された「肉体」をめぐるさらに複雑なポリティクス——が横たわっていると筆者は考える。ここで必要なことは、その喰われていくプロセス、その堕落の道行きを、まずつぶさに観察することである。

一九四七年に書かれた田村泰次郎『春婦伝』は、慰安婦にされた朝鮮人の春美と彼女を我が物とする副官の成田、そしてその部下である三上上等兵との交情を主軸とした戦場ロマンである。春美は自分を慰安婦にした日本軍を恨んでいるのであるが、自分を差別し虐待する兵士に向かって「ピイ、ピイつて馬鹿にするか、天皇陛下がそれいふか、同じぞ」と反射的に帝国の論理を流用し対抗しようとする。今読む時、春美の日本語が軍隊で覚えたと思われる口調には、確かに胸を打つものがある。ところが、日本軍国主義を体現する副官の成田は、そういった春美の言葉に全く取り合わず、「ピイに天皇陛下を持ち出す資格があるか」と反撃するのである。春美の観察では、成田は道具的に「天皇陛下」を利用するだけの人間である一方、部下の三上は、まさに天皇が三上の肉体に住んでいるかのごとくであり、自身の命を投げ出そうともする。春美は、自分を囲う成田に復讐するため、部下である三上を自分の肉体によって誘惑し、上官を裏切る立場に立たせようと画策する……。

一読して分かるのは、そのような反軍国主義的なストーリー配置とは裏腹に、この作品はおそらく、かつて従軍した田村の兵士というフィルターを通じて構成されたファンタジーだということである。つまり、かつての兵士が抱くファンタジーを通じて、朝鮮人慰安婦の「肉体」が醸し出す野性味と、日本人男性への情の深さとが表出される仕組み（オリエンタリズムの装置）を持つ作品以外の何ものでもない。その意味で、この春美（朝鮮人「慰安婦」）の「肉体」は明け透けに言えば、一度目は戦場（慰安所）で、そして二度目は大衆文学（市場）において消費されたことになる。日本人男性と朝鮮人慰安婦との官能的かつ感傷的な表現が、娯楽に飢えた戦後の大衆（市場）にスムーズに浸透したにすぎない、という評価を下すのも容易であろう。しかしこの作品の問題性はさらに複雑なものへと変成するのであり、実は簡単には片づかないのである。

この『春婦伝』は、前述の通りに『暁の脱走』という題名で一九五〇年に映画化され、大ヒットを飛ばした。監督は、銀行強盗の裏切りと改心を描いた『銀嶺の果て』をヒットさせた谷口千吉、そして脚本を担当したのは実にあの黒澤明であった。では、朝鮮人慰安婦の「肉体」はこの映画化によって、単純にそのまま三度目として消費されたかと言えば、結果としてそうではなかった。ヒロインを演じる山口淑子は朝鮮人ではなく、端的に日本人として登場しており、またその属性も「慰安婦」ではなく、慰問歌手という設定に変更されているのである。

ここで問題が発生することになる。簡単に言ってしまえば、朝鮮人「慰安婦」が主役から降ろされたのである。そういった変更への代償でもあるのか、フィルムの中で周辺化された「慰安婦」は、別のシークエンスへと追いやられ、極めて曖昧な記号へと転移することになる。多くの日本の兵士によって村が占拠されているところで、「これだけ人がいて、慰安所がないとは非常識だ」といった台詞が出てくるし、また慰問歌手たちが「私たちは慰安婦じゃない」と朝鮮人女性への差別を前提として、日本兵に「お酌」を拒否するシーンなども出てくる。つまり、主人公クラスの登場人物が朝鮮人・慰安婦であることをあっさりと回避した反面、そのような存在自体を徹底的にフィルムから消去することもできなかった、ということが想定される。

ひとつの大きな前提として、この時期、すべての映画フィルムに対して、GHQ傘下のCIE（民間情報教育局）とCDD（民間検閲支隊）からによる二重の検閲が存在したという事実がある。『天皇と接吻』（一九九八年）の著者、平野共余子によれば、『春婦伝』を下敷きにしたこの『暁の脱走』は、事実として七回にも及ぶ脚本の書き直しが命じられている。ヒロインを「慰安婦」から「慰問歌手」に変えるだけでなく、ヒロインの名前も一転二転させられることになった。結果として制作された『暁の脱走』は、作者の田村泰次郎、プロデューサーの田中友幸、監督の谷口千吉、脚本の黒澤明、そしてまたGHQらの合作となったのである。先の『天皇と接吻』の書名が象徴的であるように、この『暁の脱走』の中でも、まさにハリウッド的なキスシーンがぎこちなくも挿入されている。

ちなみに平野の調査によると、当時の検閲官のコメントに対して、筋が通っており納得させられたとの谷口の発言があるなど、当時は、GHQの検閲への反発よりも、戦争中の日本軍国主義下の「検閲」に対する不満や怒りのほうが強かったとする反応が主流であったようである。

では結局、それらGHQの「検閲」を通じて実現されたものとは、何であったのか。当時の「検閲」のロジックによって許容されたのは、植民地の喪失とともに列島規模の再出発を運命づけられた日本人のための「反戦」のメッセージであった。そのようなGHQによって枠付けられた「反戦」においては、むしろ植民地から戦時動員された「肉体」（慰安婦）は後ろ暗い存在として忌避されなければならなかった。さらにそういった後ろ暗さを回避することによって、当時の「反戦」言説の無色透明さというもの、植民地動員を行った責任主体（日本人）の忘却が加速されたと言ってよかろう。

加えて、一九五〇年の時点で決定的だったのは、まさに東アジアの冷戦体制の確立を決定する朝鮮戦争が勃発していたことである。一九四五年から五年後の一九五〇年、「慰安婦」の存在自体を完全にフィルムから消し去ることは社会的にはむしろ不自然なことであり、だからその存在の痕跡は、フィルムの端々にわずかに現れざるを得ないものであった。植民地から戦時動員された生々しい「肉体」（朝鮮人）は、おそらく朝鮮戦争とのかかわりにおいて、やはりストーリーの中で周辺化されなければならなくなったのだ。さらに、一九四九年の新中国の成立から朝鮮戦争にかけての時期、周知のようにGHQは天皇の退位論を無効にし、警察予備隊を新設するなど、急速に旧日本帝国の遺産（天皇）をリサイクルさせる方向へ大きく舵を転換していた。かつて一九四七年の『春婦伝』において、春美の口から発せられていた「天皇」批判の言葉は、一九五〇年の『暁の脱走』では、またしても消去される運命となったのだ。

総じて、一九四〇年代後半から五〇年代の半ばまでの冷戦構造の確立期において、日本人の記憶構造は、以下に述べるふたつの効果によって決定されていたと考えられるだろう。第一に、冷戦構造の確立にかかわる暴力（朝鮮戦争）がかつての植民地＝戦時動員の記憶（天皇）の隠蔽へと帰着させられる効果であり、第二に、植民地帝国期の記憶（天皇）を消去することで、天皇制の存続（強化）が日米合意の戦争体制を支援することになった効果である。

ところで、このような植民地の「肉体」の消去のプロセスに同伴していたのが、戦後日本映画の巨匠と称される黒澤明であったということ——このことを私たちは、忘れてはならないだろう。例えそれが、状況によって強いられたものであったにせよ、その強いられた力は日本人の無意識の回路の中へと入り込んでいったはずなのだ。

議論を元に戻したい。一九五八年時点において武田泰淳が示したかったことは、「肉体文学」への批判、それと石原慎太郎の『太陽の季節』に体現される「太陽族」文学の興隆を繫げて批判することであった。その直感的な論自体に誤りはないにしても、戦争および植民地（動員）の記憶とともにあった猥雑な「肉体」（『春婦伝』にはあって、『暁の脱走』において消えたもの）を消去することなしには、現在の瞬間的な生にかける「太陽族」に象徴される、非歴史化した大衆消費文化の登場はなかったと言うべきである。また吉本の戦後文学の変容についての解釈についても、それは彼の言う「戦後社会の安定感」がかつての同胞であり隣人となった人々の戦争への動員を忘却することによって得られた「安定感」だったということ——このことについて吉本は無視を決め込んでいる、と言わざるを得ないだろう。

吉本の言う「戦後社会の安定感」というもの、実にそれは冷戦構造によって閉じ込められていた事態であり、それが目に見える形をとって回帰してくるのには、冷戦構造の解除の合図が必要条件であった。例えば一九九一年、冷戦期独裁を解除した韓国から発せられた元「慰安婦」によるカムアウトは、残酷な植民地動員に晒された者たちの「肉声」を、改めて日本人の目（耳）に刻印するところとなった。

作家の徐京植（ソキョンシク）は、『半難民の位置から』（影書房、二〇〇二年）の中で、東北地方在住の元「慰安婦」、宋神道（ソンシンド）によって提起された謝罪の訴えの「声」を切々と書き留めている。徐によって書き留められた彼女の「声」は、まさに原作『春婦伝』にあった軍隊口調であった。徐の立場からは、その「声」を、踏みにじられ続けた自身の母の「声」として聞くのである。だが、もう一方の日本人は、徐とは違ったポジションでその「声」に向き合わざるを得ないだろう。

翻って、日本の将校に反抗する『春婦伝』の春美の「声」がまさに軍隊で習い覚えたものであったことは、田村泰次郎の記憶を介して、確かにテクストに刻印されていたものであった。

しかしそれは、映画『暁の脱走』となった瞬間に、消去されなければならなかった。ただここで、奇妙な感覚が生じる。『春婦伝』という原テクストは、谷口・黒澤によって映画化され（書き換えられたこともあり）、戦後期を通じて徐々に流通され得ない骨董品、あるいは図書館の書庫に片づけられるアーカイブと化していった。まさに『春婦伝』が社会的に死のうとした瞬間である、そこに登場する主人公と同様の境遇の元「慰安婦」、宋神道がしぶとく生き抜いており、そして軍隊口調で日本政府に闘いを挑んだわけである。もちろん、仙台在住の宋は、かなりの高齢であった。その軍隊口調も、いつかは聞かれなくなるだろう（二〇一七年に永眠された）。ではその時、彼女の「声」は、果たしてどこを彷徨うことになるのか。またその「声」は、どのように生き延びることができるのであろうか。むしろこう言うべきであろう、その「声」が生き延びるために私たちは何をしなければならないのか、と。

一九六〇年代における潜在的回転——鈴木清順『春婦伝』の両義性

映画研究者であれば周知のように、『春婦伝』は一九五〇年に映画（『暁の脱走』）となった後、日韓基本条約が締結された一九六五年、もう一度、元の『春婦伝』という題名を復活させ、映画化されている。『暁の脱走』ほどは、観客を獲得できなかったそのフィルムを作ったのは、戦後屈指の前衛映画監督、鈴木清順であった。その鈴木版『春婦伝』でも、主人公の春美（野川由美子）は『暁の脱走』と同様日本人として設定されているわけだが、慰問歌手の設定ではなく、原作どおり「慰安婦」として再設定されている。また、主人公を原作の通りの朝鮮人とすることはできなかったものの、舞台となる「慰安所」の中に、脇役としてつゆ子という朝鮮人「慰安婦」を登場させることになった。ちなみに、つゆ子役を務めたのは、老け役としてもっぱら助演に専念してきた初井言榮である。鈴木版『春婦伝』の中で、つゆ子は日本の「慰安婦」と比べて安い相場で買われる不満を堂々と口にしている人物であり、フィルムの中で異彩を放っている。そして、このつゆ子は、ラストシーンに到って、フィルム全体の基調を転換するような、重要な役割を果たす。このラスト部分については、四方田犬彦の論、「李香蘭と朝鮮人慰安婦」が興味深い見解を示しており、しばらくその解釈をトレースすることにしたい。

そのシーンは、ヒロインの春美とその愛人である三上が手榴弾で爆死した直後のラストショット――八路軍によって駐屯していた街が攻撃され、日本の部隊が立ち去ろうとする荒野を描写する幻想的なシーンである。その荒野に登場するつゆ子は、白の民族衣装を纏(まと)い、髪型を朝鮮式にし、奥深く怒りを内側に潜めたような表情を浮かべて仁王立ちする。そして、「日本人はすぐ死にたがる。踏まれても蹴られても、生きなければならない。生き抜く法がもっと辛いよ。死ぬなんて卑怯だ」と独白する。四方田によれば、他の日本人慰安婦が街に止まり身動きしない一方、つゆ子は荒野に向けて歩き出すのであるが、その行き先が八路軍のほうを向いているように暗示されているという――この解釈は、なるほど魅力的である。

ここで私が注目したいのは、この時のつゆ子の表情である。八路軍による攻撃の後という設定もあって、台詞にあるような「生き方」の宣明を越えて、日本人に対するある種の厳粛な「裁き」の意志を仄めかしているように感得されるのである。いずれにせよ鈴木は、谷口・黒澤による『暁の脱走』を見ていたはずであり、それとの差異を産出するような演出を目論んだはずである。

さて、もうひとつのこのフィルムの焦点となるのは、春美と三上の死なせ方の差異である。『暁の脱走』では、春美と三上が悪役の成田副官によって銃撃され、荒野で憤死するところにクライマックスが設定されている。この設定は、当時の善悪をはっきり明示した「反戦」モードと合致していたと言える。しかし、もう一方の鈴木版『春婦伝』では春美と三上をむしろ自殺させるのであるが、そのふたりの自殺と対照的な配置において、朝鮮人「慰安婦」がひとりカメラに背を向けて荒野を歩き出す歩みをクライマックスに配置したのである。ここに強く、鈴木流の倫理＝美学的判断が介在していると言えるだろう。

ここでもう一度、「戦後社会の安定」とともに変容を余儀なくされる戦争の記憶と、「肉体」にかかわる磁場にかかわる議論に立ち戻ってみたい。一九四〇年代後半から五〇年代の前半にかけて、GHQ検閲下のフィルムでは、戦争（反戦）という主題が「肉体」と結びつけられることは注意深く除去されようとした。ところが、五〇年代の後半以降、占領期の終了とともに、戦争という主題は、むしろ積極的に「肉体」と結びついていった（このことは、他の東アジア諸地域、例えば中国、朝鮮半島、台湾などとの差異として論じることも可能であるが、ここでは深く追求しない）。

まず、鈴木が主人公の春美を肉感的で野性味の溢れる「慰安婦」として設定し直した戦略は、ある程度は戦中の「慰安婦」の歴史性をすくい出すことにはなった。しかし、戦争と結びつけられる「肉体」は、ある意味で大衆消費社会の欲望のコードに正確に対応するエロティシズム、あるいはタナトロジーへと練り上げられていったことになる。ちなみに、上映時のキャッチコピーには、「私の戦争、それは兵隊達に体を開くこと」といったものであった。しかし、これを朝鮮人女性に負わせることはできなかった。そういうことで、鈴木版『春婦伝』において、主人公の春美を原作どおりに朝鮮人とせず日本人とした処理について、もう一度こだわってみたい。

ここで振り返ってみたいのは、原作『春婦伝』が書かれた当時の歴史的磁場の問題である。敗戦して間もない一九四七年であったからと単純化するわけでもないが、原作『春婦伝』における春美にかかわる描写は、基本的には帝国内部の出身者として処理されており、決して春美をネーションとしての朝鮮（韓国、あるいは北の共和国）に結びつけているわけではない。例えば田村は、彼女たちに対して、「少女のとき、故郷を出て、日本人の客だけを相手にしてきた彼女たちの気持ちや考え方には、多分に日本人的なところがあつた。自分が日本人的であることになんの不自然さも自覚しなかつた」との説明を加えている。つまり、帝国日本の表象空間をそのまま戦後に移行させているという意味では、それは今日的なPCを全く考慮しないものとなっている。

一方、鈴木清順は朝鮮人「慰安婦」を登場させたものの、それを性的記号の範疇に加えなかったことは、明らかに田村が思い描く旧帝国の地図ではなく、朝鮮半島が日本とは別のネーションを形成していること、単純に言えば、日本を批判する主体（他者）として取り扱った、ということになる。

さらにここで想起されるのは、大島渚の『日本春歌考』（一九六七年）に登場する在日の記号＝存在である。そこで、在日朝鮮人と想定される金田幸子（吉田日出子）が、日本人学生によって輪姦されたと想定されるシーンが出てくる。この時の大島は、表象の上では吉田自身をセクシャルな記号としては取り扱ってはいない。また、金田自身の態度にしても、明確な発話をともなった怒りを表しているわけではないが、鈴木版『春婦伝』のラストシーンにあるような「裁き」に近いニュアンスが雰囲気として顕されている。ただ『日本春歌考』の別のシーンでは、小山明子によって、古代史的なパースペクティブからの日本と朝鮮半島との有縁性（性的寓話）が仄めかされており、そのような「あざとさ」が濃厚であることにおいて、鈴木の倫理＝美学的処理と一定のコントラストを有するものとも言えよう。

さて、以上の考察で確認し得るのは、『春婦伝』がふたつのフィルムへとリメイクされる中で、朝鮮人慰安婦の「肉体」が日本帝国内部のものとされた原作から、その外部へと放逐される谷口・黒澤『暁の脱走』の段階を経由して、再び鈴木版『春婦伝』においてその朝鮮人の「肉体」が、日本人に対して「裁き」を仄めかす「他者」として回帰するという経路である。

ただ、一九六五年に撮られた鈴木版『春婦伝』の中のつゆ子の表情が、日韓基本条約の締結への異和を通じて現出したものであるかどうか——それを確認する手立てはなかろう。さらに鈴木による倫理的美学的な価値軸を中心に回転させたあのクライマックスにしても、現在の観点からは大いに議論の余地がある。それは、あっけなく自殺してしまう春美と三上に対して「卑怯だ」と非難し、生き抜くことの辛さを訴える朝鮮人つゆ子を配置した戦略である。この配置に関して「桜のように潔く散る日本人」／「這いつくばって生きる朝鮮人」——といった美学的二分法の落とし穴があるようにも思われる。そうした構図が、一九六五年という政治的画期とどのような対応関係にあるのか、さらなる考究が必要となるだろう。

ところで田村泰次郎は、『春婦伝』を書いた一九四七年、もうひとつ戦後の風俗を扱った『肉体の門』を世に出している。この『肉体の門』は、占領下の日本において「肉体」を商売道具としていた一群の日本人女性を登場させたものであった。先の『春婦伝』の朝鮮人「慰安婦」の肉体と、この『肉体の門』の日本人女性の「肉体」は、いわば作家としての田村の中では地続きのものとして存在していたことになる。

『肉体の門』は、敗戦後の焼け跡、自身の肉体を生活の糧とするために結束する数人のパンパン（売春婦）たちの物語である。彼女たちは、団結を守るために、ある戒律を盟約としている。それは、金銭を遣り取りすることのない「純粋なセックス」を禁じるという掟だった。しかしそこに特攻帰りの男、伊吹新太郎が闖入し、起居をともにする中で、そこに波乱が生じてくる。ボルネオで兄を失ったことでボルネオ・マヤと呼ばれる主人公の女が、先の盟約に対して裏切りを冒し、そのためにマヤは、さながら殉教者のように吊るされながら「ヤキ」を入れられることになる。仲間たちに激しく打たれるマヤは、終(つい)にこのような感慨を抱く――「マヤはたとい地獄へおちても、はじめて知ったこの肉体のよろこびを離すまいと、心に誓った。だんだんうすれていく意識のなかで、マヤは、いま自分の新生がはじまりつつあるのを感じていた」と。

マヤにとっての「肉体」の喜びが得られたのは、特攻帰りの男・伊吹からであり、伊吹は死んだ兄を代替する存在となっている。ここにおける田村の叙述の目的は、一九四五年以前の帝国の地図を敗戦後の日本へと折り返し、そこから日本人女性を「救済」することであったと言ってよいだろう。

ただしテクストを仔細に点検した限り、『肉体の門』における最大の問題点として現れるのは、実に占領軍(兵士)にかかわる表象が徹底的に隠蔽されていることである。それはある意味、占領下における「検閲」の結果でもあろう。フロイトも夢と現実世界との関係を記述するうえで、「検閲(zensur)」を使用していたが、まさに現実の一九四七年という焼け跡の街を占領軍が闊歩していた時期、大衆の間で爆発的に消費された『肉体の門』において、成人男性にとって忌まわしきあの占領軍が一切除去された「夢」の世界(テクスト)が現出していたわけである。またフロイトの言う「検閲」はもとより、排除や抑圧に関連づけられる「抵抗」の顕れでもあったという意味合いであり、それもこのことを補っていよう。『肉体の門』というテクストは、占領軍の表象を欠如させることによって、むしろその存在への抵抗感をより強く裏書しているようにも読めなくもない。

いずれにせよ、『肉体の門』において、占領軍という存在は、その片鱗もテクストに残されていない。そこにあるのは、戦争未亡人や元挺身隊員が「堕落した女」へと落ちていくプロセスであり、帝国の断片として破砕され、「女性」の焼け跡からの「救済」が祈念されるあり様であった。フロイトは、夢（記憶）における「検閲」という作業を採り上げる際に、そこに「圧縮（condensation）」と「移動（displacement）」を認めていた。日本人男性の精神的喪失と占領軍（GHQ）への田村のルサンチマンは、「堕落した女」へと圧縮され、さらに「救済」へと移動させられたとも考えられよう。

さてこの『肉体の門』も、大衆小説として爆発的に需要されたことによって、『春婦伝』と同様にして映画化の運命をたどることになる。しかも同じ前衛映画監督たる鈴木清順を介して。『肉体の門』が映画化されるのは、原作が書かれてから一七年後となる一九六四年であった。

鈴木版『肉体の門』において最も特徴的なことは、原作に反して占領軍の存在がフィルム上に迫り出ていることである。しかもそれは、単にパンパンを取り締まる役回りなど、時代背景を説明するためのものだけに止まっていない。ある意味では、占領ルサンチマンをお約束事として表現するかのように、米国人兵士が日本人女性を襲う場面も出てくる。またフィルムの流れに強烈なインパクトを及ぼす異化効果として、アメリカ合衆国の国旗が画面全体を占拠するショットも数カ所出てくる。

振り返ってみるに、鈴木が採用した占領ルサンチマンに対する処理は、同時代の水準においては格別のものではあった。ヒロインのマヤ（野川由美子）は、かつて自分が占領軍に犯された復讐として、占領軍所属のキリスト教宣教師を誘惑し、その宣教師に劣情を抱かせることに成功するという、ある意味では過剰な筋書きとなっている。こういった筋書きも、戦後改革の推進者、あるいは日本人民の守護者であるとする占領軍の偽善を暴き出す戦略性として、解釈され易いものだとも言える。この鈴木版『肉体の門』の登場に関しては、日米安保体制を批判する一九六〇年の反安保闘争の文脈に属すものと見ることも容易であろう。とはいえ、マヤによる占領軍への復讐にしても、またその復讐が宣教師の「肉体」を介し、誘惑によって成し遂げられる点も、繰り返しになるが、大衆消費社会の欲望のコードに背くものとしては決してあり得なかった。

ただそうではあれ、鈴木版『肉体の門』は、占領軍を表象した同時期のフィルムとは、確実に一線を画している。例えば、一九六二年に制作された大映のプログラムフィルム『悪名』シリーズの第三作、『新・悪名』との比較を通じて考えてみよう。『新・悪名』の主人公である戦争帰りの朝吉（勝新太郎）が、ＧＩ（アメリカ兵）に犯されそうになる女性を救うシーンが出てくる。この朝吉の身振りに見られるように、まさに日本女性を占領軍から防衛せんとする日本人男性のセクシャル・ファンタジーが、フィルムの全編を貫いている。このような反米的な文化的傾斜は、一九七〇年代まで命脈を守りつつ、密かに生産されていた。だが鈴木版『肉体の門』は、明らかにそういった流れとは一線を画している。『肉体の門』に登場する特攻帰りの伊吹新太郎は、占領軍の物品を横流しする活動に携わっているものの、日本人女性を占領軍（アメリカ）と奪い合う構図とは無縁である。占領軍による性的暴力への復讐は、むしろその当事者である日本人女性のマヤによって果たされるのである。その意味で、鈴木版『肉体の門』は、別の隠喩を孕んでいる。すなわち、占領軍が本土からはほとんど撤退し、占領が沖縄に特化されんとする（また韓国において強化された）一九六〇年代において、むしろ米軍基地による暴力を抱えざるを得なくなった他の地域の苦悩に通じる身振りを示していたと言えるのかどうか――この辺りが鈴木的美学に関して、さらに掘り下げられるべきポイントとなりそうである。

戦後と「堕落した女」

一九六〇年代の冷戦期とは、スターリン批判から出てきた東西のデタントが、キューバ危機において、再びその方向を軍拡に転じ始めた時期として記憶されている。こういった状況の只中で、日本は、相対的には東京オリンピックを成功させるなど、経済的成功を内外に印象づけることに躍起になっていた。第二次世界大戦の結果として、東アジアにおける唯一の敗戦国となった日本が、皮肉にもその経済発展を最も謳歌する国家になっていたのだ。繰り返しになるが、その理由には大きくふたつのことがかかわっている。ひとつ目は、中国革命から朝鮮戦争を経て、アメリカ合衆国の極東政策が、日本を弱体化することから転じて、日本を中心とする経済的分業体制を支持することになったこと。ふたつ目は、冷戦構造下において、朝鮮半島や中国、台湾が冷戦対立の最前線にあったことで、異常な軍事・管理体制を敷かざるを得なかったのとは対照的に、日本は冷戦の最前線からは一歩引いた位置を占めることができ、「平和国家」「民主国家」を維持できたということである。韓国や台湾(中華民国)がハード反共国家であるならば、日本は差し当たりソフト反共国であったと言えるだろう。ただここでの「ソフト」が最もやっかいなのだが。

そういった日本に特有のソフト反共という冷戦の磁場において、大衆文化が日本の帝国期および占領期を想起する傾向として、その暴力の痕跡は、常々セクシャルな記号としての「女」によって担わされ、そして消費されてきたと言える。それは、情熱的かつ野性的、時には献身的でもある反面、決定的に「堕落」の文字とそこから期待される「救済」の物語——慰安婦、パンパン、戦争未亡人などの——が刻印されたものともなった。

そういった戦後的、あるいはポストコロニアルな磁場における「堕落した女」のテーマとは、日本の場合、明らかに戦争に敗北したこと、また植民地を失ったという為政者＝男性の「去勢」を否認し、それを代補するものであった。もちろん前述した鈴木版『春婦伝』では、情熱的でも野性的でもなく、また献身的でもない朝鮮人「慰安婦」を登場させることによって、「堕落した女」と「去勢された男」という冷戦下日本の大衆文化の「隠しコード」に抵抗していたことになるかもしれないのだが。

ただそうではあれ、数多くの戦争フィルムとともに「堕落した女」が、占領期の終焉とともに大量に映画市場に供給されることになった。そうした映画産業の「復興」それ自身が、朝鮮戦争によって刺激された日本経済の上昇過程の中から出てきたものであること――このことを忘れてはならないだろう。

そういった中、一九五九年から六一年にかけて制作されたシリーズ映画『人間の条件』(小林正樹、全六部)は、北海道の原野を旧満州やシベリアに擬えたロケ地として活用するなど、巨額予算による戦争映画の嚆矢となった。当時、『人間の条件』の撮影が始まると、東京や京都には役者が残らなくなったとも言われていた。その『人間の条件』は、戦後文学の核にある戦争批判、あるいは人類批判などの形而上学的な問いを内包したものであったが、関東軍の敗走とともに孤立した開拓村の女性たちが旧ソ連軍、あるいは日本の敗残兵に「肉体」を提供しなければならないシーンなど、実は既に「堕落した女」に接近するイメージが随伴していたのである。

だが、そのような戦争映画における「堕落した女」というテーマにおいては、増村保造の『赤い天使』(一九六六年)が、そのイメージをむしろ戦略的に反転・拡大させたものとして、四方田犬彦をはじめ、多くの論者によって現在に到るまで盛んに言及されている。ところで、このフィルムは、原作の『赤い天使』（有馬頼義、光人社、一九六六年）が同年に書かれていることから、原作執筆と同時並行的に制作されたという意味で、俗に言うメディアミックスの先駆けともなった作品である。フィルムの主線分は、中国戦線へとやってきた従軍看護婦の主人公・西さくら（若尾文子）と軍医・岡部（芦田伸介）との交情と死を描いたものである。原作では、さくらも荒野で戦死するのであるが、フィルム上では、銃を持ったままひとり荒野をさ迷うシーンで終わっている。

ストーリーを初めからトレースしてみよう。さくらは、天津の病院（後方地）での看護活動に携わっていたのだが、まずそこで患者たちによって犯されてしまう。さくらは、婦長にそのことを訴えるものの、自分で気をつけていなければならないと注意されるだけであった。この事件の後も、さくらは看護活動を続け、さらに最前線の野戦病院で、まるで戦闘状態さながらの負傷兵の応急処置を貫徹することになる。フィルム上には、暴れる負傷兵の体を押さえつけ、腕や脚を切断したり、またそれらを無造作に廃棄したりするシーンが延々と描写される。そんなさくらが出会うことになったのが、モルヒネ漬けとなり、まるで機械のように兵士の腕や脚を切り続けるニヒリスト、岡部軍医（芦田伸介）であった。岡部は、神経を麻痺させるためにモルヒネを用いていたが、そのために「不能」にもなってもいた。このふたりは、凄まじい医療活動の傍ら、岡部の部屋で逢瀬を続けるのであった。医療活動が過酷なものになればなるだけ、ふたりの結びつきも、まるで死を賭すかのごとくの熱を帯びていく……。

　このフィルムに現出する西さくらの特徴を言い表すならば、行為の水準においては「堕落した女」でありながら、表象のレベルで、ある意味では自身の献身・努力に対する自信をかたくなに保持しているため、穢（けが）れのない凛（りん）とした高貴ささえ漂わせている。天津の病院にやって来たさくらが患者病棟で犯される場面なども、さくらを「慰安婦」の「代換物」として表象するわけではあるが、それに相反するように集団レイプにも全くめげないという、不自然なほどの女の「強さ」が強調されている。

　すなわち、戦争の過程で現出せざるを得ない人間の残酷さやおぞましさ、そして弱さといった側面は、さくらに関係する男性の「肉体」の側に刻印され、それとの対偶関係において、益々さくらのアウラは輝きを放つことになるという仕組みだ。その最たる身振りとして、例えば、さくらが両腕を失った折原一等兵（川津祐介）を病院の外のホテルに連れ出し、男性としての想いを遂げさせ、幸福な自殺へと追い込むエピソードなどもある。

　このような増村監督の表象の戦略とは、いったいどういうものであったのか。もちろん、さくらの表象にしても、大衆的な欲望のコードに沿ったものであることは言うまでもない。非現実的なほどの堕落した行為とその表象の高尚さとの落差それ自体が、観客（男性）の俗な欲望を組織化し得るエネルギーとして機能したことは疑えない。

　しかしそう考えたうえでも、増村によって作られた西さくらのイメージには、そのような解釈だけでは収まらない「何か」がある。その何かとは、例えば、原作においては結末でさくらを心中さながらにして死なせるのに対して、フィルムではさくらを生き延びさせた演出によって示された何かである。銃を構え、生き延びるために荒野をさ迷うさくらの身振りは、鈴木版『春婦伝』のラストシーンで、死に急ぐ日本人を怒鳴りつける朝鮮人「慰安婦」、つゆ子の姿と重なり合うところがある。『赤い天使』の最後のシーンで、戦場に立ち尽くすさくらの身振りは、まさにつゆ子の叫び――「日本人はすぐ死にたがる。踏まれても蹴られても、生きなければならない。生き抜くほうがもっと辛いよ。死ぬなんて卑怯だ」――と共振関係にあるかのようだ。

とはいえ、ここでも繊細かつ決定的な差異が浮かび上がってくる。四方田が指摘したように、つゆ子の脚は、日本軍へと再合流するのではなく、八路軍のほうへ向かう感がある一方で、さくらの脚は、恋人岡部軍医の死体を見いだすことによって、そこにうずくまらざるを得ない。だから、岡部の死体を見た後のさくらがさらに行くべきところ、それは、やはり死以外にはないのかもしれないし、あるいは、辛い思いを抱えたまま、どうにか日本へと引き揚げるのかもしれないようだ。

鈴木版『春婦伝』におけるつゆ子と、増村版『赤い天使』におけるさくら。この両者は、戦争を生き延びる女性の表象として立ち現れながらも、その生き延び方の方角において、決定的な別れをも予感させる。

東アジア冷戦における「肉体」の行方

ここまでで「肉体」あるいは「堕落した女」というテーマを手がかりとして、冷戦期に形成された日本の文化構造を検証してきたわけであるが、ここで別の角度からの再考の可能性を提示したいと思う（提示だけにすぎないが）。それは、中国、台湾、朝鮮半島においては、戦争文学（映画）は、明確に国家の危機意識それ自体と連動していたという意味で、準総力戦体制の不可欠な一部であったということである。もちろん、日本の文学（映画）にしても、日米の戦争体制との繋がり、あるいはその隠蔽という回路を通じて繋がってはいただろう。しかし、他の東アジアにおける戦争文学（映画）が、「肉体」に対して総じてストイックであらねばならなかった意味とともに、それが日本では、様々な「検閲」を介しながらも一見して開放的に露出され続けていたことを、どう考えるかという問題がある。

冒頭で、武田泰淳による直感的とも言える「肉体文学」および「太陽族」への違和感――「肉体の裸の美しさと強さが、大げさにたたえられた」――を確認したわけであるが、そのことは、まさに東アジアのパースペクティブ（アメリカ合衆国の政治文化経済にかかわる効果も含んで）において再考されなければならないことである。日本と他の東アジアの諸地域の戦争文学（映画）における「肉体」の扱いにかかわるコントラスト自体が、ある意味では冷戦構造が各地域にもたらしたひとつの非対称性だったということである。しかしそのうえでも、その非対称性というものが何らかの形で滞留し続けながら、予期せぬプロセスを経て呼応し合うという通路が浮上しないとも限らない。

例えば、『赤い天使』のさくらに関して、後のインタビューの中で監督・増村は「中国で殺人、強盗、暴行、強姦をやっている鬼畜のような日本人ではなく……すがすがしく潔白に生きる日本人のシンボルです」と語るのだが、結局、原作に反してさくらを荒野の中に生かした。あのさくらの身振りや表情は、『春婦伝』のつゆ子の身振り、あるいは他の東アジアにおける戦争映画や革命映画のヒロインとの対照関係を通じて、読み解かれるべき質を持つもの、と想定される。中国や朝鮮半島、そして台湾などと同様に、東アジアの冷戦構造の中に日本があったことは自明であるにしろ、それぞれがどのような形態と関連を持ちつつ、己の文化（もちろん流動的に変容しつつある構造）を構築していたかということは、現在においても、いまだ解き尽くせない空白地帯として潜在し続けているのである。

Ⅳ 回帰するアジア、余白のアジア

さらに数年後、私はたずねた〈原郷〉から数キロのところに、このまぼろしと寸分たがわぬ風景を発見して立ちすくみます。老いた母たちの一人は指を折って、その景色はだれそれの葬式の途中しかあるまい、だれかに負ぶさって見たのだろうといいました。
白状しますけれども、この一件あって以来、私はすこし図図しくなり、共同体などと口走るようになったのです。

（谷川雁「北がなければ日本は三角」より）

「アジア」回帰?

先の章で既に述べているが、戦時中に書かれた戦争文学の第一人者として、従軍作家として中国に赴き、そして数かずの作品を遺した火野葦平の名が思い起こされるであろう。ただ火野の作家生活を全体として眺めた場合、従軍作家、国策作家というカテゴリーにだけ止められないことは、改めて強調しておくべきことではある。いわゆる兵隊三部作『麦と兵隊』（一九三八年）、『土と兵隊』（一九三八年）、『花と兵隊』（一九三九年）などを書く以前、既に第六回芥川賞（一九三八年）を受けた『糞尿譚』が書かれている。ちなみに、その芥川賞の受賞式は、小林秀雄の介添えの下に、火野が赴いた戦地、杭州にて執り行われている。

さて、その『糞尿譚』に描かれているのは、社会の底辺に蝟集する雑多な民たちの奇妙な話である。火野が書いた従軍小説の中の「日本兵士」像に関しても、そういった火野のもとよりの社会背景の延長に位置づける必要があるものと思われる。

火野への理解の筋として、例えば池田浩士の『火野葦平論』（インパクト出版会、二〇〇〇年）が最適である。池田は、火野文学をいわゆる国策文学へと一括することにより、文学者としての火野の存在を平板化させてしまうことの危惧を論じている。従軍作家となる以前の火野は、地元九州の若松で父親の家業である土建屋の若親分でもあった。そうした経営者として、そこに集う雑多な労働者との交情の中で、また彼らの解放を夢見るような人間だったとも言われている。火野は、いわゆるインテリ出身のプロレタリア作家とは別系統の人間であったが、地域に土着する親方的視点から、独自の民衆像を保持していた――そのような大衆的基盤を持つ作家だったと考えられるのであり、そこからの火野評価がのぞまれる。

池田も注目しているように、火野の作家生活において最も問題となるのが、戦後、帰還兵士で溢れる内地において筆を折ることを決意して書かれたエッセイ「悲しき兵隊」（一九五〇年）である。このエッセイは、兵士たちの死を「犬死に」とする「戦後民主主義」への強い呪詛に貫かれているが、こういった感慨は、戦後民主主義体制の兵士たちへの酷薄さにかかわる民衆的反応として、実にずっと温存されているものである。ある意味、そのような兵士に対する感情は、民衆として自身の精神状況を保持せんとする、火野独自の頑固さでもあっただろう。しかし当然のこと、日本の帝国主義侵略に加担した者として、加害者としてのカテゴリーから逃れられないものであったのだが。

火野は、一度は断筆を宣言するものの、自殺するまで幾つかの特筆すべき作品を残している。『花と龍』(一九五三年)や『革命前後』(一九六〇年)など、戦後においても「名もなき人々」を含む自伝的な作品を続々と旺盛に書いていた。その中での火野は、実に自身の「生」のある部分を戦争にかかわった歴史的責任の解明に費やそうとした、ということに間違いはないだろう。だが一方で、戦後の日本のあり様――朝鮮戦争による好景気にあずかったもうひとつの「現実」――とは格闘しようとしなかった。そのためでもあろうか、池田が指摘するように、戦後における火野の作品は、かつての自身に対する反省の積み重ねの観もあるものの、質としてはまさに「私小説」としか言いようがない。その意味でも、火野の戦後における文学的営為というものも、戦後における日本人の「生」の一面を代表するものであろうとも思われる。

そういった意味で、戦後の戦争文学の金字塔といわれる大岡昇平の戦争小説の諸作にしてさえ、戦後日本の政治・経済的ポジションに規定されている。例えば『俘虜記』(一九四八～五一年）や『野火』（一九五一年）にしても、実際のところ一九五一年に締結され、五二年に発効されるサンフランシスコ講和条約締結に向かう時空で書かれたであろう痕跡が行間から立ち上ってくる。つまりこの両作は、戦争への懐古であるよりも、俘虜として描かれる主人公の身分が、アメリカ占領下の日本人の運命を隠喩的に表現する――そういった意味合いが強く刻印されているのだ。

このことは、大岡の主観とは別に、それらがずっと戦争当時の時間と地続きのものとして存在していたことを意味する。例えば、『俘虜記』や『野火』は、現地住民の存在をほとんど視野に収めていない。戦時中において一般的にフィリピン人は問題となっていなかったし、それは大岡の両作品にも当てはまる。あの戦争は、あくまで米国との戦争であり、たまたま戦場がフィリピンであったにすぎないのであり、その意味で地続きなのである。逆にフィリピン人にとっての戦後は（一九七〇年代まで）、日本との敵対状態の持続を意味するわけだが。

両作以降において、大岡がフィリピンの記憶と再び向き合い、格闘しはじめるのは、表立っては一九六九年の『ミンドロ島ふたたび』、あるいは一九七二年の『レイテ戦記』からのこととなる。それ以降においてやっと、大岡にとってのフィリピンは、もう一度出会い直さなければならない固有の対象となっていくのである。つまり私たちは、戦前（戦中）の記憶を有する作家たちの一九五〇年代から六〇年代にかけてのあり様を、改めて問題としなければならないということである。

その意味で火野や大岡のように現在まで読み継がれている作家とほぼ同じ年代に属しながら、しかしその期間、全く異なった経験を持った戦前生まれの（そして戦争を体験した）作家を思い返す必要もあろうかと思う。例えば、植民地育ちの作家で、一九五〇年代の日本共産党の内部抗争を主題とした作品『断層地帯』（全五巻、書肆パトリア、一九六六年）を書いた小林勝（一九二七〜七一年）である。彼は戦中においては陸軍航空士官学校に進み、また特攻要員にもなっている。ただ自身が植民地育ちであることに苦しんだ一方で、朝鮮半島を舞台にしたところを作品化することに関しては拒み続けていた。

いずれにせよ、小林勝が遺したものは一九八〇年代以降、全く顧みられなくなっている。一九五〇年代に書かれた小林の同書は、いわば党と個人との間の紐帯（ちゅうたい）と確執とを描いたという意味で、その後一九七〇年代の学生運動内部の「暴力」の参照枠として読まれた形跡もある。また、小林と似た経歴では、戦中を内地の小学生として過ごした在日作家・高史明（コサミョン）がいる。彼の処女作『夜がときの歩みを暗くするとき』（筑摩書房、一九七一年）にしても、当時の読者とのかかわりでは、一九七〇年の華青闘告発以後の在日の立場から、一九五〇年代の日本共産党と在日朝鮮人知識人との間の葛藤を振り返るという構造になっている。

総じて、新中国成立と朝鮮戦争を歴史的背景に持つ一九五〇年代の政治的文学は七〇年代まで、主に「運動」側にとっては明確な参照枠であり続けており、それはまさに戦前（戦中）生まれの戦争体験者たちによって担われていたことになる。だが、戦後日本における「アジア」

なるものの回帰は、東アジアにおける冷戦の激化が日本へと列島規模に反射することを通じたものであった。すなわち、そこで生じた屈折やひねりというものが、いわゆる戦前（戦中）の記憶を扱った文学的営為にどのようなインパクトを与えたのか、あるいは与えなかったのか、その交差部分を解析する必要が出てくるのである。

繰り返しになるが、言うまでもなく一九五〇年代は、朝鮮戦争の最中に日本が「独立」するとともに冷戦構造が固定化されるという、まさに日本の「復活」がアジアの「屈辱」として記憶されるべき期間であった。ではそれ以後、世界的には冷戦が膠着状態に入った一九六〇年代において、果たして日本はどのように「アジア」という問題機制と繋がっていたのか。以下、別のルートから探ってみたい。

六〇年代、あるいは竹内好

一九五〇年代後半から六〇年代までの日本の時間性を、「アジア」との連関において考察する際に、一九六〇年の安保条約改定反対運動の盛り上がりを観測起点とし、政府主導によってなされた明治百周年記念式典の開催（一九六八年）をその帰着点として考察してみたい。この両端を暫定的なフレームワークとするのは、竹内好がこのふたつを結び合わせているからであるが、その枠組みの有効性は追って確認されることとなる。

竹内は、安保改定反対運動がこれから佳境に入ろうとする一九六〇年の正月の時点で、来たるべき一九六八年の明治維新の百周年を見越し、民衆の側から祝う「明治維新百年祭」を提唱していた。実際には、竹内による近代日本を総括する目論見としての「明治維新百年祭」は、マルクス主義歴史学者・遠山茂樹などから「現代的意義がどこにあるのか」と疑義を提起されるなど、いわゆる左翼陣営からは無視、あるいは批判されることになる。そうしている中で、一九六八年が迫るにつれ、政府主導の「明治百年記念式典」が上から圧し掛かり、結果として本人の言動もトーンダウンを強いられることになっていく。

竹内は、一九六六年に受けたインタビュー「予見と錯誤」の中で、自身の「明治維新百年祭」の提案は、決して懐古趣味のものではなく、また遠山の言う「現代的意義」ではなく、「未来的意義」としての戦略的発案であったこと、さらにその提案は日本政府との「文化」をめぐる具体的な交渉(ネゴシエーション)であったことを強調している。結論として言えば、明治百周年という回帰的かつ「未来的」な時間性というものは、竹内の内部において、一九六〇年の安保条約改定反対運動への実践的なコミットとそれなりの結びつきを有するものであった。

ここで興味深いのは、竹内からの遠山たち、マルクス主義系の歴史学者への具体的批判の仕方である。主体的に明治維新百周年にかかわるのではなく、いわば政府がその企画の意図を発表した後でそれへ反対する——という受け身の姿勢そのものが問題だ、と竹内は述べていた。こういった実践感覚は、まさに竹内ならではのものであったと思われる。

これとの繋がりの中で、今度は竹内の六〇年安保にかかわる実践について述べてみよう。歴史的によく引き合いに出されるのは、五月一九日に新安保条約が国会で通過するや、竹内は、問題は安保を阻止することそのものではなく、むしろ政治的論点を「民主か独裁か」に集中させるべきだ、と発言したことである。のちにブントなど学生組織からは日米安保と民主主義の問題を分離したものと受け取られ、批判もされる。

振り返ってみて、竹内の安保へのコミットの姿勢は、大きな幅を持ち合わせた数かずの実践をそこに内包するものであった。例えば、竹内は政府への請願活動にも積極的で、実際に当時の首相である岸信介と面会し、さらに新安保の自然承認を期して、個人の行動として、東京都立大学を辞職するなどの意思表示も為された。ここで、それら竹内の行動一つひとつの戦略的意義を論じることも実は可能ではあろう。ただ個々の戦略とは別として、六〇年安保を通じて竹内の念頭にあったのは、やはりアジア、特に中国との関係であったとも総括できる。

繰り返しになるが、その九年前、サンフランシスコ講和条約の成立において、そこに中国（台湾の中華民国も含む）、また朝鮮半島の代表者が呼ばれていなかった、この事跡こそが決定的であったのだ。その翌年の一九五二年において日本は、台湾の中華民国と個別に日華平和条約を締結することになるのだが、それは、日本の「独立」をまずサ条約の場で承認させ、その問題含みの「独立」の地盤から改めて「アジア」と交渉しようとする、まさに「裏技」なのであった。中華民国政府は、日本の「独立」の承認と引き換えとして、実質的に為されるはずの賠償請求を封殺されることになった（同様のことは一九六五年の日韓基本条約によって、韓国との間でも反復されたことになる)。

このような歴史状況において竹内にとって最も念頭にあったのは、以下のことである。つまり、目下の安保条約改定反対運動とは、継続的な戦争状態の固定化としての冷戦状態へのアジアの立場(および日本民族の立場)からの異議申し立てであったということ。だからそれは、日本がアジアに対して自身の政治的「独立」を示し得るかどうか、という民族の未来に向かう気概の問題でもあった。その意味でも、竹内にとって実際に新安保条約が批准されるかどうかという問題そのものは、実に二の次のことであったのではないか、ということになる。

かりに新安保条約反対運動の総括として、条約締結自体が目的であったのであれば、のちに日本の「独立」のためなら核武装も必要であると主張した清水幾太郎のような立場からは「敗北」ということになろう。その一方で、丸山眞男や日高六郎などの戦後的市民民主主義を体現する知識人においては、安保運動の盛り上がりは、組織動員によらない市民の主体的な立ち上がりをもたらしたという意味で、民主主義的主体の成熟として評価する方向づけが為されていた。竹内の立場は概ね、この民主主義主体の成熟にかける方向性に棹さしていたと言えるだろう。

さて、言論界の諸潮流の方向性の分散を睨(にら)みながら、竹内は、安保騒動から数カ月たった総括期を迎えた頃の講演、「水に落ちた犬は打つべし」(一九六〇年九月一三日)の中で、安保闘争の中で日本人は変わったという認識を示し、また今後も日本人の「自主」と「民主」の精神が伸びていく予感を示しつつ、安保闘争の意義を大きな成果とするのであった。今日から見れば、竹内が志向したのは、「国民文学」論争を経て問題化してきた占領期からの「独立」の質を批判しつつ、如何に本当の「独立」を達成するか、ということであった。その意味で、竹内にとって、国の独立の問題と、民主主義主体の成熟という問題は、実に一体のものであったと結論づけられるだろう。

竹内にとっての反安保運動とはまさにそのようなものであったが、冷戦状況におけるアジアとのかかわりにおいてそれが追求されていたことが最も肝要である。竹内の闘いにおいて参照枠となっていたのは、実に中国の五・四運動であったし、またアジア・アフリカ諸国における「独立」の諸潮流が意識されていた。その意味でも竹内は、紛れもなく第三世界型のナショナリストに他ならないわけである。しかして、そこからも直ちに、丸山眞男によって指摘された問題――ナショナリズムの「処女性」を失っていたとされる、近代日本のナショナリズムの性格のアポリア（難問）が招来されるだろう。安保改定反対運動にかかわりながら、その次に竹内が目指したのは、アジアとのかかわりの中で日本のナショナリズムの根にある問題を改めて洗い直すことであった。

六〇年安保の後、竹内は「日本とアジア」（一九六一年）を書き、また「日本のアジア主義」（一九六三年、当時の題名は「アジア主義の展望」）を書くことになる。評論「日本とアジア」は、当時の国際的な緊張関係の相のもとに、福沢諭吉の脱亜論を読み直す試みであった。竹内は、福沢が単純に「脱亜」を求めたのではなく、リアルな国際感覚において日本の「独立」を志向した結果としてそれが求められた、と批判的に分析した。またさらに「日本のアジア主義」（一九六三年）では、日本のアジア主義者のアジア連帯の志向と、その主観における連帯と客観的実態としての侵略との関係が論じられることになる。それらは、いずれにせよ過去の日本のナショナリズムの根を見極めつつ、そこから日本の民族としての将来のあり様を展望するものであった。

一九六〇年の時点で先に論じた「明治維新百年祭」の提案が念頭に置かれていたとすれば、それらの著作は、実に周到なプログラムのうえに立っていたものであるとの印象も受ける。ただそれらのプログラムと言えども、ある一定の政治目標に向かうものではなく、むしろ広義な意味での文化的プログラムとも言えるものであった。前提的な情報として、竹内は「明治維新百年祭」を提案するのにあたって、政府主導による「明治百周年記念祭」に関して、それを「文化」の分野への政府の介入として不快感を示していた。ただしここで言う「文化」とは、「政治」を逃避するモラトリアムの領域を指すものではない。「政治」との対決の中から自身を選び直す所作としての、あくまで竹内流の「文化政治」であった。

さて「日本とアジア」や「日本のアジア主義」で、アジアの視点から日本の過去から将来のあり様を展望せんとする仕事以外にも、竹内の中では、様々なプログラムが用意されていた。一例として、この時期、主に雑誌『思想の科学』（思想の科学社）の同人としての活動の中で、座談会という形式を通じた言論戦線への介入があった。中でも目立っているのは、鶴見俊輔や橋川文三らと行った座談会「大東亜共栄圏の理念と現実」、さらに林房雄や上山春平らとの座談会「大東亜戦争を何故見直すのか」のふたつがある。竹内は、この両方の座談会にかかわって、ほぼオーガナイザーに近い立場で参加していると見てよい。

ところで、このふたつの座談会に共通する要素として、一見して「大東亜」の文字が浮かび上がってくる。あの戦争（大東亜戦争）、あの構想（大東亜共栄圏）を語る場合には、それらを当時と同じ呼び名で呼ぶことからしか始まらない、ということなのであろう。この座談会に先立つ形で、戦争体験者の上山は「大東亜戦争の思想史的意義」の中でこのように述べていた。

私たちは、はじめ、あの戦争を「大東亜戦争」とよんでいた。しかし、いつのころからか、占領軍のよび方をまねて、「太平洋戦争」とよぶならわしになってしまった。それにともなって、戦争に対する評価にも変化が生じた。

つまり、「皇国日本」が「ファシズム」になり、「鬼畜米英」が「民主主義」になり、「大東亜新秩序建設」が「植民地侵略」におきかえられる過程で、しばしば、評価が逆転した。

（『中央公論』一九六一年一月号）

占領期を終えた時点からこういった異議申し立てが出てくるのは、ある意味では当然のことであっただろう。しかし「大東亜」の文字を再び使用するかどうか云々ということ自体は、ひとつの舞台設定にすぎないものであった。この前者の座談会の中心テーマとなるのは、むしろ日中戦争と対英米戦争との関連である。一九三八年一二月の近衛声明から出てきた「東亜新秩序」という概念が次の時代では「大東亜共栄圏」へと傾いていく歴史のプロセスにおいて、一九四一年一二月八日（真珠湾攻撃）の意味をどう考えるのかということであった。

この中で竹内は、満州事変からの対中国への侵略戦争のベクトルが米英への反帝国主義戦争へと質を変えたかのように思われた、かつての自身の「興奮」の歴史的成分にこだわる。だが参加者のひとり、橋川は、世界大戦におけるドイツの世界戦略に日本が巻き込まれたプロセスとして見るなど、今日的には定番となる歴史解釈の筋を通そうとする。さらに鶴見は、戦線が南方へと延びたことに付随して、そのことが東南アジアにおける独立運動の呼び水となったことを如何に評価するかにかかわる問題提起を行っている。いずれにせよ最大の問題は、実態とは別に、理念としての「大東亜共栄圏」というものがあり、そこにネーションとしての日本がむしろ解体・吸収されていくように想念されていた歴史感覚を、どう評定するかということだった。

しかし、現実として展開した「共栄圏」は全くそのようなものでなく、実際に日本は指導的地位を手放さなかったわけである。また「共栄圏」それ自体が、客観的には、場当たり的で主体性を欠いた拡大そのものであったという事実は動かない。そこで橋川による結語――「けっきょく日本国家がたおれた、戦争の終わった瞬間にだけ大東亜共栄圏があった」――は、歴史の持つ可笑しみに達した、アイロニカルな見解であったとは言える。

総じて、座談者全員が幾ばくか「大東亜共栄圏」の当事者であるということからも、歴史的瞬間における別の歴史展開の可能性を真剣に談じていたことになろう。そこで例えば、竹内による「本土決戦」での別の展開の可能性（戦争から革命）への言及など、今日的には歴史のゲーム化との誹り（そし）も免れないほどの「不穏」な発言も散見される。この時期の竹内は、まさに「近代の超克」（一九五九年）で試みた「火中の栗を拾う」感覚で、「アジア」と再び向き合う方途を探し続けていたように思われる。のちに明らかになったところでは、鎮圧されたものの、厚木駐屯地など陸軍部隊の一部では、ポツダム宣言を拒否し、徹底抗戦を主張する部分も実際に存在していたわけである。

続いてもうひとつ、後者の座談会「大東亜戦争を何故見直すのか」を見てみよう。ここでは、今日的な言論界の構図では決してあり得ないような林房雄との出会いを竹内は仕掛けている。林は既に「大東亜戦争肯定論」を雑誌に発表しており、他の座談者によって諸々弄（いじ）られているわけだが、日本のナショナリズムが侵略へと向かったプロセスを「宿命」として擁護する林の論法は、いささかも揺るがない。ある意味で、その思想性の強度の低さと感情記憶の強情さの印象をもたらす林の対応は、しかしその「宿命」論を戦後に転じた場合には、むしろ好戦的な気配は全くなく、むしろ「日本隠居論」へと収束するものであった。もはや日本にとって戦争は不可能だとする林の見解は、皮肉にも林が嫌う戦後の民主主義陣営の平和論と同調するようである（さらに石原莞爾の「世界最終戦争」論のネガのようでもある）。

しかしながら、そういった印象を持つのは、林の「百年戦争史観」が日米を軸にして構成されている結果であり、だからこそ論理的帰結として、戦後占領を受けた時点で林の想定する日本のナショナリズムは、既に終わっている、ということになる。

以上のような意味で、林の戦後の気分としての「日本隠居論」は、まさしく歴史への参入の放棄という形を為して、戦後日本の冷戦構造下の発話のポジションを裏書するものであった。むしろその逆のものとして、日本の主体性を作り直そうともがき続けた竹内とのコントラストが鮮明になっているとも言える。

もとより、竹内にとっての冷戦状況とは、かつての日中戦争の継続の結果としてあるものであり、また、このような座談会を組織する目的からして、あらゆる歴史的瞬間において、別の実践の可能性を手放そうとしない身振りなのである。林の「宿命」論に対して、竹内は端的にこう応えている。

私も宿命観に近い。ただ解決の可能性はあったのだが、うまくやれなかったために失敗したというふうにとります。したがって戦争はまだおわっていないと考えます。というのは、つまり太平洋戦争に突入する前に支那事変を起こして、それが解決不可能で太平洋戦争になるが、太平洋戦争のなかで支那事変を解決しなかったのですね。現在まだ支那事変のままの、最初に軍部が手をやいたままのかたちで残っている。

これを解決するまで、戦争が終わったと見れない。この戦争を終わらせるのが私を含めての世代の責任で、あとに引き継ぐ課題としてあると考える。

(『竹内好全集』第一四巻、筑摩書房より)

竹内の実践を駆動する想念の核にあるのは、多分に「中国(アジア)」との敵対関係にあったわけで、竹内が志向した実践のサイクルは、だからこそ一九七八年の日中平和友好条約の調印により、事実上そこで終わったかに見えた。しかし、それが実際に「終わり」とはならなかったことは、竹内の死後において明らかになる。一九八二年の「歴史教科書問題」以降、日中間の歴史認識が衝突するたびに「戦争」の記憶は繰り返し思い起こされることになる。竹内が言ったように、まさに戦争責任の問題は、それを回避する身振りにおいて、戦争責任の虜(とりこ)とならざるを得ないものとして、決して単純には解消されず、むしろ何度となく反復するものとしてあらざるを得ないのである。

冷戦・記憶・高度成長

六〇年安保から「明治百年記念式典」まで、竹内好は、この冷戦下において如何にアジアと向き合うかという課題を自身に課していた。ただこの時期、六〇年安保闘争の総括過程から出てきた知識人の態度として、例えば吉本隆明のその後の「深化」は問題含みのものとなる。吉本の思想界におけるリードは、戦後の日本のナショナリズムの変貌を大衆社会の興隆へと繋げていったわけだが、それは八〇年代になって『マス・イメージ論』や『ハイ・イメージ論』(全三巻)などへと結実する中で、より明確な方向性を示すことになる。

その前段階とも言える六〇年代における吉本の思想的道行きにかかわっては、その代表的なエッセイ「日本のナショナリズムについて」(一九六二年)に触れないわけにはいかないだろう。確かに六〇年安保闘争は、労働組合など旧来の動員政治を乗り越えた「大衆」の登場に触発されたものであった(その意味では、丸山眞男、鶴見俊輔らの論調にも通じている)。吉本は、同論文において、日本のナショナリズムを天皇制とのかかわりにおいて論じていた。上方の「自然」としての天皇制と下方の「自然」としての民衆との垂直の磁場によって成立していた戦前型ナショナリズムが、既に戦後の大衆社会の興隆とともに水平型と置き換えられた、とする見取り図である。吉本らしい天皇制と結びつけられる「自然」という概念の使い方は、今日においてはやや妥当性を欠くことは言うまでもない。問題なのは、あたかも岸信介の退陣を受けて首相となった池田隼人の「所得倍増計画」路線をすばやく洞察した結果の、ジャーナリスティックな作文とも読めてしまう。吉本はあらかじめ確固としたプログラムを持ったタイプの知識人ではなかった。しかしだからこそと言うべきか、一九八〇年代まで続く日本資本主義の稀有な成長モードに支えられ、表面上、吉本の言論界での覇権は不動のものとなった。

その後、吉本が引いた水路に沿って、「六〇年代」評価にかかわって様々な言説が出てくるわけだが、一九六〇年代に対するひとつの総括として、例えば松本健一の「一九六四年社会転換説」が参照枠となろう。一九八四年に出された『死語の戯れ』（筑摩書房）に収められたエッセイ「風景の変容——一九六四年社会転換説——」は、まさに一九八〇年代のポストモダン志向を社会論として底支えするものとなった。それは近代日本の文化構造の転換を描写せんとする主意とは裏腹に、「戦前」あるいは「アジア」との訣別をも示した。そこで、この頃の「アジア」と題された図書・文献の増加というものが、むしろ日本社会の「アジア」的感性からの離脱を物語っているという、松本の逆説的な指摘には興味深いものがある。

そのこと自体はおそらく正確な指摘であろう。松本は、東京オリンピックの開催をメルクマールとする風景や社会関係の変容を語る一方で、経済援助の紐つきが明白な日韓基本条約（一九六五年）、あるいはベトナム戦争への米国のコミットによって期待された日本から台湾（中華民国）への円借款（一九六六年）など、アジアに対する新植民地主義の伸張については十分に語らなかった。「アジア」と題された図書・文献の増加とは、そもそも日本資本の輸出を背景にした動きを反映したものに他ならない。総じて、松本の社会転換説は、谷川雁のようなコミューン論——「アジア」と社会的基盤を共有する「共同体」を抵抗の根拠とする——の「敗北」を追認し、かつそのような「アジア」との断絶を承認あるいは、彌縫（びほう）するものとして機能することになったと言えよう。

松本の社会転換論の指摘について活用し得る点があるとすれば、それは一九六〇年代に拡大・加速される「アジア」消費のモードを如何に系譜的に解読するかという課題を担う限りにおいてであろう。

先に例をあげた一九五〇年代の火野や大岡の活躍の「後」という問題として、次の六〇年代における純文学の世界において、かつての戦争(十五年戦争)を主題化したものは減少していく傾向が露わになる反面、大衆文学および商業映画においては、むしろ爆発的な消費の機会が拡大する。前章でも述べたように、一九五〇年代前半までの占領・検閲体制が解かれ、一九五五年以降の政治経済社会の安定にともなって、六〇年代の戦争映画は、「反戦・平和」モードを離脱し、大衆消費の欲望モードに沿ってスペクタクル性を増していた。

前章で触れたように、一九五九年から六一年まで撮られていた小林正樹の『人間の条件(全六部)』のような「真面目」なフィルムにしても、引揚げの最中に取り残された開拓団の女性たちが、旧ソ連兵や日本兵に身を売らなければならないシーンなど、既に戦争映画に「性」モードが挿入されていた。さらに同時期に撮られた岡本喜八の『独立愚連隊』シリーズ(一九五九~六〇年)は、戦争を西部劇仕立てにしたものとして賛否両論を巻き起こしていた。特に興味深いのは、二作目『独立愚連隊西へ』(一九六〇年)において、本隊から離脱した独立愚連隊が八路軍との間で「友好」を取り結ぶシーンである。このシーンは、八路軍の長としてフランキー堺が流暢な中国語を話すなど、どこか牧歌的な雰囲気も漂わせている。こういった設定など、冷戦体制下における日本人の中の幻想の「中国」を垣間見るものであり、また「中国」を西部劇的な男同士の出会いの構図へと編入させたことなど、その特有のフィクション設定は特筆に値するものと言える。ただし当然のことながら、そういったフィルムは、「竹のカーテン」の向こうにいる現実の「中国」との接点を欠いたもので、むしろ冷戦に規定された代補的なイメージ生産であったことは、改めて確認される必要があろう。

ここでのポイントは、この時期のスペクタクル性の強い戦争映画について考える際に、日本的な「戦後」の枠組みにおいて濾過された戦争観、あるいは敗戦観というものがフィルムに定着している事態である。例えば、従軍体験を持つ有馬頼義の原作『兵隊やくざ』(一九六四年)をフィルム化した『兵隊やくざ(シリーズ)』(一九六五年〜)がある。記念すべきその第一作は、大映フィルムの第一人者、前章で取り上げた増村保造によって手掛けられている。その第一作『兵隊やくざ』において、主人公・大宮貫三郎(勝新太郎)と上等兵の「私」(田村高廣)のコンビは、軍の規律の外へと遁走する嫌戦的な民衆的主体として、むしろ戦争が終わった直後の日本民衆のナショナリズムの停滞をその身振りに認めることができる。丸山眞男が指摘したように、戦争が終わった直後の虚脱感において、民衆のナショナリズムは底を打ったような静けさの中にあった(このことはまた後で触れる)。

『兵隊やくざ』に話を戻すと、このふたりのキャラクターの振り分け方に、戦後的感覚の確立とその確立によって周縁化された「残余」を聞き届けることができる。インテリ出身の「私」(田村高廣)は、兵役満期によって日本へと帰還することを指折り数えているのだが、太平洋戦争での人員逼迫(ひっぱく)の余波を受け、予想に反して除隊が延期されてしまう。帰還を切望するその「私」の身振りは、あたかも敗戦によって帝国の地図が列島規模へと収縮する運命を見越しているかのようである。実にそのインテリ然とした風貌やそれなりの状況判断には、左翼インテリの「影」さえちらついている。しかしもう一方、「私」を「やくざ」な道へと誘い込む大宮(勝新太郎)は、「私」を連れて兵舎から脱走するだけでなく、その後、日本軍とその支配地域の(性)労働力との間に立って、いわゆる「慰安所」経営にも乗り出す人物である。内地に戻る意欲の低さは、大宮が内地で罪を犯していたとする人物設定にもよるわけだが、その身振りは、外地に留まり続けることをむしろ欲しているようでもある。とはいえ、大宮の「慰安所」経営は、日本軍の下請けというそのポジションにおいて、実は全く「日本」から解き放たれていないものである。さらにもうひとつ付け加えるなら、大宮の「慰安所」経営は、戦後の風俗たるパンパンの元締めのイメージを大陸満州の街にズラして来ただけとの観もある。

その意味からも、大宮というエージェントは、かつての大陸浪人(アジア主義者)の風貌を彷彿とさせつつ、またアナーキーな欲望が渦巻く「肉体」の時代の戦後闇市を彷彿とさせるところもある。こういったアジア的とも言い得るし、アナーキーとも言い得る「欲望」の宛先は、戦後日本のメインストリームにおいては、パブリックなものとして認知されず放置されていたものであり、それが大衆映画という領域において回帰していたとも言える。

こういった歴史の回帰性を考えるには、戦後直後の丸山眞男によるナショナリズム評価がやはり一定の参照枠となり得る。丸山は、敗戦直後の日本人の精神状態について、「敗戦はむしろしばしナショナリズムの焔をかきたてるにもかかわらず……日本の場合には前述したように外人を驚かすほどの沈滞、むしろ虚脱感が相当長い間支配した」と記していた。丸山によれば、近代日本が一九四五年八月一五日まで数かずの戦争に勝ち続けていた事実、つまり戦争を勝ち続けていた一回性/例外性がそのナショナリズムを駆動していたわけだが、そのことが敗戦によって一挙に覆され、巨大なアパシー(政治的無関心)を生み出したというのだ。基本的には、一九六〇年代までの戦争映画にしても、丸山のこの遡行的分析の規定の範囲内にあるものとも言えるわけである。

ただしそのような明晰さにおいて、むしろ失われる「何か」があるのではないか。丸山は、この論を展開する歴史的前提の叙述において、「一たびは中国の半ばと東南アジアおよび西南太平洋をほとんど制圧した大日本帝国は敗戦によってたちまち維新当初の渺(びょう)たる島国に収縮した」と淡白に筆をすすめていた。敗戦をもって維新前の版図に戻ったとする丸山の歴史認識は、東亜百年戦争史観の終着点として「八・一五」を置こうとする林房雄のそれとほぼ一致するものとも指摘できる。すなわちこの時、丸山の言う「渺たる島国」という日本のイメージはまた、そのまま先に述べた林の「日本隠居論」にも通じるものである。

戦前・戦中の帝国状態に対する叙述の淡泊さは、結果として都合よく「アジア」を忘れる戦後的傾向を助長させることになるだろう。つまり一九六〇年代の戦争映画の一面の効用として、丸山が無視しようとした「アジア」、あるいは戦後のアナーキーな感覚を回帰させようとしていた点があるのかもしれない。『兵隊やくざ』において造型されていた大宮（勝新太郎）というキャラクターは、まさにそのような文脈で享受されていたと言えるだろう。

さて増村は『兵隊やくざ（第一作）』以外に、野心的傑作『陸軍中野学校』（一九六六年）も手掛けている（これもこの後シリーズ化される）。中野学校で訓練を受ける情報将校たちを奮い立たせていた情熱にしても、それは多分にアジア主義的な心情を胚胎したものであった。そういった意味でも、丸山的な戦後観が排除しなければならなかった、かつての帝国の「やくざ」な後ろ暗い情動が、大衆文学、商業映画という水脈において担保されていたことは、改めて注目に値する文化現象であったと言える。

冷戦・ノスタルジー・新植民地主義

一九四五年から五二年までの連合国、実質的なアメリカ合衆国による占領以降、結果として日本は、東アジアの冷戦構造の中で、政治・経済の両面で独特のポジションを与えられてしまった。つまり、政治的な配置においては西側に属しながらも、冷戦（熱戦）の最前線ではなく、その後方、ソフト反共国家とでも言うべきところに位置づいてしまったということ。さらに、主に中国大陸を除いたアジアとの関係の中で、自身を中心として経済的分業体制を徐々に構築していったということ、つまり六〇年代からは、韓国、台湾および東南アジアを経済的には従属的な立場に置くことに成功したことである。

こういった配置を決めていった政治的メルクマールとなるのは、繰り返しになるが、一九五一年の日華平和条約と一九六五年の日韓基本条約であり、それらはまた西側の団結を維持するための、日本が行うべき戦争の賠償を放棄する証文ともなった。その意味で、一九五〇年代以降から現在に到る日本人の（東）アジア認識は、このように一九四五年以前の帝国の地図のうえに、冷戦構造が上書きされることにおいて成立した独特の地図を構成していた、と言えるわけである。

こうして形成された冷戦体制下の日本におけるアジア・イメージを考えるうえでは、まずふたつの問題テーマが念頭に置かれるべきであろう。ひとつは、冷戦体制下の「熱戦」も含む激しい対立状況に関して、そのインパクトをどのように受け止めていたかということ。またもうひとつは、わずかに戦前の記憶を残す世代の日本人が、かつての植民地支配の時間をどのように記憶しているか、あるいは再記憶化しようとしたかである。このふたつの課題に立ち向かった時にこそ、初めて日本人の今日ある歴史意識と地政感覚というものが浮かび上がってくるだろう。

そこでこの節においては、事例として、六〇年代に撮られた旧植民地、台湾を舞台にしたふたつのフィルムを素材として論じることにする。『金門島にかける橋』（一九六二年）と『星のフラメンコ』（一九六六年）である。このふたつのフィルムにしても、大衆による消費を第一の目標にして制作されたものであり、主観においてはほとんど政治意識を持たないものであった。そうではあれ、当時の日本人が置かれたポストコロニアルな歴史状況、そして冷戦構造において得られた独特のポジションがフィルムの端々に滲み出ることになる。

日活映画のスター、石原裕次郎が主演した『金門島にかける橋』（一九六二年）というラブロマンス作品の冒頭は、朝鮮戦争で傷ついた兵士たちが日本に移送されてくるシーンから始まっており、朝鮮戦争の波動が日本に及んでいたことが証言されている。ところがこのような作品の特徴としてあるのは、日本人がいったい何に加担しているのかについてはほとんど曖昧なままだ、ということである。

主人公の武井一郎（石原裕次郎）は、船医として世界中を旅しており、朝鮮戦争時に東京で出会った台湾人女性と国共衝突最中の金門島で再会を果たすことになる。しかし武井が目前にしていた国共の内戦は、日本が現に属している東アジア冷戦としては認識されず、自身の日本人としての立場は無色透明な第三者でしかない。もちろん、武井の金門島での活躍は、明らかに中華民国（国民党）の側に立っているにもかかわらず、である。このフィルムにおける戦闘シーンの撮影が、全面的に国民党軍の協力によって成立している事実も、そのことを補っていよう。さらには、武井とヒロインの台湾人女性のカップリングは、明らかに冷戦体制下において発展した、経済的分業体制としての日本と台湾との間のポストコロニアルな従属関係を象徴する以外の何ものでもない。

さらにもうひとつ、『金門島にかける橋』の四年後に撮られる『星のフラメンコ』（一九六六年、脚本は倉本聰、日活）は、金門島を中心とした戦闘が一定の小康状態に入った頃に撮られたという意味で、テーマとしての「内戦」の色彩は後退する代わりに、今度はさらに濃厚な植民地ノスタルジーがせり上がってくる。フィルムでは全編にわたって、近代化が進んだ日本と、基本的に農業と観光で成立する台湾とが、発展／停滞の対位法的に描かれることになる。バナナを日本に向けて積み込む船なども象徴的である。

さて主人公・西条栄司（西郷輝彦）が台湾へ捜しに行く母親とは、戦後も日本籍を持ち続け、音楽教師を続けていた人物（台湾人）という設定である。この母親は、フィルムに最後まで姿を見せないことによって、むしろその存在感をフィルムのうえに際立たせている。この母親のアイデンティティ、さらに音楽教師であるという設定は、効果的に植民地ノスタルジーを喚起することで、台湾を日本人観客の消費行動に接合させることに成功したと言える。このフィルムが撮られたのは、まさに日本が台湾に向けて円借款を始める一九六六年のことであった。

さて、このフィルムの落ち着きどころは、以下となる。主人公の西条（西郷輝彦）は、最終的には母親の墓と彼女が遺した手紙により、彼女が日本の歌を台湾に残した者であったことを確認する。さらに手紙の文面からは、あからさまに戦後日本の歴史観が滲み出ることになる。母親は、日本人としての立場から中国大陸におけるかつての戦争についての罪悪感を吐露するわけであるが、むしろこの身振りは、日本人が抱くべき罪悪感を台湾の側に代理させる策略として見える。これは、植民地帝国の支配・被支配関係の否認に基づいた歴史観の設定であり、そこからの冷戦構造に寄生した発話の位置の操作に他ならない。

日本資本主義の立場から記述すると、冷戦体制とは、かつて市場化していた中国大陸を自身の経済活動の範囲から除外しつつ、別の方向へ経済の分業体制を構築しつつあった時期である。「中国」が担うはずであった市場や労働力、原料供給地は、七〇年代まで主に韓国、台湾、そして東南アジアが代行して担うことになった。つまりそれらの地域は、いずれも冷戦体制において西側に位置づけられた地域であったが、そういった下地において、日本の映画人は特に台湾に対して植民地ノスタルジーを（再）生産することを、日本観客による潜在的要求とも相まって躊躇せずに行使し得た、と想定されるわけである。

こういった歴史のノスタルジー化の傾向というものも、ある意味では六〇年代における商業映画一般のモードとして議論し得るものだと思われる。しかしそれは、単純に冷戦を媒介にした「アジア」にかかわるポストコロニアリズムにのみ適応されるものではなく、冷戦の只中に在りながら、日本において作為された「冷戦」それ自体をもノスタルジー化する傾向を孕んでいた。

例えばそれは、山田洋次の『馬鹿が戦車でやって来る』（一九六四年）である。この作品は、戦車を納屋に隠し持つ旧少年戦車兵の主人公・サブ（ハナ肇）を登場させ、土地を取り上げようとする地主に怒りを爆発させ、戦車で村を走り回り、終には地主の家を破壊してしまうドタバタ喜劇である。このフィルムの一般的な見方としては、頭のイカれたサブの行動を戦中の狂気に由来するもの、つまりサブの行動の源泉をもっぱら一九四五年以前の軍国主義に求めようとするのかもしれない。ちなみに、この作品の原作は、戯曲、音楽の作家、團伊玖磨の『日向村物語』である、が、かなりの部分は山田洋二によって脚色されているのであり、この脚色の部分が重要である。

この作品の解釈として、実のところ別様の解釈も存在するのである。つまり、このフィルムは、中国革命における土地改革のパロディーのようにも見える、ということである。つまり主人公サブの怒りの行動は、戦後の「土地改革」をめぐる地主との闘争の隠喩であるように見えてしまうのである。さらにそのことを補うかのように、フィルムには、「アカ」分子の村への浸透に恐怖を抱く駐在警察官の台詞も出てきている。つまり、『馬鹿が戦車でやって来る』は、一九四六年から五一年までのGHQ主導の土地改革から発生した土地収用委員会と地主等との闘争、あるいは武装共産党による失敗した山村工作活動に到るまでの歴史がひとつの隠喩的背景となったものであり、なおかつそのことをノスタルジー化するものなのだ。

ストーリーの最後はこうなる。サブがタンクで暴れている最中に、知的障害者の弟の兵六（犬塚弘）は、火の見やぐらから落ちて死んでしまい、その悲しみに憑かれたサブは戦車ごと海中へと沈んでいく……。翻って、このフィルムの冒頭は、海中に戦車とともに沈んだサブへの哀悼の語りから始まっており、その哀悼の語りの「いま」とは、このフィルムが撮られている一九六四年という高度成長がひとつのピークにある「現在」である。

つまりここで仄めかされているのは、この作品は、戦後日本の政治・経済体制の根幹となる一九四〇年代前半から一九五〇年代初頭の冷戦構造の敷設のための「暴力」をパロディー化するとともに、結果としてそれへのレクイエムとなっている、ということである。一九四〇年代後半から五〇年代前半にかけての「土地改革」の席捲と、それに続く「山村工作隊」の出現とは、明らかに中国革命のグローバル化が屈折とひねりを加えられた形で「列島」に及んだ出来事であった。『馬鹿が戦車でやって来る』は、戦前にかかわるノスタルジーではなく、むしろ冷戦の「暴力」に結果された自分たちの活動の軌跡を（その只中にいたにもかかわらず）ノスタルジー化する試みだった、と私には見える。

このフィルムを撮った山田洋次といい、『星のフラメンコ』の脚本を書いた倉本聰といい、いずれも戦後日本を代表する映像作家として、今日に到るまで相当の影響力を日本の文化構造に残してきた者たちである。そういった者たちの映像創造の「起源」そのものの中に、紛れもなく「冷戦」にかかわる歴史（のノスタルジー化）がはさみ込まれていたことを思い起こさなければならない。

「日本の場所」とは何か？

冷戦の只中にありながら、それ以前の帝国日本の歴史のみならず、「冷戦」そのものをもノスタルジーとして扱うということ――これは、そもそも冷戦体制を駆動しながら、そのことを否認し続ける「日本」の確信犯的性格を象徴しているのではないか。敢えて単純化するなら、日本にとっての冷戦体制とは、日本が「アジア」と再び出会わないで済むための「幕」のような装置であった、と言い得るだろう。そしてそれは、二〇〇二年九月一七日の日朝首脳会談以降に激しさを増すことになる、小泉政権が狙った政治ショーそれ自体をも吹き飛ばそうとする排外ナショナリズムの発揚にも繋がっている。さらにこのような事跡の連鎖は、小泉首相が靖国神社に参拝した時点でのアジア（大陸中国、韓国、台湾）からの強烈な反応に加え、さらに二〇一二年における尖閣諸島（釣魚島）をめぐる、中国との領土権の争いに端を発する日中外交の停滞にも引き継がれ、そして今日に到っている。

振り返ってみれば、七〇年代までの冷戦下の朝鮮半島や中国（また台湾）などでは、政治権力による「拉致」など日常的なものであったとも言える。日本だけが、特権的にそのような冷戦の敵対関係から免れてきたような錯覚こそ、日本における「冷戦」の効果そのものであったとは言えまいか。さらに現在の日本人は、一九五〇年代初頭における武装共産党の活動の記憶、あるいは一九七〇年代前半に集中する学生運動の過激化についても、冷戦状況が日本へと屈折とひねりを加えられながら波及していた現象であることを忘れてしまっている。

しかし現在、国境の向こうから冷戦の「暴力」がイノセントな日本＝領土に進入してきたという勘違いが、メディアを覆い尽くしている（沖縄における米軍基地は、このことの裏側に張りついている最大の問題でもある）。やはりここでも、竹内好が一九六〇年代に繰り返し説いていたことが、私たちに跳ね返ってきている。六〇年代の竹内は日中戦争（一九三七年）からの中国との戦争状態が継続している、と言い続けていた。さらに、北の共和国との和解をとりあえずは意味する日朝交渉というものも、韓国ももちろんのこと、韓国併合から世界中に散らばった朝鮮人全体の問題として意識されているものである。つまり、一九一〇年の韓国併合以降の植民地支配がもたらした敵対性が、冷戦構造によって継続しているということなのだ。

東アジアの冷戦体制は、終わっていない。しかもそれは、日本において最も深刻な文化構造の問題として残留し続けている。一九九八年の段階で、とある大学で学生に満州事変についてアンケートをとったそうである。二二七人の学生の中で、ただひとりとして満州事変の日付を正確に答えることができなかった。もちろん、既に中国とは国交を回復し、平和友好条約も締結されている今日である。しかし私たちは、むしろこう考えるべきではなかろうか――日中平和友好条約下のネオ冷戦状態において、むしろ日本人は満州事変を安心して忘れ続けることが可能になっている、と。

「アジア」は日本においていまだ空白のままである。だからこそ「アジア」は、「冷戦」の危機とともに何度でも回帰してくるのだ。

V　朝鮮戦争という劫火

どうってこたあねえよ
朝鮮野郎の血を吸って咲く菊の花さ
かっぱらっていった鉄の器を溶かして鍛えあげた日本刀さ
：：〈中略〉：：
お前の死は植民地に
飢（ひ）あがり、病み衰え、ひっくくられたまま叫び燃える植民地の
死のうえに降る雨だよ
歴史の死を呼びよせる
古い軍歌さ、どうってこたあねえよ
素っ裸の女兵が素っ裸の娼婦の間に割りこんでつっ立ち
好きなように歌いまくる気狂いの軍歌さ
（金芝河（キムジハ）「アジェッカリ神風――三島由紀夫に」『長い暗闇の彼方に』より）

朝鮮戦争への応援

萩原遼という元『赤旗』特派員であったジャーナリストがいた。エピグラフに一部を用いた金芝河『長い暗闇の彼方に』(一九七一年)を、渋谷仙太郎のペンネームで翻訳した人物である。二〇〇二年九月一七日のピョンヤン宣言以降、「拉致」報道が過熱する中、萩原は、「北朝鮮バッシング」の根拠を強化するジャーナリストとしてその名を高めることになった。お馴染みの保守評論家、深田祐介と組んだルポ『北朝鮮・狂気の正体』(扶桑社、二〇〇三年)などが、彼の名を「反北」の旗色に染め抜いたことは想像に難くない。

ただ萩原がその少し前に書いた別の著書『北朝鮮に消えた友と私の物語』(文藝春秋社、二〇〇一年)を紐解けば、彼が北の共和国への批判に向かい始めたその根には、高校時代の親友が一九五九年以降の帰国運動に参加し、その後、消息不明になるなどの原体験が潜在していることが分かる。そう眺めてみると、この萩原の動向を「現代コリア研究所」所長の佐藤勝巳など、かつて熱心に帰国運動を先導した人々の系譜に重ね合わせることも、さして難しいことではない。

ただその際、筆者にとって最も引っ掛かりがあるのは、萩原にせよ佐藤にせよ、彼らが一九六〇年代後半から七〇年代にかけて、かつての韓国の独裁政権を批判する論陣を張っていた事実をどう評価するかである。先に述べたように、萩原は、かつて金芝河の詩集「黄土」を日本に紹介するなど、日韓連帯運動における文化交流というステージでは、まさに先頭に立っていた人物である。

現在の本人たちの主観としては、「南」の独裁を倒したから今度は「北」だ、という程度の行動方針の転換であり、その結論であるのかもしれない。しかし、その思想的移行にかかわる主体性の問題は、一筋縄のものではなかろう。こういった移行(あるいは転向)は、日本の戦後思想を総括しつつ、相対化するうえでも重要な作業となるはずのものだが、ここでは別の側面、韓国の側から迂回して議論を始めたい。

エピグラフに提示した『長い暗闇の彼方に』に収められた詩、「アジェッカリ神風――三島由紀夫に」について、金芝河がどのような経緯で、三島の「自決」へのある種の「応答」を記したのかは知るよしもない。当時の金芝河には逮捕状が出されており(その後、逮捕され)、彼の詩を日本に運ぶこと自体が、ある意味では「非合法」の活動でもあったわけである。また、三島(日本文学)への評価がアジア(韓国)からもたらされた衝撃もあっただろう(そのための言葉の枠組みが如何にこなれていないものであったとしても)。金芝河は、同時にまた「ヒロシマ」を起点にして世界平和の構想を語る大江健三郎を、日本の加害者性を考慮しない一国主義的な語り手として批判しており、実にその先駆性にも驚かされる。

『長い暗闇の彼方に』が出版された時期の文脈を補うと、当時は一九六五年の日韓基本条約による紐つきの「援助」や円借款が、新植民地主義として槍玉にあげられていた頃であった。この時期、日本の知識公共圏において、かつての植民地問題が現在進行形の新植民地主義として再び問題化されようとしていたことは、例えば一九七〇年七月七日の「華青闘」告発に端を発する、台湾人留学生グループによる新左翼セクトに対する批判——アジア侵略の加害性を考慮しない歴史性（民族的モメント）の欠如の指摘によっても明確になろうとしていた。

そのような歴史の同時代性において書かれた金芝河の詩集『黄土』は、戦乱と植民地支配に疲弊した大地をモチーフとし、父親の世代である日本植民地統治時代に流れた血の跡に、朝鮮戦争で流された血が上書きされ、その上に朴正熙の開発独裁が重ね書きされる——そのような世代継承の叙事詩として成立していた。彼の潜在的なモチベーションとしては、朝鮮半島に潜在する「東学」の理念と組織を再発見することであることなど、民族の素地が強く浮き出るものであった。

翻って、七〇年代の後半以降、韓国の反体制運動の少なくない部分がチュチェ思想を支持していたことは周知の事実だが、それら韓国内のチュチェ思想派に対しても彼は、批判を続けていた。ただその批判の態度は、萩原（渋谷）など金芝河作品の紹介者のように、南の独裁を倒した後は北の独裁を倒すことが目標となる、といった軽薄な態度ではなかった。ここに決定的な差異が孕まれている。単純に見るなら、朝鮮戦争を当事者（民族）として生き抜いたかどうかではあるが、いずれにせよ、金芝河が変わらず維持し続けたのは、民族を生命体として捉え、マルクス主義（の変形）も含んだ近代主義＝進歩史観を批判することであった。

話を元に戻そう。萩原たちは、かつて最も熱心な在日朝鮮人たちの帰国運動の賛同者であり、紛れもなく「北」の体制を支持する人間であった。しかしその態度は、冷戦（熱戦）に対して部外者として振る舞えてしまう無自覚さにおいて、今日から見て、最も冷戦構造に囚われた者たちだったとも言える。

もとより、帰国運動を促した北の共和国側の意図は経済分析の角度から考察した場合、朝鮮戦争によって失われた膨大な労働人口の欠員を埋め合わせるための措置であったことが知られている。象徴的な物言いをするなら、朝鮮戦争で死んだ多くの人々の「空白」を補うかのように、あの帰国者運動が展開されてしまったのだ。そしてもう一方の日本政府のプッシュ要因としてあったのは、朝鮮戦争による「原初的蓄積」の余剰分にもあずかれなかった膨大な生活保護受給層を、日本列島の外側へと排除する意図であった。萩原の「転向」の大きな理由が、共和国に向かった親友への個人的な思いに発することには、相当の真実性があるとは思われる。とはいえ、萩原たちは、明らかに朝鮮戦争のインパクトを捉え損ねている。彼らの「転向」の根は、朝鮮戦争にかかわる複雑な影響にこそ孕(はら)まれている。

朝鮮戦争への闘い

「北朝鮮」バッシングもさりながら、「韓国」バッシングにしてももはや常態と化した今日である。最も必要な問いとして、朝鮮半島および日本に住む人々、あるいはその間を往復していた人々がどのように朝鮮戦争という運命の火に翻弄されたのかを、今一度、当事者の視野から遡及し、明らかにすることが求められている（ただ、人民義勇軍を派遣した中国の事情については、十全にそれを展開する紙幅を持たないのだが)。

まず朝鮮戦争を当事者として生きた、ひとつのモデルケースから説き起こしたい。そのモデルとは、日本統治時代から日本語でも執筆活動を開始し、芥川賞の候補作となった『光の中に』(文芸首都、一九三九年)で、植民地出身インテリの苦悩を描いた金史良(キムサリャン)である。

戦前の金史良本人は、皇民化運動が激しさを増す中で、結果としては「偽装」転向の姿勢を選択しつつ、脱出の機会をうかがっていたようである。一九四五年二月、金は、日本の国民総力朝鮮連盟兵士後援部を通じて中国へ派遣される機会を利用し、様々な手を尽くして封鎖線を突破、かねてより延安への脱出を約束していた友人を訪ねるため南京と徐州に赴くものの、再び北京に投宿、さらに華北朝鮮独立同盟の根拠地である太行山へと到着することになる。

解放後、金史良は、北の共和国の文化政策を担っていたが、朝鮮戦争の勃発とともに従軍し、幾つかの従軍記を書き、それが日本に紹介されるに到った。その一部である「海が見える」は、共和国軍が優勢であった時期の南下の模様が記されたもので、日本統治時代の友人である金達寿(キムダルス)によって紹介されることになる。ただし、金史良自身は、アメリカ軍の仁川上陸による撤退の際、持病の心臓病が原因となり、江原道原州付近で落伍、その後、今日に到るまで消息が絶たれている。

「海が見える」の筆致は、金日成(キムイルソン)将軍を讃える決まり文句が散見されるなど、ある意味では、典型的なプロパガンダのそれである。戦前の文学仲間であった評論家、石上稔から違和感が表明されただけでなく、それを訳した友人の金達寿からも、史料としての価値にのみに限定された解説が付されている。金史良の「海が見える」を「文学」的価値なる側面から読むならば、そういった反応もまた当然であろう。

しかしその従軍というものに関して、内地（日本）留学のエリートが、祖国に向けて「自己克服」の証を立てるための行為だったと考えるなら、どうであろうか。朝鮮戦争への従軍も、実に日本帝国に囚われていたことから生じた、ある種の代償であったはずなのだ。

どうであれ、金史良にとっての戦争は、かつての総動員体制から数えるならば、日本の「戦中」から「戦後」にかけて、十数年間の戦争経験として持続していたことになる。旧植民地出身者にとって、この十数年の戦争は、もちろん私たちが想定する一般的な「文学」的価値を超えたものである。危機の時代にあって多分に特殊なケースであるのかもしれないが。危機の時代における振る舞いにこそ、今日の私たちがとうに忘れている「何か」、朝鮮戦争における当事者性という難題が顕現しているのである。彼の行動は、是非とも考慮の内に押さえておかなくてはならないひとつの極であろう。

ここで「ひとつの極」といったのは、金史良のケースを特殊な歴史的位相に留めておきたいからではない。もちろん、彼が一九四五年の時点で中国へと出られたことが稀な例であったとしても、もし彼のような条件にあったとしたら、当時の朝鮮人知識人が、彼と同じ運命を追いかけようとしたことは想像に難くないものと考えられる。しかしてその活動範囲は、中国大陸にまで広がっていた史実は、やはり記憶しておくべき事柄であろう。

では、金史良が朝鮮戦争へと従軍しようとしていた時期、日本に留まっていたさらに若い在日の知識青年たちは、どのような歴史的変転を経験していたのか、ここで多少とも触れておかなくてはならないだろう。多くの在日朝鮮人（当時は残留朝鮮人とも呼ばれていた）は、戦後直後に発足した「朝連」（在日朝鮮人連盟）に参加していた。この「朝連」の活動家たちは、果敢に民族学校の設立運動を展開していたが、一九四八年四月には占領軍支配下の日本警察と衝突（大阪・阪神教育事件）し、犠牲者も出しながら、さらに翌年九月にはＧＨＱによって解散へと追い込まれている。

この後、在日朝鮮人の先鋭的部分の闘争は、日本共産党下の民族対策部や、またその間接的影響下にあった祖国防衛委員会に引き継がれ、朝鮮戦争を先取りするかのように、朝鮮半島の南側でのパルチザン闘争への支援や、李承晩政権への武器輸送を阻止する行動にまで及んでいく。そして朝鮮戦争が進展していくプロセスにおいて、多くの在日青年が一九五一年に復活した在日朝鮮人独自の組織、「民戦」（在日朝鮮統一民主戦線）へと合流していくのである。だが、一九五三年の朝鮮戦争の停戦とともに始まった朝鮮民主主義人民共和国内部の「粛清」をメルクマールとして、組織の方向付けが変化していく。その後、一九五五年に「民戦」は、「朝鮮総聯」へと改組され、そこで強固な「北」寄りの文化政策が強まっていくことになる。

この頃、日本共産党内部から多くの在日朝鮮人が去っていくわけだが、同時に金時鐘（キムシジョン）のように「総聯」の文化政策にも違和感を持ち続けるなど、長い潜航期間を強いられる知識人もいた。つまり「総聯」の成立前までは、在日朝鮮人組織の決して少なくない部分が事実上、日本共産党の指導下にあったことがその前提となる。金時鐘の活動なども否応なくその範囲の中にあり、その後の混乱の中で簡単に「総聯」のほうへも行けないという、いわば二重の軛（くびき）に喘（あえ）いでいたことになる。総じて「北」の体制への違和感の表明ということでは、前述の萩原や佐藤たちと比較するならば、別の文脈だが金時鐘ははるかに先んじていたことになる。その金や梁石日（ヤンソギル）たちを中心とした大阪の文学者グループは、朝鮮戦争停戦の直後から既に、「北」の体制への批判を潜在させていたのである。

ところでスターリン批判を進めていた日本の新左翼グループにおける北の共和国にかかわるイメージの転換は、多くは一九六〇年代に始まっている。しかし、ごくごく一般的な認識として、「帰国運動」がネガティブなものとして見え始めたのは、韓国の高度成長によって北と南の経済競争において逆転が明確になり始めた一九七〇年代後半に入ってからのことである。先に述べた萩原らの変節は、まさにこの頃のことであり、実に決定的に遅いものなのだ。

さて在日朝鮮人を代表する金史良と金時鐘、このふたりは世代も別であるし、また朝鮮戦争時におけるポジションとしても対照的ではある。しかし、ふたりの行動の軌跡は、対照的であると同時にひとつのプロセスの中にあるもののように見える。それは植民地支配（皇民化期）から朝鮮戦争までの十数年間の戦争に突き動かされた人生であり、また旧植民地出身者が己の被植民者性を克服するプロセスを生きた、という意味においてである。

さて、本章が為し得る分析の範囲については、日本人、在日朝鮮人を問わず、批判的知識人と目される人々の、朝鮮戦争を背景にした文学作品を検証することに限定しておきたい。紙幅も限られている以上、その中でも少なくとも朝鮮戦争を「対岸の火事」としては見送れなかった人々の営為に限定して、議論を進めていくことにする。これから分析の材料にしたいのは、以下の四つである。

・井上光晴「病める部分」（初出：一九五一年、『新日本文学』）
・金達寿「日本の冬」（初出：一九五七年、筑摩書房）
・小林勝『断層地帯』（初出：一九五八年、書肆パトリア）
・高史明『夜がときの歩みを暗くするとき』（初出：一九七〇年、出版：一九七一年、筑摩書房）

これら四つの作品の共通項としては、いずれも当時の日本共産党の武装路線および党組織の分裂問題をテーマにしている点がある。なぜそういったテーマが、ここで取り挙げられなければならないのか。その理由は、朝鮮戦争に反対する組織的な実力行動が日本共産党の指導下において展開されており、それに多くの知識青年がかかわっていた事実がある一方、そういった歴史への評価がほとんど為されていない——この問題性を取り上げたいからである（その主たる原因として、日本共産党がこの時期について、誤った極左冒険主義によって党が動かされていた、として処理していることがあろう）。

前記諸作品の共通分母を確認しつつ、それぞれの作品が朝鮮戦争という未曾有の事件にどのように向き合っているのか——その差異を明らかにし確認することの中から、何がしか重要な知見が取り出されるのではないかと思う。つまり、それぞれの作品が生み出された遂行的な歴史の磁場に参入することによって、日本の公共圏がいまだに脱冷戦化し得ない問題の核心に迫ることである。

朝鮮戦争と「日本」

井上光晴の「病める部分」（一九五一年）は、その直前に書かれた「書かれざる一章」（一九五〇年）と合わせ読まれるべき作品である。戦後第一作ともいえる「書かれざる一章」では、共産党の九州地方常任委員であった作者自身の視点から、主に地区党員の極貧生活が綴られている。そこには、党費の上納の苦しさとともに、党の先鋭的な方針が一般大衆の要求と合致し得ない悩みなどが告白されている。そして次の作品「病める部分」では、一九五〇年からの、朝鮮戦争下の分裂問題で地方に混乱が生じていたあり様が、その家族生活も含めた形で提出されている。とはいえ、ここでも党員および党中央が顕在的な読者として想定されるような「内部モード」が維持されている。井上が離党したと想定されるのが一九五三年のことであり、この作品が世に出たのがその前の一九五一年であるという事実も、その印象を補っていよう。

今日的な観点から考えれば、この「病める部分」は、朝鮮戦争の兵站基地となった佐世保港を抱える共産党支部の活動家がその中で、どのように朝鮮戦争に向き合っていたかに関心が集中することになるだろう。テクストの中のひとつのエピソードとして、ある日の細胞会議で、一九四八年に発生した済州島とのアナロジーから、九州の山岳地帯におけるゲリラ戦の可能性が「空想」されていたことが書き込まれている。しかし、予想されるべき在日朝鮮人党員の影は、ここでは皆無である。

また別に興味が惹かれる「病める部分」のエピソードとして、H島（おそらく平戸島）において、朝鮮半島から運ばれてきた米兵の死体を洗うアルバイトがあるという噂に誘われ、主人公の島木圭介が職業安定所を訪ねるシーンが出てくる。党活動とは全く関係なく、生活の必要として戦争から派生したサイクル（その需要から生まれた死体洗浄という労働）に組み込まれざるを得ない「生活者」の悲哀が書き込まれたもの、と言える。つまり、このテクストは、反戦運動ではなく、むしろ「生活」の次元で朝鮮戦争とかかわってしまう事態が「リアル」に書き留められているということになる。ここで思い出されるのは、この場面での主人公の名前が島木であることから、この作品は戦前の転向文学者、島木健作を念頭に置いているのではないか、ということである。

当然のこと、井上の「書かれざる一章」から「病める部分」にかけての背景が、九州の長崎や佐世保という、地理的に最も朝鮮戦争の現場に近いロケーションであったこと自体は決定的に重要である。だが、そのテクストの視野は、やはりコミンフォルム（および中国共産党）から日本共産党中央、そしてその分派抗争が波及する地方細胞といった、当時の国際共産主義運動の階層空間からはみ出すものではなかった。そしてまた、作品のディティールからの朝鮮戦争への応接が滲み出ているのは、知識人（活動家）としてではなく、むしろ「生活者」として戦争経済へ組み込まれるあり様を通じてなのだ。

繰り返すようであるが、この時期を題材とした井上の作品は、おおよそ共産党員を顕在的な読者圏とするものであった。井上が共産党を離党した後、「病める部分」がその中に入り、一九五六年に出された単行本『書かれざる一章』が世に出されることになる。ちなみにその「あとがき」には、二一通の差出人不明の脅迫状のことが紹介されている。

ところで離党以後の井上の作品世界は、一九六〇年に出された『虚構のクレーン』など、対象となる時期を戦後からむしろ戦前へと前方にズラしていく。実は、戦中を扱った小説においては、朝鮮人の影が全く出てこない井上の作品を探し出すことのほうが難しいくらい、彼の作品には頻繁に朝鮮人が登場することになる。最たる例として、単行本『書かれざる一章』に収録された、炭鉱での在日朝鮮人の過酷な顛末を描いた「長靴島」（一九五三年）もあるのだが、ただそれとても、対象となる時期は戦中なのである。

ひとつの仮説として言えるのは、井上が離党した一九五三年をメルクマールとして、井上の文壇上のポジションは、第一次戦後派による戦争叙述がひとつのピークを越えた時期において、それを引き継ぐレール上に設定された、ということになろう。結果として、井上の叙述は、「戦後」の混乱期、すなわち共産党が分裂していた時期のあり様に拘わりつつも、特に朝鮮戦争下における「在日朝鮮人」の存在を忌避しているように読めるのである。

では次に、この井上のポジションというもの、その民族的ポジションが孕み持つ問題性を検討するためにも、金達寿をひとつの対蹠的な参照枠として紹介してみたい。金達寿の主要作『玄海灘』は、いずれもソウルを舞台の中心とした朝鮮人の生活と抵抗を描いているわけだが、彼の作品には常に、移動（密航）が隠れたモチーフともなっていた。密航ものの代表的な作品としては、朝鮮半島から脱出し、逮捕と逃走の人生をたどった青年たちを描いた「密航者」（一九六一年）が挙げられる。だがここではこれまでの流れに従って、むしろ一九五〇年代前半の党活動と特審局のスパイ活動を主題とした「日本の冬」を取り上げたい。

この作品が書かれたのは一九五六年で、いわゆる一九五五年の日共「六全協大会」によって分裂問題が修復された後の「アカハタ」誌上においてである。当時の金達寿の政治的ポジションは、「総聯」とは距離を持ちつつも、中野重治らとの関係から『新日本文学』（新日本文学会）に参加していた時期に当たっている。そのような金達寿がこの時期の「アカハタ」に書いたことから推察されるのは、この作品が「六全協大会」から中野重治などが除名される一九六四年までの期間、『新日本文学』が党とのある程度の協調関係にあった時期のものだ、ということである。すなわち「日本の冬」は、「六全協大会」による修復路線の実を上げる狙いを持たされていた、ということも予想されるわけである。

作品の主要な登場人物は、日本共産党を監視する特審局から派遣され、スパイとなって民族組織に接近する日本人青年・八巻啓介と、その青年によって監視される在日朝鮮人の活動家・辛三植である。作品内部の縦軸として、党中央の分裂が民族組織の分裂へと発展していく過程が描かれているわけだが、その中で主人公の辛は一貫して党の分裂回避を願う人間として描かれている。もう一方の特捜班から派遣されたスパイの八巻は、作品のクライマックスでスパイ活動を懺悔するという、現実から考えればあり得ない役回りを演じている。この八巻の懺悔のシーンは、何がしか「六全協大会」における「自己批判」や「投降」とダブるようでもある。また、当時の文脈を知悉（ちしつ）した者からすれば、ある種の「政治」的寓話の濃厚な匂いがないわけではない。単行本になった『日本の冬』の「あとがき」（一九五七年）で、金達寿が「アカハタ」編集局と作者との間に特にトラブルがなかったとわざわざ釈明していることも、気にかかるところではある。

しかしここでの筆者の狙いは、この「日本の冬」を当時の分裂直後の日本共産党の修復路線に当てはめて解釈することではない。井上光晴など「六全協大会」の前に除名あるいは脱党した人間から見るなら、不自然な妥協の産物にしか見えない「日本の冬」であったとしても、

「民族」という問題設定が「アカハタ」誌上に持ち込まれていたことは、後の日本共産党のあり様からするならば意外な感覚を得ることになる。一九四九年の「朝連」の解散以降において、金達寿のような在日朝鮮人の知識青年は、一時期において日本共産党の指導の範囲に留まるところでしかその活路を見いだせず、またその後に設立された「総聯」の文化政策にも馴染めず、したがってその後の帰国運動にも乗れなかったのだと推測される。さらに在日朝鮮人にとっての表現の場が、自前の小メディアもあるにはあったが、日本左翼の中でそれなりに機能していた『新日本文学』に敢えて掲載させたかった、という意図があるのかもしれない。

ここで考慮しなければならないのは、日本共産党が一九五〇年代の後半から七〇年代に向けて、市民に愛される「愛国者の党」として議会政党へ転進していく際にも、幾つかの断層があったということである。のちに言われているように、一九五五年の「六全協大会」から一挙的に、在日朝鮮人の知識人が民族を契機として分離していったということでもない。

傍観的にしか叙述できないものであるが、在日朝鮮人一般大衆にとっては、日本社会における差別構造と連動して、当時においては「北」の社会が否応なく美しく見えていただろう。それと平行して、逆に「北」への違和感を抱いた一部の知識人層においては、日本の公共圏において自らの発言権を確保するためにも、様々な思考錯誤が試みられなければならなかったという、在日朝鮮人知識人内部の苦悩が仄見えてくるわけである。

総じて、戦後において在日朝鮮人が自らの発言の場を確保する努力の裏には、当然ながらポスト帝国的な条件を内在させた日本社会への闘いとともに、常に祖国との間の緊張関係もそこに孕まれていた。しかもそういった苦悩の源泉が、紛れもなく朝鮮戦争後の社会状態として、日本の「復興」と朝鮮半島における「疲弊」や「再出発」との間の分岐に起因していたことは、繰り返し強調しておかなければならない点である。しかも金達寿は、民族的な観点を終生、手放さなかった作家でもある。その意味でも「日本の冬」という題名の中の「日本の」が、朝鮮戦争下の「東アジア」の地政的配置全体を念頭に置いた「日本の」であることも強く感得できるわけである。

「日本の冬」において、主人公の辛三植は、終始一貫して朝鮮戦争の動向とともに行動している。辛における戦争は、朝鮮半島の情勢に連動した組織活動において、また自らの活動において鋭く具現化されているわけであり、また辛の住む朝鮮人「部落」自体が相対的に日本の「復興」から取り残された場として、まさに生き残るための「戦場」とも化していた。ここで注意したいのは、先の井上光晴の諸作品においても「生活」が主題となっていたわけだが、その「生活」の場のあり様、またその捉え方が違うのである。

端的に、辛親子の収入源は屑拾いであったが、その「ゴミ捨て場」の権益自体が、さらにまた党組織の分裂騒動の煽りを受けた「争い」の場と化していた。「日本の冬」は、在日朝鮮人の「部落」こそが朝鮮戦争の戦場の一部であったことを伝えている。この作品が世に出されたタイミングが、まさに帰国運動が始まる一九五九年の直前であったということを知る必要がある。この作品は、貧しさから逃れんとするプッシュ要因とともに、その後の在日コミュニティが自らの意思として帰国運動をこののちにおいて激しく展開しなければならなかった事実を予感的にもビビッドに伝えるものとなっている。

ふたつの空間

先に紹介した井上光晴など「六全協大会」以前に離党した者たちの対極で、「六全協大会」以降も党に留まったと思われる部分の中で、日本人作家による一九五〇年前半の朝鮮戦争下の党活動を描いたものでは、小林勝の『断層地帯』（一九五八年）が思い起こされる。この作品は、当時の新日本文学会に集う若手作家が書き手の大半であった書肆パトリアの「新鋭作家叢書」（開高健や島尾敏雄などの名も散見される）に入れられている。ある意味でこの作品は、「六全協大会」以後の修復路線に沿ったものという意味では、金達寿「日本の冬」の日本人版ということになるかもしれない。ただ千七百枚というこの大作は、決して一筋縄では論じられないものである。

とはいえど、最後のページで分派闘争と非合法活動による公判闘争に疲弊しながらも、主人公の北原が再起を期すところで、「数かぎりない誤りをかさね、同志を死に追いやったそのしみは一生消えることはないが、いまこそ、他人からあたえられたものではない、日本共産党のひとつの細胞の誕生だ」とあるのは政治状況を集約する意味で象徴的である。北原たちの細胞は、最後の場面において、「跳ね上がっていた」かつての自分たちの活動を反省しつつ、貧困地区に診療所を作っていくセツルメント運動に邁進して行こうとするのである。実にこういった挿話も、この時期の共産党の路線転換を彷彿とさせる。さらにこの作品が予感的であるのは、この貧困地区における援助活動というものが、この後の日本社会に訪れる経済成長の兆しというもの、また一九六〇年代からの日本共産党の議会政党としての躍進を予感しているようにも読めてしまうことである。

話の筋を戻し、再びこの『断層地帯』を朝鮮戦争（および朝鮮）とのかかわりの中で、あらためて定位してみたい。作者の小林勝は一九二七年生まれ、この作品の主人公北原も小林の半生をなぞるように、朝鮮半島で育っているのだが、敗戦は内地の陸軍士官学校で迎え、ほどなく共産党に入党している。主人公・北原は、朝鮮戦争下における非合法活動の最中、戦場化するかつての「故郷（朝鮮）」の風景を思い起こし、またそこから朝鮮人住民による自分たちへの憎悪の眼差しを激しく想起する。彼は結局、非合法活動の結果として留置場に囚われるのだが、この時朝鮮人活動家の未決囚と触れ合うことになる。北原は、そのひとりの李から済州島での四・三蜂起（韓国の単独選挙に反対して住民が蜂起したものの、米国に後ろ盾を得た韓国当局に過酷に弾圧された事件）以後の虐殺の恐怖を聞かされ、また宋を名乗る別の在日の活動家からは、在日朝鮮人の政治犯や密航犯を収容する大村収容所（長崎）に回される恐怖を聞き取る。しかして、その聞き取りのあり様こそが、今日に生きる私たちにとっての読みの焦点となる。

「同務。もしあなたがね、連絡出来る時があつたら、外の人たちに私のことを伝えて下さい。わたしのうたを伝えてください」

「いいとも」

北原に、どんな、ほかの返事が可能だつたろうか。大村へ送還される途中、脱走を試み成功した者はいないのだ。低い、若い声が流れてきた。

「三年（みつとせ）のひとや〔人屋、獄のこと〕を出でて我を待つ、また新しき手錠の光」

北原は声を出して繰り返した。紙もなく、鉛筆もない。しかし、自分はけっしてこれを忘れないだろう、と彼は思った、恐らく一生涯忘れないだろう。日本に生まれて日本で育った朝鮮人が、死の待ちうけている故国へ帰る間際にうたつた歌を。そして、日本人は黙って一つの小さな死を見送ろうとしているのだ。朝鮮で生まれて、朝鮮で育った日本人である北原が、その最後の証人であり、そして彼もまた、その両手を空しくたらしたまま、見送ろうとしているのだ。おれは、一生涯このうたを忘れないだろう、北原は思った。

（小林勝『断層地帯』より）

ここには、植民地帝国期を生きた日本人の文化観の両義性が、象徴的にも露呈されている。ここにある「日本で育った朝鮮人」と「朝鮮で育った日本人」の出会いを強く刻印しようとする情熱の源泉こそ、実に植民地帝国という過去の基盤なのである。しかし、その朝鮮人との出会いを記念する「うた」が和歌であること（和歌でしかあり得ないこと）について、少なくとも作品の内部で特に留意されているような形跡はない。ここでは戦後、中野重治が「ソウル」を「京城」と表記したことを批判され、その批判を受け入れた事跡なども参照されよう。

さらに最大の論点となるのは、朝鮮人を「死の待ちうけている故国へ帰」らせる措置が日本の朝鮮戦争への当事者性を表現しているのだとしたら、「黙って一つの小さな死を見送」ることとは、つまり彼にとっての日本の朝鮮戦争への関与に反対してきた運動の敗北を意味することになる。この作品を貫通する基調に「敗北」があるとするなら、ここにある朝鮮戦争にかかわる「敗北」と、自身が党の無謀な指令によって逮捕・拘留され傷ついた「敗北」とは、果たしてどのように整理されることになるのか——作品の全体の印象として、その部分の処理が曖昧に回避されているかの観もある。

そして、この作品のクライマックスにある「回生」の決意は、もっぱら後者の敗北（党の無謀な指令によって傷つけられたこと）を乗り越える決意にのみ費やされているように読める。もちろん当時、実質的に日本国内からの運動において日米同盟の朝鮮半島へのかかわりを阻止し得るような、何らかの有効かつ決定的なプログラムがあり得たとは思えない。そうであるにせよ、その「敗北」の意味がどのように思想的に処理されたのか、朝鮮戦争下の党活動の最前線を担ったであろう人々（日本人）から、明確な輪郭を持った応答を聞く機会は多くはない。

もう一度『断層地帯』のクライマックスに戻ってみたい。その個所は、明確に「六全協」路線に棹さすものであると同時に、戦前の転向現象に付随した「民衆」の発見、あるいは「日常生活」への回帰を反復するものとなっている。そして、その「民衆」や「日常生活」は、議会政党の福祉政策によって補完されながら、結果としては、朝鮮戦争の「原初的蓄積」による「復興」に接合される「高度成長」に繋がっていくことになる。そういった道行きが、朝鮮戦争への反対運動の「敗北」に源泉する日本人の「戦後」を物語る重要なファクターであったとするならば、それへの「違和感」は、やはり何がしか無意識の形で、どこかに滞留せざるを得ないものであろう。

高史明（コサミョン）の『夜がときの歩みを暗くするとき』は一九七〇年に発表され、七一年に書籍化された作品である。このテクストは、これまで記してきたような一九五〇年代前半に位置する朝鮮戦争と踵を接する日本の知識人や活動家の顚末を、二〇年弱のタイムラグを持って著したことになる。高は、一九三二年に山口県で生まれた在日朝鮮人二世であるが、皮肉にも小林勝とは逆に、朝鮮半島の風景をほとんど「故郷」とすることがない（海の向こうに臨むとしても）。その高の『夜がときの歩みを暗くするとき』は、ある意味で、小林が著した「朝鮮生まれの日本人」と「日本生まれの朝鮮人」との出会い、あるいはすれ違いのテーマを引き継ぎ、逆の側から応答したものだとも読める。

この作品の主人公は、境道夫という日本人である。もちろん作品の中に、複数の在日朝鮮人の活動家が登場しており、民族的な見解からの当時の党組織における「民族」問題への批判（あるいは、ストレートに民族的立場に立てないわだかまり）が散見される。こういった「民族」問題にかかわるディテールは間違いなく、日本共産党の武装闘争路線下での活動、あるいは朝鮮戦争下における人生経験の中で、高が実際に見聞きした事跡を材料としている。しかし奇妙なことに、この作品の主人公は日本人なのである。そしてその主人公、境道夫が経験する党活動における苦悩の最たる源泉は、意外なことに党内における恋愛問題であったりする（もちろん、貧困や家庭の問題が折り重なっているのだが）。

ところで、かつての党組織においては、個々の活動家の恋愛関係までもが党への忠誠を示す尺度となっていたと言われている。この恋愛と党活動にかかわるエピソードは、小林の『断層地帯』においても、実は大きなウエイトを占めるテーマでもあった。とはいえ『断層地帯』における恋愛のエピソードにおいては、主人公と水商売の女性との関係が「不潔なもの」と裁定されるにすぎなかったのに対して、こちらにおいては、対象となる恋人・泉子の夫が党員であることからも、「恋愛」は党組織そのものの存立基盤にかかわるスキャンダルとして描かれている。しかもその泉子が境の「子」を身ごもることで、その「恋愛」は悲劇的な結末を予想させることになる。しかしその事跡は、物語の順序としては逆に、冒頭のところに置かれているのである。すなわち、境の恋人・泉子が死の床にあって、そして病室に収容された境の枕元には公安刑事も立っている。境は、党によって禁じられた「恋愛」にのめり込むことで、裏切り者の烙印を押されようとしていたのだが、さらにその病室で本物の「裏切り」に手を染めるかもしれない。そのような境に対して、最後まで援助を惜しまないのが、実は金一竜という在日朝鮮人の活動家なのであった。

この作品の執筆時は、一九六〇年代を経て、日本共産党の権威自体が相対化されてしまっていた時期に当たっており、それら「民族」問題や「恋愛」問題は、リアルな政治の匂いは消され、むしろ象徴主義的な方法によって処理されようとしている。では、それはどのようなところに現れているのか。主人公・境が「恋愛」問題によって党の上部から指弾された時、彼は「野良犬」と侮蔑されている。この「野良犬」は、当然ながらスパイ（裏切り者）の意味を含み持つことになるだろう。また別の場面での「犬」は、金一竜と白泰植との間で、犬を食う民族として「朝鮮人」が引き合いに出された時の「犬」でもあり、日本から見られた民族の記号としても機能している。つまり、分派の問題や男女の問題、さらに民族の問題が「犬」という象徴的符牒を使用することによって接合されているのである。そのうえでも、作家の高がなぜ日本人を主人公に設定したかの意図は、やはり計り知れないものではある。その不可解さを解くヒントとして、筑摩書房から出された単行本の「あとがき」を見てみたい。

私は分裂した人間である。それもふたつに割れているのでなく、三つにも四つにも割れている人間である。私は朝鮮人であるが、私の朝鮮はふたつに分離しており、しかも私が人間のしるしである言葉を喋り、物を考えている言葉は日本語である。…〈中略〉…

従って、私が自分の前に据えなければならないテーマは、きわめてはっきりしているといえるだろう。引き裂かれた自己の統一を回復すること、これである。朝鮮の統一が回復され、さらに朝鮮と日本の関係が、人間の自由と幸福を基礎において正常化されたとき、私はきっと自分の生き方をあらためて選ぶことができるであろうが、それまでは私はこの分裂した自己を開示しつづけることによって、不可能を刻印された自己の統一をめざしていくことになるのだろう。

（高、前掲書、二七三頁）


いずれにせよ、作者である高が選んだ道は、朝鮮戦争から突き動かされた数かずの問題を象徴的な次元へと転化させ、また昇華することにあったと思われる。この後、高は宗教的色彩を帯びた執筆活動へと、自身を再定位していく。しかしそれも大本をたどれば、原初的な課題としての朝鮮の統一というテーマであり、あるいは日本と朝鮮の関係回復でもあるし、さらには引き裂かれた自己の回復にまで及ぶものであった。「あとがき」にある「不可能を刻印された自己の回復」というテーマは、後からの読みとして、当然のこと宗教的な救済のほうへと吸引されていく予感もあるものの、朝鮮半島の風景を必ずしも「故郷」にできなくなった世代にとっての、ひとつの指標となるべき優れた理念型を提示したことになる。

だが、繰り返しになるが、またそのためにも、「民族」的モメントは、政治的なものではなく、象徴的なものとして処理する以外になかったとも言えよう。主人公の名が「境」とあることも、その意味を補っているだろう。このテクストは、そういった象徴化のためにこそ、日本の公共圏にあっては、自身の占めるべき場を脱政治的に消去させる危険を孕み持つことになるかもしれない。しかし『夜がときの歩みを暗くするとき』は、「高史明」という名前をそのテクストの近傍に刻すことによって、間違いなく「不可能を刻印された自己」を表示させ続ける以外のものではないとも言える。

ふたつの時間

高史明の『夜がときの歩みを暗くするとき』という題名には、「とき」がふたつ現れている。もちろんこのふたつの「とき」を、動きつつある時流としての「とき」と、思考が止まったかのような暗黒の今の「とき」と見なすことは可能であろう。ただし、このテクストの場所を、朝鮮戦争という劫火をその光源として据えるのであれば、それはいわゆる日本人の戦後の物語とは別の光景を見つめていた、時間の二重性をも表示することになる。

日本の中にありつつ、「朝鮮戦争」を生き延びた高史明にとって、いわゆる「復興」日本の空間は、むしろ多くの死体が転がり、残骸が散在するもうひとつの「焼跡」として仄見えていたはずである。だからこの『夜がときの歩みを暗くするとき』が書籍化された時が、高にとっての「回復」とは言えないまでも、ひとつの区切りをもたらした時となったと言えよう。

私たちが九州・中国地方の地図の上方に見る半島、つまり井上光晴や高史明が生まれ育った故郷の北方に臨むその朝鮮半島には、現在もまた劫火(ごうか)の幻影と統一に向かう気運が同時に激しく揺らめいている。朝鮮戦争は終わっておらず、目下「停戦」のままである。

一般的な日本の中の空気として、朝鮮半島の行く末を占うシナリオには、なかなか望ましい未来像がないのが現状である。ただしその未来像のなさは、朝鮮半島に限定されるものではない。望ましい未来がないのは、日本と呼ばれている地域においてむしろ極まっている。そしてこのふたつの地域における未来のなさとは、三六年間の植民地支配とともに、いまだ朝鮮戦争という劫火を光源とした遠近法の中に入っているもの以外ではない。

さて、今日の日本において「北朝鮮バッシング」を推し進める人間の原初的な光景に帰国運動があることは、前述した通りである。この帰国運動は、日本側においては植民地支配への贖罪意識をともなった清潔な善意(とエゴイスティックな口減らし)によって遂行されつつ、もう一方の実際の当事者においては朝鮮戦争の劫火の「焼跡」を出発点と定めるものであった。

ところで、冒頭に提示した金芝河の詩のモチーフは、ひとつには植民地の血であったが、さらに詩片にあった「女兵」や「娼婦」は、冷戦下においてアメリカや旧ソ連に媚びへつらう「日本」の姿を象徴するものだと訳注(萩原遼＝渋谷仙太郎)では述べられていた。実のところ、彼によって書かれたすべての詩は、朝鮮戦争以後の「冷戦」の地盤の中で生み出されたものなのだ。いずれにせよ、今この時、朝鮮戦争の記憶を取り戻すだけでなく、朝鮮戦争後の時間性を私たちが生きているという自覚、いわゆる日本の「戦後」なるものを「朝鮮戦争後」へと読み替える作業が求められているのである。

VI 燃える「沖縄(琉球弧)」

すべての基本秩序は空間秩序である。一国あるいは一大陸の憲法が問題なのはそれがその国あるいは大陸の基本秩序、ノモスとみなされているからである。ところで真の、本来的な基本秩序というものの核心は、一定の空間的な境界設定、地球の一定の尺度と一定の分割に存する。したがってどのような大きな時代のはじまりにも大きな土地の取得がある。とくに地球像の重要な変革や転移はいずれも世界政治の変化、地球の新しい分割、新しい土地の取得と結びついている。

（カール・シュミット『陸と海と』より）

「琉球弧」の一体性

沖縄／琉球群島は、ひとつのまとまりを持つと同時に、複数の断線が絡み合う磁場である。この断線の中に、いわずもがな琉球処分（一八七二年）、日清戦争後の下関条約（一八九五年）による実質的なヤマトによる支配の固定、そして沖縄戦後の冷戦構造の敷設、つまりサンフランシスコ講和条約（一九五一年）による分断線が挟まれることになる。特にサ条約において、米国の信託統治と潜在的な日本領土であることが「確認」され、この線に沿って一九七一～七二年の「復帰」が為され今日に到っている。

今日、沖縄と言えばもっぱら、沖縄本島とそれに隣接する小群島（慶良間列島、沖縄群島）を指すことになる。もちろん行政区分からすれば、沖縄本島以南の宮古島・八重山群島も含まれることになる。ただ、この沖縄本島と宮古島・八重山群島の間には、かつての朝貢＝徴税関係に規定された微妙な感情的ズレも潜在していると言われている。さらに、一八八〇年代における明治政府と清朝政府との間で、この線で上下を区切り、それぞれが北面と南面とを領有する交渉（主に明治政府から提案された）が行われていた。ちなみにこの時点では、北洋軍閥を抱える清朝のほうが戦力において勝っており、むしろ清朝のほうから分割案は拒否されている（清朝政府はこの時は琉球弧全体を自身の版図に引き入れられる、と考えていたようである）。

次に、沖縄本島からすればその北側に位置する奄美群島に目を移してみよう。奄美群島も、宮古島・八重山群島と同様にして、かつての朝貢関係をベースにした結びつきが潜在しつつも、戦後において沖縄本島よりも早く日本に復帰、一九五三年に鹿児島県に編入されたことから、沖縄本島やそれ以南との関係は寸断されているかの観がある。ここで注目すべきは、この時期、奄美群島においては米軍基地の敷設計画に対する反対運動が活発に展開され、また別の要因もあり、結果として奄美群島は基地設置の難を逃れて今日に到っているのである。

さて日本の戦後の文学からこの奄美群島から思い起こされるのは、かつて奄美の加計呂麻島で特攻隊長を担っていた小説家、島尾敏雄のことである。特攻への参加が取り止めとなった島尾は、戦後のある時期から妻のミホとともに奄美へと移り住み、この南の地から多くのエッセイを発信することとなった。その主張の中で、沖縄本島（および小群島）、宮古島・八重山群島、そこに奄美群島を加えた一体的な地理空間としての「琉球弧」が唱えられ続けていた。

一般的に、島尾の問題意識には、柳田國男の『海上の道』（岩波文庫）などから得られたインスピレーションを元手にし、古からの呼び名である「琉球弧」をヤマトの単一的思考を打破する文化資源とすることが目論まれていた。東北出身者たる島尾は、柳田の『蝸牛考』の周圏論を引用しながら、さらに「琉球弧」と彼の故郷である「北方」とを結びつけつつ、「琉球弧」を含んだ日本全体をまた「ヤポネシア」と称し、所与の日本イメージを脱構築する別の想像の「地図」を描こうとしたわけである。

島尾の「ヤポネシア」論は、沖縄の日本本土への復帰以降にも、様々な文化運動へと接合され、のちにはアイヌ民族との親近性が強調されるなど、マイノリティーの文化運動にも棹さすことになった。島尾がこのような構想を奄美で抱いていた当時の史脈として、奄美群島が沖縄に先んじて本土に復帰してから、沖縄・八重山地方がその次に「復帰」するまでのタイムラグの上で発言されていたことには注意する必要がある。

一九五二年のサンフランシスコ条約発効に連動する形で奄美群島が本土へと復帰したのは、先に述べたように、基地敷設にかかわる反対運動があったためもあるが、紛れもなくそれが地政的条件、および政治経済的コストへの配慮から、かろうじて基地化を免れていたことに起因したものであった。この時の奄美群島と沖縄本島（および宮古島・八重山群島）との間に走る断線とは、まさに冷戦構造（米国の査定）によって決定されたものなのだ。島尾の問題提起は、柳田の南島イデオロギーの影響が仄見える、多分にイマージナルな文化論の体裁を保ちつつも、当時の文脈からするならば、米軍基地の配置によって地政関係が編成され、奄美群島と沖縄本島（および宮古島・八重山群島）が分断されていることへのクリティカルな抵抗であった、とも読めるものであった。

その島尾の立ち位置、あるいはその目論見の大部分は、日本の知識人として「日本」（ヤマト）を相対化することにあったとしても、当時の沖縄の側から眺めるならば、基地を抱えた沖縄に隣接する一番近い地域に住む知識人からの政治的発言、沖縄向けの発話としても受け止められていたようである。島尾の発言は、一知識人による単なる文化論であるのか、それとも政治的発言であるのか、時に不分明な中間性と境界性を印象づけるものであった。ただ、そういった曖昧さこそが、「琉球弧」論や「ヤポネシア」論を当時の批判的知識人の間に広く認知させることとなった理由でもあろう。

しかし、昨今において安手のキャッチコピーであるかの観も呈している沖縄イメージ、例えば「ニライカナイ」（海のかなたの国）として「沖縄」を「我々の始原」として想像する南方論的眼差しというものと、島尾が文化政治的な試みとして志向していた「琉球弧」論のそれとを混同するわけにはいかない。島尾がインスピレーションを受けたとされる柳田の南島論には、確かに帝国／周辺の眼差しが貫徹されていたわけであるが、島尾の当時の発言には、先に述べたように、冷戦下における分断への「抵抗」が読みとれることを見逃してはならない。

文化商品として「沖縄」が流通させられている今日、そこでは眼差しの配置において、本土（中心）から眼差された「周縁」という位置が前提とされてしまっている。またそれは、現地の人間からの立ち上げによって再コード化（自己オリエンタリズム化）も加わり、結果として現にある「基地」の空想的消去にも繋がりかねないことでもある。それは例えば、二〇一九年一〇月三一日の首里城の焼失に対する反応にも現れている。首里城が「沖縄（琉球弧）」に住む人々全体の「心の拠り所」と規定する言説は、あまりにも現実とはズレている。それは過酷な朝貢＝徴税によって、かつては怨嗟の的にもなっていた場所である。そういった文化保存にかこつけた沖縄イメージの発揚こそ、むしろ近代以降の沖縄の人々を襲った数かずの「暴力」を曖昧化する装置にすぎないことに改めて思い到るべきだ。

いずれにせよ、一九七二年に沖縄・八重山地方が本土への「復帰」を果たして以降も、長々と「基地」が本島において残存し続ける今日、「沖縄（琉球弧）」の一体性を効果的に想像する作業は、批判的知識人に課せられた課題であり続けている。ここでも気を付けなければならないのは、かつての朝貢＝徴税関係に規定された権力関係を無批判に持ち込むことである。

近代より遡る江戸期以前の奄美群島（以下、奄美と表記）は、サトウキビを生産する前近代植民地として薩摩藩の勢力下に組み入れられ、また沖縄本島のほうは、薩摩藩および清朝との両属のポジションを維持していた。奄美と沖縄本島との境界は、薩摩のプレ植民地主義によって設定されたにせよ、その両者の文化圏としての連続性は、交易や親戚関係などを通じて維持されていた。しかして一八七一年、内地からの廃藩置県の施行により、沖縄と奄美は、ともに「琉球」として鹿児島県に編入されることになった。しかしその後、沖縄は軍隊の包囲によって執行された「琉球処分」により、単独に沖縄県として設定され（一八七九年）、実態として両者の文化圏としての一体性は徐々に失われようとしていた。だが、その一体性は、実のところ途切れてはいなかったのだ。

そのことを象徴するのは、沖縄の戦後における変革運動の展開である。興味深いことに、沖縄戦後において、米軍による破壊に遭遇しなかったためであろうか、奄美のほうが沖縄本島に先んじて左翼勢力（主に奄美共産党）の活動が活発化していた。また、そのために一九四〇年代後半における沖縄本島の大衆運動の指導性は、奄美を中心に発揮されたとも言われている。一九四七年から始まる沖縄本島における農民組合や労働組合の組織者の多くは、奄美共産党の中央委員であった。しかし奄美と沖縄は、米国軍政によって別の管区に区切られたことにより、分割線が再び引かれ、戦後の「復帰」のタイムラグ（一九五三〜七二年）と基地建設で生じた経済圏の破壊によって、分断が再び押し付けられることとなった。

その一連の流れを断続的な冷戦構造の敷設過程と呼ぶならば、そこにはまさに現時点からは極めて想起しがたくなっている、思いがけない様々な境界画定の「暴力」が働いていた――今日、そういったことが徐々に明らかになりつつある。それはまた、沖縄と奄美の間だけに限ったことではなかった。歴史学者・屋嘉比収の野心的研究によって明かされたのは、沖縄（実際には八重山地方）と台湾との間の境界設定の歴史であった。屋嘉比が叙述するのは、以下のような史脈である。一九四五年日本の敗戦の後、台湾と八重山地方との間には、植民地帝国時代の基盤を利用する形で活発な密貿易が続いていた。特に与那国島では密貿易の繁盛により、豪華な御殿まで出現していたという。

こういった現象は、台湾の側からも証明し得るものである。戦後台湾に一時期戻っていた元帝大生の邱永漢（のちに文学者となり、さらに経済評論家となる）は、自伝的エッセイの中で、この頃、台湾北部と八重山地方との間で密貿易が盛んであったことを、台湾の側から叙述している。当時、台湾の蘇澳港や淡水港から大量の砂糖が、与那国島を経由して、物資不足に悩む日本へと運ばれ、市場で売りさばかれていたのである。

さて、そのような状況がいつ頃まで続き、そして打ち切られることになったのか。先の屋嘉比の指摘によれば、それは端的に朝鮮戦争の勃発によってである。地元の警察によって、ごく緩くコントロールされていた密貿易の取り締まりは、朝鮮戦争の勃発と同時に琉球軍政府（米軍政府）による直接の介入を経て、またたく間に一掃されることになる。その理由は、与那国を経由して、非鉄金属の薬莢や真鍮が香港を通過し、中共側（人民義勇軍）に流れているとの情報が国防総省の報告によって確認されたからである。すなわち、この密貿易の線は、報告を受けた米軍当局の介入によってすぐさま分断されることとなったのである。このように朝鮮戦争の勃発＝冷戦敷設の「暴力」によって、改めて沖縄と台湾との間における境界線が、はっきりと姿を現すことになったのだ。

私たちが所与のものとしている沖縄（イメージ）とは、多分に、かつての琉球処分と日清戦争（下関条約）における分断を含みつつも、今日において主に「冷戦」によって分割された空間編成としてのそれなのである。すなわち、現在想像される沖縄とは、まさに「ある沖縄」にすぎず、それは沖縄戦とそれに続く冷戦支配という波状的な「暴力」をその原動力とした史的産物として成立しているものである。そしてまた、今日の「暴力」の源泉としてもあり続けている「基地」は、行政権を持つはずの県には一切の交渉権がないことから、いわば日米安保体制の「捨て石」として、「沖縄（琉球弧）」が冷戦の内部に閉じ込められている現状としての「ある沖縄」をずっと分節し続けているのである。

アメリカと沖縄（琉球弧）

複数の切断線によって寸断されながらも、沖縄がなおひとつのまとまった磁場であり得るとするならば、それ（ら）は「海のかなたの国」ではなく、海を「通路」として生きていた者たちの共同性のことであろう。その海はかつて神が通る「道」であった以上に、台湾や中国大陸、琉球弧、そしてヤマト（薩摩）の人間が行き交う通路＝広場でもあった。

例えば奄美・加計呂麻島で生を受けた島尾ミホによるエッセイ集『海辺の生と死』（一九七四年）は、彼女の幼年期（戦前）における浜の風物を描いた第一級のテクストである。その一部「旅の人」では、沖縄本島からの沖縄芝居やヤマトから来る旅芸人に加えて、中国から船に乗ってくる曲芸師たちの妙技が、浜辺の神秘的な風物とともに幻想的に綴られている。それが幻想的に描かれざるを得ないのは、端的に言って、中国からの客人たちが戦後は来なくなってしまったからであろう。日中戦争を直接の契機としつつ、沖縄戦から続く冷戦体制の構築過程を通じて、東アジアに広がる海の「通路」は、端的に入国管理（冷戦体制）によってコントロールされるようになってしまったのである。

戦後から一九七二年までの米国統治を経験し、さらにそれ以後もポスト占領期を継続しつつある沖縄文学において、「アメリカ」とどのように向き合うべきかという課題は、ヤマトの側ではもはや希薄化されてしまった問題意識なのかもしれない。否応なく沖縄文学は、ある意味では東アジアにおける冷戦構造を分析するための特権的な梃子の地位へと、己を位置づけているのかもしれない。ヤマト側の文学における米軍の存在は、基本的にはサ条約発効の一九五二年以降、また日米安保運動以降の時空においては、政治的な対象ではなくなっている。六〇年代では小島信夫の『抱擁家族』（一九六五年）、さらに七〇年代では村上龍『限りなく透明に近いブルー』（一九七六年）が代表的に論じられるわけだが、基本的に「米軍」は「女」を媒介として「風俗」の次元で取り扱われることになる。有吉佐和子の『非色』（一九六四年）などは、むしろ女性を主人公にして、「風俗」の次元を超えた表現力が漲っているものの、「差別」が忌避されているからだろう、今日では顧みられなくなった秀作ではある。

「風俗」の次元を超えて、沖縄においては「アメリカ」、あるいは「基地」は、沖縄戦を通過した沖縄の人々にとって最大の「暴力」の痕跡（＝根源）である。が、それとともに、六〇年安保運動以降は、ヤマトにおける「基地」を肩代わりに増強されたものとして、二重の「暴力」として感得されることになる。

沖縄において、「米軍基地」を表象した文学作品の中で、最も早く現れかつ問題提起の鋭さにおいて議論されるテクストとして、一九五五年『琉大文学』（琉大文藝クラブ、のちに琉球大学文芸部）に掲載された池澤聡（岡本恵徳）の「空疎な回想」は決して素通りすることができないメルクマールである。この「空疎な回想」は、基地を守備する警備員が主人公として設定されている一方、当の「基地」そのものは、いわばサーチライトがそこから照射されるだけの無定形な「発光体」として叙述されている。しかして、「良心」的な警備員である主人公は結局、沖縄人侵入者によって撲殺されることになり、沖縄人の間に押しつけられた敵対性の複雑さが、逆に「基地」の圧倒的存在を浮き立たせる仕組みになっている。この作品は、その作品の発表それ自体が、米琉球政府による実際の介入の「恐怖」を抱え込むという意味でも、二重にリアルな作品となった。ちなみに、この「空疎な回想」は発表の翌年、『新日本文学』に「ガード」

という題名で転載されることになった。だが、「占領」がもたらした凄烈かつ殺伐とした想像的リアリズムは、それ以後、やはり沖縄においてしか継承されなかったようである。

この作品が予言的であるのは、この作品の発表直後、米軍政による土地収用への抵抗を基軸として全島的な広がりを見せた、いわゆる「島ぐるみ闘争」の爆発が待っていた、ということである。実際、この全島的な闘争の最中、『琉大文学』の編集グループ四人が米琉球政府により琉球大学から退学させられるなど、深刻な事件が発生していた。その意味で、この作品は、「基地」への「抵抗」が組織的なものとなろうとする直前の、したがって「抵抗」が個人的な激情に限定されていた頃の息吹を彷彿(ほうふつ)とさせるものとして、常に今日的な読み返しを繰り返し喚起する。

さらに、これ以降において、ヤマトでは五五年体制が成立しており、翌年には「もはや戦後ではない」と謳われた経済白書が発行されるなど、相対的安定期の到来にも留意する必要がある。そしてまた、ヤマトの側において生じた六〇年安保運動以降の、密かなまた大規模な「基地」移転の波がそこに加わることになる。

さて、それ以後のことである。沖縄現代文学の存在がヤマト側の文学ジャーナリズムでも大きく認知されたのは。「復帰運動」の高まりをその選考の要素に加えたからであろう、大城立裕の『カクテル・パーティー』(一九六七年)の芥川賞受賞がそのメルクマールとなる。この『カクテル・パーティー』は、「基地」の内部の人間関係にまで踏み込む「冷戦文学」そのものであった。年齢から言えば、池澤聡（岡本恵徳）よりも、この大城のほうが実は年上である。ちなみに岡本恵徳は、五〇年代前半の『琉大文学』誌上において、その理論的支柱であった新川明らとともに、年上の世代である大城らを批判する立場に立っていた。だが沖縄において「基地」の「暴力」を描くことは、当時の若手であった一九三四年生まれの岡本を嚆矢として逆に、むしろ年上の大城（一九二五年生まれ）へと影響を与えたこともあり得るだろう――『カクテル・パーティー』という作品自体が、その証拠となるものと想定される。

『カクテル・パーティー』の内部に入り込んでみよう。前半では、米軍関係者ミラー氏のカクテル・パーティーに誘われた沖縄人の「私」が、ミラーの息子が行方不明になったことを聞きつけ、奔走する様子が描かれる。しかしその後半においては、「私」は語り手によって「お前」と再設定され、自分の娘が米兵によってレイプされながら、その相手を裁くこともできず、またミラーの援助も受けられずに孤立する様が突き放した筆致で描かれる。この「私」から「お前」への主語の転換は、基地体制への協力者から被害者への転落の道行きを指し示すとともに、被害者の娘からの眼差しが強く印象づけられる仕組みになっている。つまり、この視点の転換は、沖縄人内部の矛盾を鋭く抉り出す舞台転換の機能を果たしているわけである。

しかし、この後で発表された大城の「ニライカナイの街」（一九六九年）では、米軍基地によって派生した基地への協力者／被害者というその分裂が、さらなる分裂を生み出すあり様が描かれる。このテクストの中で、米兵と恋人関係にある主人公の町子は、昔から言い伝えられる海の彼方の麗しい国、つまり「ニライカナイ」をアメリカ合衆国のことと思い込んでいる。こうした『カクテル・パーティー』から「ニライカナイの街」への視点移動は、前作と同様に加害者としての「アメリカ」を表象すると同時に、沖縄人にとって「基地のある沖縄」からの脱出口としても「アメリカ」が表象されるという、極めてアイロニカルな構図を提起したことになる。すなわち、沖縄という海の「通路」は、否応なく合衆国との地政的配置（環太平洋反共ブロック）の中に閉じ込められざるを得ないものであり、その重苦しさはむしろアイロニーとしてしか処理されないものだったのである。

このように海の「通路」としての沖縄が冷戦体制へと実質的に包摂され、果たしてその「通路」がねじ曲げられている状況において、隠喩としての「海」の「通路」はその閉塞ゆえにむしろ別のところへ、路上（ストリート）や、「空」の通路へと転移していった印象を受ける。戦前世代の大城を戦後沖縄文学の先頭ランナーとして位置づけるならば、もうひとりの作家、一九四七年生まれの又吉栄喜は戦後世代の先頭ランナーということになろうか。この世代にとって最もインパクトを与えた事件として、一九七二年の「復帰」があり、またそれを目前にして爆発した一九七〇年のコザ暴動が人口に膾炙（かいしゃ）している。

このコザ暴動は、米兵による轢き逃げ事件を初発のきっかけとするもので、一夜にしてコザ市中心街の路上駐車の自動車がことごとく燃やされ、深夜その燃え上がる炎に煽られながらカチャーシーが踊られたと言われている。またもうひとつの興味深い挿話として、このコザ暴動において、沖縄人が黒人兵には危害を加えないように注意深く振る舞ったことも、伝聞として伝えられている。又吉らの世代は、このコザ暴動という出来事の出来事性に深く影響を受けた世代だと言える。

ところでこの出来事の歴史的背景となるのは、いわずもがな当時のベトナム戦争の激化を背景として発展した歓楽街、アメリカ空軍基地・嘉手納ベースに隣接した「性(遊興)」の最前線としてのコザ市(現、沖縄市)の発展であった。

当時の高等弁務官ランパートは、コザの暴動を指して「ジャングルの世界」と称していたが、このジャングルとは、当然ながら米軍にとっての当時の「戦場」であるベトナムからの転喩であったはずだ。米兵にとってはジャングルであったものが、ベトコンにとっては「通路」であった事実と通底するように、コザは実のところストリート=ジャングルであったのだ。

そこで検討したいのが又吉の秀作「ジョージが射殺した猪」(一九七八年)である。この作品は、コザのバー街を徘徊する米兵の(夜の)日常を描いたものである。主人公ジョージは、沖縄人ホステスに恒常的に暴力を振るう他の米兵の同僚からチキンハート(弱虫)と罵られているが、その鬱積を晴らすために基地の金網にうずくまる老人を射殺してしまう。この時、ジョージから眺められた老人は、まさにジャングルの「猪」として取り扱われている。まさにこの作品の最大のポイントは、終始その描写の視点が米兵ジョージに設定されているところにある。ジョージの視点は、例えばコザ市街を抜け、基地付近の荒野へと移動するわけであるが、この移動は実に彼が沖縄（基地）からベトナム（戦場）へと派兵されることの転喩の身振りでもある。このように戦地ベトナムと「空」を通じて直結することによって、沖縄はアメリカ合衆国の世界戦略に繋ぎ止められ続けていたし、この構図は今日において、アメリカ合衆国が朝鮮半島や中国大陸への軍事力行使のカードを手放さず、「基地」を維持し続けている現状に引き継がれているものとも言える。

今日、沖縄の基地システムとはまさに、中国大陸・朝鮮半島の敵対ラインに沿った制空権を維持する装置であり、そこに住む沖縄人の「空」は、まさに戦争への「通路」であり続けているということになる。那覇空港を利用する民間旅客機は、海からの低空で那覇空港にアクセスしなければならないのであり、沖縄の米軍基地は、米軍以外の人間によって「空」から観られたり、撮影されたりする機会をいまだに持たないのである。

さらに一〇年後の一九八八年、又吉によって短編集の形で世に出された「パラシュート兵のプレゼント」は、「ジョージが射殺した猪」からのさらなる表現、視点上での深化が見られる。そこには、沖縄にとっての日常の「空」が、鉄の塊（ジェット機）の舞う空間である以外に、米兵が降ってくる空間としても示されている。この「パラシュート兵のプレゼント」の叙述の視点は、その前の「ジョージが射殺した猪」とは打って変わって、基地に隣接する地域の少年たちの「眼」に設定されている。

少年たちは、小遣い稼ぎのためにスクラップをせしめようと、夜間になると頻繁に基地に侵入するため、監視兵や犬に追われる日常を過ごしている。少年たちは、あり得ないことなのだが、米兵に捕まるとベトナムへ連れていかれる、と真剣に恐れてもいる。しかし昼間においては、空から降ってくるパラシュート兵は、接し方によっては様々なプレゼントを与えてくれる神々しい異人でもあった。バイクに乗せて基地に送り届ける見返りとして、時にパラシュート兵は、高価なスクラップも分けてくれる。主人公の少年は、結局は実行しなかったが、その米兵のために村の年ごろの娘さえ、贈与の対価として差し出そうとも考えた。少年の視点で書かれたこの「パラシュート兵のプレゼント」は、異人によって支配される沖縄の現実を、さらに神話的アイロニーへと昇華させたものだと言えよう。

アジアと沖縄(琉球弧)

激動の一九七〇年代を通過した沖縄は、一九七二年いわゆる「復帰」を果たしたものの、しかしその根本的な「帰る場所」そのものを探しあぐねているようでもあった。沖縄が沖縄自身に帰るコンセプトというものがあったとしても、そのためには複数の歴史の「通路」がせめぎ合う琉球弧へ――開かれた複数の沖縄(琉球弧)に遡行(そこう)しなければならないだろう。

激動の一九七〇年代から八〇年代にかけて、現代沖縄文学は、改めてアジアへの「通路」を想起し始めたようである。この時期は、沖縄の内部においても、いわゆる「鉄の暴風」、「唯一の地上戦」といった被害に特化した沖縄イメージが揺れ動き始め、新たにアジアに対する加害者としての「沖縄」が問題化され始めた時期にあたる。

沖縄における基地の日常を文学的資源へと展開していた又吉栄喜は、「ギンネム屋敷」（一九八〇年）の中で、時間の起点を沖縄戦後の三年目に設定し、そこに沖縄に残留していた朝鮮人を登場させた。この朝鮮人の男は、沖縄戦の直前において、飛行場建設の徴用のために沖縄に連れてこられた男であった。男は、戦中の強制労働の最中、トラックから隊長と連れ立って歩かされているかつての恋人・小莉を目撃するものの、どうすることもできなかった。戦後、男はそのまま米軍基地の中でエンジニアとして働いていたが、ある日、ある売春宿で再び彼女を発見し、自分の家に連れ帰ることにする。だが小莉は既に精神を病んでおり、男を識別することもできなくなっていた。男は、どうにかして小莉に正気を取り戻させようとするものの、逆に自らも錯乱し、結果的に小莉を殺してしまう。その後、男は、時として夢遊病者のように小莉の影を追いかけ、ついに誤って別の沖縄人の娘（ヨシコー）に手をかける寸前にまで到ってしまうのである。

このテクストは、朝鮮人の男がヨシコーを襲うところを目撃した沖縄人の男たち（主人公の宮城富夫）が、男の屋敷（ギンネム屋敷）へと賠償金をせしめに行くところからはじまり、この男の背負った物語を宮城が聴き取ることを主たるプロットとしている（「男」は既に忘れているが、実は宮城はかつて飛行場の建設現場で、死にかけたこの「男」を救っていた）。しばらくして、ギンネム屋敷の男の訃報が届く。男は結局、少なくない財産を宮城に残す旨の遺書を書いて、自殺してしまう。宮城は、あの時、飛行場で救ってやった恩なのだと自分に言い聞かせながら、しかしその金をどう使うのか思案するところで、このテクストはピリオドを打つ。

一見したところ、最後の財産譲渡のシーンについても、宮城が飛行場の建設現場で男を救った過去についても、取って付けたような印象を与えるものである。また、その朝鮮人の男が偶然に小莉と再会したことも、現実離れしたストーリー設定であるかのような印象もある。とはいえ、それでもなお、この三人が戦後の沖縄の街角で再び出会ってしまう共時性に、説得力がないとも言えない。すなわち一九七〇年代まで、多くの朝鮮人（韓国人）や台湾人（中国人）が沖縄の基地の内部あるいは街中で働いていた歴史的痕跡が現に存在しているのである。

そして今日、沖縄戦における犠牲者に多くの朝鮮人や台湾人が含まれていたことも明らかにされつつある。現在、沖縄本島の南端に位置する「平和の礎（いしじ）」には、沖縄人以外にも、多くの朝鮮人や台湾人の名前が彫られ続けている。興味深い事実として、朝鮮半島出身者については、その人物の出身地が三八度線以北か以南かの別によって、つまり大韓民国か朝鮮民主主義人民共和国かによって、刻す面を区別して名が記されているなど、「平和の礎」にも「冷戦」の分断線が色濃く孕（はら）まれている。

冷戦体制（日本政府）は、死者を墓場まで追いかけ、その冷戦ポジションの選択を迫ったということになる。その意味でもこの「ギンネム屋敷」に出てくる男が「朝鮮人」と記されていることには、作者が戦後生まれであることからも、ある歴史認識が貫徹されていることが分かる。なぜなら、当時米軍基地のエンジニアとなっているのであれば、当然その男は「韓国」籍であるはずだからである。つまりここで、敢えて「朝鮮人」とすることによって、戦前との連続性の中に潜在する沖縄人の「差別」を顕在化させると同時に、その「朝鮮人」の自殺によって、沖縄人の加害者性が微温的かつアイロニカルに炙り出される仕組みとなっている。さらに、ギンネム屋敷の庭に埋められたはずの小莉の亡骸（なきがら）によって、沖縄の土地が朝鮮半島にも通じていることが、改めて印象づけられることになる。

先に紹介した歴史研究者の屋嘉比収は、現在において想像される沖縄の境界が冷戦体制によってこそ、明確な姿を現したものであることを主張していた。さらに屋嘉比は、また驚くべき実証の力と想像力によって、悲劇の象徴たるガマ（晶洞）こそが、中国大陸あるいは太平洋へと繋がる通路であったことを証明した。読谷村に位置するチビチリガマは、その「強制集団自殺」によって、沖縄戦の悲劇の象徴となったわけであるが、そのきっかけには、中国戦線帰りの兵士による示唆が強く働いていたとの証言が出されている。屋嘉比が採取した証言によれば、中国戦線から帰った日本軍兵士が、加害者として敵（中国人）を捕縛した場合に為した残虐な仕打ちを米軍の側に投影、そこから反射される自己に向かう恐怖感を煽ることによって、八三名にのぼる「悲劇」が引き起こされたというのである。しかし、そのチビチリガマから歩いて数分しか離れていないシムクガマでは、ハワイ移民帰りの沖縄人がいたことで、彼による説得と米軍との交渉によって、むしろ膨大な「悲劇」が食い止められた――そのことが、シムクガマの碑に刻まれていると言う。

このふたつの事例の対称性をいたずらに強調することは、沖縄戦総体の評価を損ねかねないものであるのかもしれない。だが、沖縄戦という非日常の世界において、一瞬、ガマの内部の空間と沖縄の外の「世界」が、兵士、あるいは移民という「通路」によって接続された事実は、潜在的な磁場としての沖縄を考えるうえで、繰り返し思い起こされるべき事跡であろう。

翻って、先に取り上げた沖縄文学の戦前世代の第一人者である大城立裕自身が、実は大陸帰りの人間だったのである。大城は先の「カクテル・パーティー」においても、その主人公に託して己の戦争体験（中国戦線）を語らせていたが、実はかつて東亜同文書院〔大陸経営のために上海に開設された教育機関〕の学生であり、中国戦線で徴発活動や翻訳作業を行っていた己の記憶をもとにした自伝的小説『朝、上海に立ちつくす――小説　東亜同文書院』（一九八三年）を発表している。

この作品の読みどころは、もちろん当事者としてかかわった東亜同文書院における学生生活を詳細に語った部分にあるが、やはりそのピークは浙江地区農村において、通訳として加わった徴発活動にかかわる叙述、そのリアルさが圧倒的である。

「着け剣！」

伍長が号令をかけ、自分から進んで銃に着剣（ちゃっけん）した。一等兵と学生たちが、あわてて従った。

一瞬の金属音の乱れがあたりを威圧し、百姓たちがとたんに顔を強張らせて、二三歩さがった。

「家探しをするぞと言ってください」

伍長が言い、刈谷が通訳をする。

保長の応待がいよいよ早口になる。

「家探ししてもらっても、あるものは自家用米だけだと言っています」

保長の妻らしい中年女と、嫁かと思われる若い女が食卓の上を片付けにかかった。一切見ぬふりをしながら耳を傾けているのがわかった。若い女の前髪が眼の前にたれて風で小刻みにゆれているが、彼女はそれを掻きあげもせず、片付けものをしていた。


（大城立裕『朝、上海に立ちつくす——小説 東亜同文書院』より）


農民のこわばる顔、そして片づけものをする中年女性の澄まされた耳——そこには「暴力」の予感に震える緊張感がみなぎっている。従軍していた主人公・知名（大城）には、確実にこの震えが脳裏に刻まれていたものと思われる。また沖縄はそもそも、軍人・兵士以外にも多くの人間を警察官として台湾などの南方へと輩出した土地でもある。その意味でも沖縄は、日本帝国がアジアで行った「暴力」が、様々に屈折して折り畳まれた場所でもあるのだ。

また別の個所でこの作品が重要なのは、この東亜同文書院には、朝鮮出身者や台湾出身者が含まれており、彼らと主人公の沖縄学生の交流が描かれている点である。同級生の台湾出身者・梁は、どうやら共産党支配地区へと逃走を図ったようであり、もうひとりの朝鮮出身者・金井は、終戦後すぐに消息を絶ち、行方不明となっている。この金井は、おそらく朝鮮半島へと帰ったことが、主人公によって想像されている。

さて、この作品の内部での主人公・知名と金井（朝鮮人）との交流は、明らかに日本帝国の中心性への危機意識において、微妙な緊張関係を持つことになる。金井の周囲には常に、顕在化されないものの、「朝鮮独立」の文字が閃いているのに比して、金井からの「沖縄は独立しないのか」という問いかけに対して、知名は何も返せないでいる。こういった会話は、実際に大城の東亜同文書院の経験に根ざしたものなのか、それとも「復帰」の幻想が敗れた後、「反復帰論」が隠然と語られ始めた沖縄の一九八〇年代の空気を反映するものなのか、凡そ決定不可能なものである。読谷村の知花昌一が、国民体育大会のソフトボール競技場で日の丸を焼き捨てるのは、『朝、上海に立ちつくす』が書かれてから四年後の一九八七年である。

危機にある現在(いま)

一九二五年生まれの大城立裕、一九四七年生まれの又吉栄喜に続く沖縄現代文学の担い手として、さらにさらに若い目取真(めどるま)俊の名と彼の動向が、芥川賞受賞（『水滴』一九九七年）の効果もあり、大きく取り挙げられるようになっている。ちなみに彼は、一九六〇年の生まれである。

秀作「ブラジルおじいの酒」は、「復帰」前の一九七二年以前を生きる少年の世界として設定され、そこでは日本の貨幣を手に取った時の奇妙な感覚が綴られるなど、「復帰」以前の世が既に少年のノスタルジーとして叙述されている。しかしそのノスタルジーとて、沖縄における冷戦体制が終わりを告げたことを意味するのでは、さらさらなかった。

一九九九年六月二六日の朝日新聞夕刊に載った目取真の小説「希望」は、ある沖縄人の男が米軍人の息子を誘拐し、森の中で殺害してしまう話である。この作品に対して、幾人かの評者、沖縄研究者の富山一郎や作家の徐京植(ソキョンシク)などがいち早く反応を示していたものの、中央文壇においては、ほぼ黙殺の憂き目にあっている。この作品は、特に沖縄においても、腫れ物にさわるかのような沈黙に晒された、と伝聞されている。とはいえ、この作品世界の暗さというものは、その題名「希望」とのコントラストにおいて、むしろ沖縄現代文学の伝統をこそ印象づけているようにも思われる。

徐京植は、この究極の絶望感を「希望」と題する目取真のセンスに、魯迅の継承者としての面影を見ようとしている。例えばそれは、男が少年の髪の毛を同封した声明文のトーンに現れている――「今のオキナワに必要なのは、数千人のデモでもなければ、数万人の集会でもなく、一人のアメリカ人の幼児の死なのだ」と。このトーンに反して、当時の目取真は現役の高校教師でありつつ、また今日では基地の県内移転に反対する地域活動家として、デモや集会の組織化に取り組んでいる人物である。その意味で、この作品は、そういった活動家としての目取真個人へのアイロニーであるように読めるのだが、そうとも言えないところもある。冨山が指摘しているように、このプロットは、かつて米兵が行方不明になったいくつかの事件の記憶に根ざしたものであり、沖縄現代文学の伝統のうえに成り立っているものとも言える。傍証として、先に取り上げた大城の「カクテル・パーティー」を思い出してみよう。テクストの前半で、主人公の友人のミラーの息子が行方不明になっており、ベースをあげてその子どもを探し回る様子が描かれていたではないか。目取真は明らかにこの作品を意識し、踏襲している。だがここで、その直接の影響を探索することは、さして生産的なことではあるまい。

いずれにせよ、ここで指摘できるのは、その目取真が提示する沖縄の底なしの暗さである。当時も現在もある、消費される観光地・沖縄へのアンチテーゼとしてある暗さなのか。しかして、その暗さというものは決して戦後沖縄の歴史と切れた作家個人の絶望にかられた修辞ではないだろう。そのテクストの舞台となるのは沖縄市であるが、おそらく故意にではあろう、以前の名称である「コザ」(市)という名称が使用されている。あの「コザ」暴動は、目取真が当時一〇歳であった頃の記憶であるはずだ。この「コザ」という固有名の使用は、多くの沖縄人がこの暴動の記憶の中に生き続けているということを如実に反映している。

さて、「希望」の主人公の男は、あっさりと死を選んでいる。「小さな生物の液体が毒に変わるように、自分の行為はこの島にとって自然であり、必然なのだ」と自身の行為を正当化する独白とともに、闇の公園で焼身自殺を遂げるのである。この主人公の焼身の身振りは、テクストの中でまったき孤絶にあるという印象を持ちながらも、一九七〇年代、米軍と戦ったベトナム人や独裁政権と闘っていた韓国人において、決して少なくない実行者を生み出した抗議の方法であり、密かに、そういった歴史の脈絡とも繋がっているようにも読める。この作品は、もちろん顕在的には、日本語が流通する出版公共圏にある読者の目にのみ触れるものではあろう。しかし、その潜在的読者として、例えば米軍基地を同様に抱えた、韓国やフィリピンの読者を呼び寄せるものであることが予感され得る。

目取真の「希望」という作品は、まさにその孤絶した印象とは全く裏腹に、これまでの沖縄現代文学の伝統を引き継ぐように、また確かに日本の外へ繋がる「通路」を有するもの、と私には読める。沖縄における文学実践は、日本帝国主義の拡張と冷戦構造の敷設というふたつの地球分割の「暴力」の痕跡でもあり、またその「暴力」が発動する磁場というものを自らの土壌としてきた。またかつて沖縄は、ベトナムでもあり、なおかつベトナムの人々にとっての「悪魔の島」でもあった。沖縄現代文学は、沖縄という空間に絡み合う複数の暴力と対峙する長い暗闇の闘いを続けているのである。

Ⅶ　捕虜／引揚の磁場

代わりに生を生きることが逆謀の話になってはいけないのか
記憶との逆謀、蔓延する死、暴力の空間をともに生きるための穴つくり
壁の穴を通じた交信四面に閉ざされた社会の条件から壁の向こうに送る疎通の願いを実在させること
はその壁の生を居留めることを孕まざるをえない

（李静和「影の言葉を求めていまだ幽冥の場所から」より）

岸壁の母

戦後の時間に闖入する「戦争」は、ある世代にとってみれば、一九四五年の八月一五日に終わったとされるあの戦争の余韻が余韻としても消化されず、ある種、化け物じみた姿となって回帰してくる「何か」、あるいは日常の片隅にずっと蟠（わだかま）っている「何か」となっているだろう。それは、否応なく戦後の「語り」の中に自らをはめ込むことができず、いわば不可能な帰還としてどこかに留め置かれたままでいるのである。

アジア全域に広がったあの戦争（植民地支配）の余韻は、戦後の日本において、例えば「引揚」、あるいは「復員」にかかわる「語り」として、ある程度は保存されている。ただし、それらの経験の幅は実に広いもので、総体化することはなかなか難しい。例えば、空間的に把握しようとするならば、「引揚」が実行された軍管区でさえ、中国軍管区や旧ソ連軍管区（旧満州地区を含む）、東南アジア軍管区、豪軍管区、そして米軍管区（朝鮮半島南部を含む）など、極めて多岐にわたる。また出発港や到着港ごとの帰還者たちへの処遇にも、大きな差異が認められている。さらには、戦後の世界体制を規定した冷戦と呼ばれる準総力戦状況の進捗とともに、大きなタイムラグさえその中に孕まざるを得なくなった。例えば旧共産圏からの「復員」にしても、朝鮮戦争を挟んだ前後では、その処遇のみならず、法的身分でさえ大きな差異を孕まざるを得なくなっていた。

戦後の「語り」の配置において、例えば藤原ていの『流れる星は生きている』（日比谷出版社、一九四九年）に代表されるような、主に非戦闘要員としての女性や子どもの経験を語った物語がずっと前景化し続けている。女性であるからと言うわけではないが、それらの「語り」のリアリティは、やはり生活が中心なのであって、比較的には日本人全体の戦後の苦難と同調がし易いからであろう。その一方、男性の場合には、大岡昇平の『俘虜記』のような南方戦線（あるいは海からの生還）の「復員」が典型とされつつも、いわゆるシベリア「抑留」者の「語り」は、旧ソ連による開戦の経緯や東西冷戦構造に起因する「反ソ」「反共」言説とオーバーラップするものとして、さらに特殊化されていると言えるかもしれない。そうなった最大のモメントとして、シベリアにおける捕虜経験を語ることの大きな困難が、大きな影を落としていることは予想に違わない。

「引揚」全体の構図を整理するための一助として、大まかに「引揚」（「復員」を含む）の時期を区分すると以下のようになる。

主力引揚期（一九四五〜四七年）
共産圏引揚期（一九四八〜五〇年）
大空白期（一九五一〜五二年）
続共産圏引揚期（一九五三〜五九年）

大きく分けても、主力引揚期と共産圏引揚期、そして朝鮮戦争をはさんだ続共産圏引揚期では、その性格に大きな差異が孕（はら）まれている。にもかかわらず、戦後の日本社会に沈潜する「引揚」（「復員」）の残像は、どこか曖昧にアマルガム化されてしまっているようにも思われる。

例えば大衆文化における「復員」者への眼差しは、「岸壁の母」に代表されるような、息子を待つ母のそれを典型として流布されてきた。歌謡曲「岸壁の母」（菊池章子）は、一九五四年に発売されたものであるが、この歌曲の題名がついた映画作品『岸壁の母』（大森健次郎監督、一九七六年）が放映されるまでの二十数年の時間は、まさに日本の復興から高度成長が一応の完成を見るまでのサイクルと軌を一にするものである。その間の歌謡曲「岸壁の母」の持続は、戦後の時間の中で「引揚」や「復員」というある種の民族的経験の「語り」が、繰り返し再現される典型として生き続けた結果である。特に一九七二年、二葉百合子によってリバイバルされた「岸壁の母」のイントロでの浪曲語りのナレーションの部分は、日本人の「引揚」にかかわる国民感情を凝縮し、ひとつの典型として定着されることとなった。そのナレーションは果たして以下のようなものである。

昭和二五年一月の半ばもやがて過ぎる頃
雪と氷に閉ざされたソ連の港ナホトカから
祖国の為に命をかけた同胞を乗せ
第一次引揚船高砂丸が還って来る
日本中の神経はこの港にそそがれた
狂わんばかりの喜びはルツボの様に湧き返った。
♪母は来ました今日も来た、この岸壁に今日も来た♪

この浪曲語りから楽曲部へとなだれ込むタイミングは、最も広範な大衆的感情に訴えかける形式的完成度を示している。また、そこに配された「日本中の神経はこの港にそそがれた」と吟ずる部分など、浪曲調としては破格の言葉遣いであることにも注意が引かれる。

いずれにせよ、歌謡曲「岸壁の母」は、徹底的に大衆的な旋律を用いることで、それらの経験を求心的に組織する「国民」の歌として流布し続けた。そしてまた「雪と氷に閉ざされたソ連の港ナホトカ」からの帰還は、かつての帝国意識を保持しながらも、その余韻に含まれている複雑な成分――本書の言い方であれば、敵対性の記憶がまさに「狂わんばかりの喜び」によって曖昧化されることになる。「引揚」経験は、実のところ、日本の戦後的時間の核心部分に潜在し続けていたモメントであったにもかかわらず、その道筋を遡及する再記憶化への道筋は、終には戦後の主流文化の中では実現しなかったと思われる。

そこで、敢えて立ち止まって考えてみよう。例えば、初めの「岸壁の母」がリリースされたのは一九五四年でありながら、この歌の中で取り上げられた事跡は「昭和二五年」(一九五〇年)のことである。先ほどの時間区分で言うならば、一九四八年から一九五〇年にかけての共産圏引揚期に当たっている。次の続共産圏引揚期のサイクルが始まるのが一九五三年である。つまり、「岸壁の母」は続共産圏引揚期の問題を、言わば素通りしているのである。その続共産圏引揚期こそ最も典型化、あるいは一般化されないものとなったようである。すなわち、この共産圏引揚期と続共産圏引揚期の約二年から三年の空白期が、実は日本人における捕虜経験、引揚経験において決定的な分岐をもたらすことになるのだ。

その空白期とは、まさに朝鮮戦争という冷戦敷設に費やされた最大の「暴力」が行使された時間に他ならない。「岸壁の母」に代表される「引揚」にかかわる記憶が、朝鮮戦争より前の時期に拠っているということは、国民的な記憶構造において、意図的に朝鮮戦争に連動する何事かが避けられなければならなかったことを意味するだろう。その最たる問題は、朝鮮戦争の最中のサンフランシスコ講和条約において、日本が選び取った「独立」——朝鮮半島や中国が参加せず、旧ソ連が拒否に回った片面講和——が、シベリアに留め置かれた捕虜たちの運命に大きく影響した事態に他ならない。

戦後の「語り」

繰り返しになるが、「岸壁の母」の内容が対象としているのは、一九五〇年一月の事跡であり、これは朝鮮戦争(一九五〇年六月)以前のことである。同様の時期設定とコンセプトが、一九七〇年代後半の東宝版のフィルム『岸壁の母』にまで引き継がれているのである。それは、最も過酷を極めた朝鮮戦争以後の続共産圏引揚期を素通りしつつ、「雪と氷に閉ざされ」ていたシベリアの捕虜たちの存在——特に「冷戦」の人質となった人々——をいわば黙殺した事態を意味している。

総じて、戦後に主流となった女性(母)の「語り」を中心とした「引揚」文学は、まず一九四〇年代後半から一九五〇年代初期に集中し、さらに幾ばくかの時を経てその時期の事跡が一九七〇年代にその最後の印象を残すべく反復され、そして歴史の表舞台から徐々に消えていくことになる。

そこで「岸壁の母」と対照的な、先に挙げた「引揚」体験の聖典ともなった藤原ていのエッセイ『流れる星は生きている』にしても、まず書き手の原初の衝迫力がそのままの形（テクスト）で一九四九年に著され、戦後の生活の部分が増補として書き加えられた増補版が一九七一年に出されることによって、その生命力がひとつのサイクルを閉じることになる。ここでも重要なことは、繰り返すように、朝鮮戦争以後の時期に為された「引揚」の文脈が、結果として消されていることである。

日本史学史の研究者・成田龍一は、「引揚」にかかわる文化生産について、以下のような知見を示している。成田によれば、「引揚」にかかわる文化生産が、一九六〇年代において比較的手薄になっていた現象について、戦後の生活に追われる母（妻）の時間を予想している。そして、「引揚」にかかわる言説生産の磁場を三つの時期に区分すべきことを提唱する。まず、叙述の対象となる第一の「経験」の時期、そしてそれらを「引揚」後に書き始める第二の「叙述」の時期、さらに、そのかつての叙述に再び向き合いつつ「再編」を果たす第三の時期——この三つである。

そのうえで成田は、藤原ていにおける「叙述」の時間（第二）が帰還後の時空を基盤としていること、さらにここで重要なことは、かつての被植民者の反逆にかかわる叙述にしても、まるで自然災害にあったかのように叙述する傾向というものについて指摘している。結果として、そのような部分の傾向は、第三の再叙述の時期に到っても、ほとんど変化したり、再編成されることがなかったのである（その代わりに、一九六〇年代の苦労話を接木することに力が注がれた）。戦後的時間の体積の中でも変わらなかった典型的な部分とは、例えば以下に提示するような、石を持って追われる存在に自分たちが転落した瞬間にかかわる叙述である。

私たちは日本人と呼ばれた。当たり前のことであるから誰も腹を立てる者はいなかった。それなのに、私たちが、朝鮮人というと、彼等は非常に腹を立てた。それで、彼等の感情を刺激しないためにも、私たちはこちらの人と呼ぶことにきめていた。でもうっかりすると、すぐ、朝鮮人と口からでてしまう。

（藤原てい『流れる星は生きている』より）

八月一五日以前に日本語で言われた「チョーセン」という発話が、敗戦後、なぜ朝鮮人の怒りを惹起する符牒となってしまったのか――藤原はこの歴史的回転の意識を持ち合わせていないい。すなわち、この部分は、「チョーセン」と名指ししてきた宗主国人としての主体の持ち越しを仄めかしていることになる。ここで重要なのは、このような叙述が、むしろ物理的には十分に内省可能な時間を過ごしているにもかかわらずそのままだ、という点である。つまり、このような叙述が孕（はら）み持つ問題性は、実際の体験そのものも重要だとはいえ、その体験を考察する歴史的・地政的磁場のあり様——日本固有の「冷戦」構造——にこそ置かれ、解析されるべき事柄であるということだ。

そういった意味でも、この成田によって示された枠組み（叙述される時間／叙述の時間／再叙述の時間）は、十分な有効性を持つ。さらにこの枠組みを、一九四五年以降の冷戦構造の遂行的敷設の非連続性、およびその地政的磁場に投げ返しながら論じてみたい。

筆者の印象からすると、内地への帰還を果たし、さらに復興へと向かう家族の物語を作り出した藤原ていに典型的な女性の「語り」は、今日でもテレビドラマのレベルでは十分に有力な参照枠として機能し続けており、そのテクスト群は、そのままアーカイブの堆積物とも化そうとしている。そうした「引揚」にかかわる戦後のディスコースに介入し、それを揺り動かすためにも、特に続共産圏引揚期を問題にしないわけにはいかないし、否応なくシベリアに留められた者たちの捕虜体験へと接近しなければならない。

そこで共産圏からの捕虜体験の叙述が、実に「戦後文学」の思想的衝迫力を下支えするひとつの典拠となっていた事実を今一度確認してみたい。それはまさに、かつてソ連が実在していたからこその基盤なのであり、一九八〇年代までは、確かに一定の規定力を有していた。そこから、先の主力引揚期から続共産圏引揚期までを包括し、その冷戦史的な意味合いを戦略的に叙述する方向を目論みたい。

ただし、続共産圏引揚期の分析に向かうその前に、捕虜経験の特色を押さえるためにも、もうひとつだけ、比較の迂回路から入っていく必要がある。主力引揚期の捕虜経験を比較のための参照枠として設定するために、大岡昇平の『俘虜記』を取り挙げておきたい。

年譜によれば、この『俘虜記』の原型となる部分に関しては、大岡が復員した一九四六年の一二月から五カ月後となるので、一九四七年の五月から既に執筆作業に入っていることが分かっている。『俘虜記』はこの事実からも、その叙述の対象となる期間としても、典型的な主力引揚期に属するものと認定できる。ここで注意が惹かれるのは、大岡自身がこの捕虜体験を叙述している磁場のあり様、つまり前述した叙述の磁場（第二の時間）の問題を、自分自身で明示している点である。

大岡は、初版『俘虜記』刊行のあとに出された第二版、『定本俘虜記』（創元社、一九五二年）の「あとがき」の中で、「俘虜収容所の事実を藉りて、占領下の社会を風刺するのが、意図であった」と明確に述べている。さらに大岡は、同「あとがき」の中で、「発表当時占領軍への遠慮から省いた二三の詳細を加え……」とも記しており、占領軍による検閲の事実を明示することも怠っていない。これはある意味で、大岡の文学生産にかかわる歴史観の秀（ひい）でた部分として評価し得るところでもある。ただしこの『俘虜記』というテクストを読み込むうえで、一番のキーポイントになるのは、果たしてどのように「占領下の社会を風刺」したか、という点に尽きるはずである。

叙述される対象からするならば、大岡が捕虜となった章「サンホセ野戦病院」以降が、「占領下の社会を風刺」する意図に合致した内容であることが予想される。しかし実際は、そうではない。捕虜になるまでのプロセスを描いた章「捉まるまで」においても、つまり戦闘状態の叙述の時点から既に、占領下に生きる自分たちへの「風刺」の感覚が折り込まれている。例えばそれは、山の中で遭遇した若いアメリカ兵を撃たなかった自身への省察である。

> 要するにこの嫌悪は平和時の感覚であり、私がこの時既に兵士でなかったことを示す。それは私がこの時独りであったからである。戦争とは集団をもってする暴力行為であり、各人の行為は集団の意識によって制約乃至鼓舞されている。もしこの時僚友が一人でも隣にいたら、私は私自身の生命の如何に拘らず、猶予なく射っていたろう。（大岡昇平『俘虜記』より）

この叙述における、「平和時」「兵士でなかった」「独り」「生命」といった語彙の配置それ自体が、まさに帰還後の時空を想起させるものとなっている。捕虜になった以降の「サンホセ野戦病院」の部分以降に先んじて、捕虜になるまでの戦闘行為までもが、いわば被「占領」体験の提喩となっているわけである。さらに、元兵士たちの捕虜生活にかかわる叙述は、日本人が戦勝国アメリカ合衆国の管理を素直に受け入れる擬似的儀礼空間となる。例えばそこで、日本軍の指揮系統を離れ、喜びに湧く台湾人（中国人）への反感の惹起も描かれており、またその反感を自主規制（管理の内面化）しなければならなかった事態を詳述することで、結果として、戦後日本人（男性）の精神的位相の変遷が提示されることになるのである。

続けて『定本俘虜記』の後半にある三つの章——「新しき俘虜と古き俘虜」「俘虜演芸大会」「帰還」——が書かれた時間は、既に朝鮮戦争の時期に相当している。この中で「新しき俘虜と古き俘虜」のモティーフとなるのは、八月一五日前に捕虜になった元兵士と、それ以後も抵抗を続けた元兵士の間の意識の断絶であった。これもやはり、「復員」のタイムラグが孕み持っていた元兵士たち戦争観の断層にかかわる風刺的表現と読めなくもないものである。

さてこのように、『俘虜記』が日本の「占領」期を風刺した作品たることが既に明白であったとして、むしろ必要なのは、ではそこに何が書かれなかったかに注意を払うことであろう。『俘虜記』の風刺が如何に生産的であったとしても、実際上、この『俘虜記』の射程は、その後の続共産圏引揚期に当たるような苛烈な冷戦問題を含められなかった。ここに『俘虜記』モデルの戦後の語りにおける成功と、成功したが故の限界が存在するのである。

「抑留者」の「語り」の反スターリニズム

続共産圏引揚期にシベリアから帰還した元兵士や元軍人による物語、つまり収容所の「語り」は、戦後文学の中での重要なモメントであるにもかかわらず、いわゆる戦争責任の文脈とは別個のカテゴリーに入れられがちである。さらに旧ソ連（シベリア）と対比したところで、例えば一九五〇年代前半における中国の撫順や太原での戦犯収容所での元兵士や元軍人の集団「改悛（かいしゅん）」の出来事は、日本人の戦争責任の成長の記録として位置づけられていることもある。例えば、撫順経験の「語り」は、その後の中国帰国者連絡会による息の長い証言録の積み重ねなど、旧ソ連（シベリア）と比較した場合の中華人民共和国の（当時の）道徳性の高さのみならず、戦後日本の戦争責任の実質を支える典拠として参照され続けた。そういった事例との関連では、確かにシベリアにおける「抑留」経験の実質は、各人の戦争犯罪の内容とつき合わせられた「処罰」の定義を越えた「何か」となっている。一般的にシベリアから帰国した者たちが、自分たちのことを「捕虜」と呼ばずに「抑留者」と呼ぶことも、その感覚を補っていよう。また前述したように、そのようなシベリア経験は、明らかに冷戦文化に内包される反ソ・反共意識を醸成する原因にもなってきたものである。

もちろんこの反ソ・反共意識の成分には、様々なニュアンスや成分が込められており、一筋縄のものとして解析はできない。例えば、シベリア各地の収容所内部で積極的に「民主化」を推進する「アクチーブ（積極分子）」が、ソ連当局の威光をバックとして仲間を密告していた事実など、政治体験の複雑さが予想される。しかし収容所体制の中で、「アクチーブ」の歴史的評価についても、いまだ決着はつけられていないとも言える。現在のロシア側の比較的客観的な研究成果からも、この日本人捕虜の「アクチーブ」への転身について、そこに自然発生的な回心が全くなかったとは言えない事例もあり、慎重な歴史的評価が要求される。

とはいえ、そうした「アクチーブ」たちが帰還した後で日本でどのような生活をし、またどのように一定の政治勢力としての役割を果たしたのか、聞き取りも含めた資料がほとんど見当たらない。もちろんここに、旧ソ連軍の参戦にまつわる数々の「暴力」がかかわっており、戦後の日本民衆の反ソ的な感情の固着も予想されよう。

ただしそれ以上に、一九四八年から一九五〇年までの第一次の共産圏引揚期の復員兵士たちによって行われた政治パフォーマンスは、彼らを迎えた一般民衆に著しい違和感を生じさせることになったと言われている。例として、「アクチーブ」による組織的な指導によって、引揚港での名簿の提出が拒まれるなどの事件が引き起こされ、また埠頭や駅頭で親ソ的なデモや集会が行われた記憶である（ただし彼らは、故郷に帰った後までその組織性を維持することはできず、ほとんど分裂して行ったと言われている）。

もう一方で、日本の戦後思想において、左翼反対派、あるいは反スターリニズムと呼ばれる思想潮流の根底に、シベリアの「捕虜」経験が響いていたことも、また疑い得ない事実である。旧ソ連・東欧圏が崩壊し、冷戦構造における旧東側の大部分が屈服する形で、ひとつの時代のサイクルが終了している今日、あまり省みられなくなった思想的文脈である。

その典型として再考すべき思想家として、内村剛介の名が必ず浮かび上がる。まず、内村らが朝鮮戦争期を越えて、続共産圏引揚期にその復員の時期を延長された元兵士・軍人たちへの法的措置において、いわゆるソビエト国家に反逆したとの「国内法」を適用されていたとする事実に注目する必要がある。

内村の渾身の小説『生き急ぐ――スターリン獄の日本人』(三省堂新書、一九六七年)の主人公で、内村の分身たるタドコロ・タイチの「罰状」には、「積極的、組織的反ソ諜報活動、ならびに国際ブルジョワジー幇助(ほうじょ)の咎により、ロシア共和国刑法第五十八条第六項および第四項に基づき二五年の禁錮刑、五年の市民権剝奪、五年の流刑に処す」といった文字(ロシア語)が記されている。ちなみに内村の復員は、続共産圏引揚期においても後半に当たる一九五六年のことであった。こういった意味合いからも、内村の思想は、旧ソ連圏における反逆行為への粛清という出来事の中で、一九五六年のポーランドのポズナニ暴動やハンガリー反ソ内乱などとの思想的一体性を強く持つこととなるのである。

内村の記述において、他のシベリア「抑留」体験の手記においても、国家反逆罪の汚名を帯びたハンガリー人やドイツ人らとの収容所での接触などが記されていることも、第二次大戦からの文脈ではなく、旧ソ連独自の収容所体制の文脈において「抑留」が位置づけられる必然性を補っている。繰り返しになるが、ここで問題となるのは、その拘束の法的根拠が戦争当事者としての連合国の枠組みの外、つまりロシア国内法に拠っている、ということである。つまり、冷戦構造の遂行的敷設によって、「連合国対枢軸国」という旧来の構図が押し流され、日本人の戦争(植民地支配)責任の深化の条件が屈折させられた点について、どのように再整理するかという課題が生じることになる。『生き急ぐ』の中で、「お前の反ソ行動を白状しろ!」という審問官に対して、主人公のタドコロは、このように反論している。

「日本の国民としてやるべきことをやったまでで、それが反ソか反米かは戦勝国であるあなたがたの決めることです。武装解除もしています。精神上の武装解除については、わたしはそういうテツガクを知りません。わたしの考えでは精神の武装はあたまのいい日本の左翼の連中だけがやったことで、わたしたち普通の兵隊は、精神の武装解除は受けていません。精神の武装解除とあえて言うなら日本の軍隊には〝軍人勅論〟があったくらいのものでしょう。〝軍人勅論〟の〝武装〟についてでしたら、日本の兵隊なら誰でも〝自白〟することができます」

（内村剛介『生き急ぐ』より）

興味深いことに、「精神の武装はあたまのいい日本の左翼の連中だけがやったこと」というくだりなどは、大岡と同様に、むしろ戦後日本の思想空間に向けられた台詞と見なし得る。特に内村の場合には、世界的潮流としての反スターリニズムが前提とされることによって、この作品の宛先（読者）が仄見えるわけである。しかし、そうであるにしても、収容所経験における「アクチーブ」たちへの批判を資源とすることから、内村の反スターリン主義は、戦後日本の学生運動から発した新左翼運動の文脈とは、そのリアリティの違いとしてほとんど明らかであろう。

果たして『生き急ぐ』のラストは、祖国日本への帰還ではなく、スターリンの死の知らせによって飾られている。内村の生涯の叙述は、国内における日本の左翼にも向けられつつも、その主たる意図としては「シベリア」体験を日本人の物語に回収させることではなく、それを現代世界の矛盾の「最前線」として啓示し続けることであった。だが内村の発想した現代世界の矛盾（スターリニズム批判）は、今日におけるナチ問題が、一見したところ、戦後日本において受け入れやすい「普遍」性を獲得している現状とは対照的に、ほとんど未消化のまま放置されているかの観もある。

もう一度『生き急ぐ』に即して、その歴史的パースペクティブを洗い出してみるならば、収容所の生活過程において、紛れもなく「冷戦」が実在していた、ということである。収容所での対応は、まさに一九四七年からの国共内戦（中国大陸）によって、さらには一九五〇年からの朝鮮戦争に完全に左右されることになる。例えばある日、タドコロは、写真に写った中国人が八路軍系か国府軍系かの認定を、尋問官から迫られることもあった。また、その時期に連れてこられた出自不明の中国人や、思想的立場を強制的に自白させられようとしている朝鮮人の事跡なども描写されている。

こういった叙述からも、内村によって書かれたテクストは、収容所を孤絶した実存的空間の場に止めたものではなく、さらに収容所が持った歴史的・地政学的な配置を祖述することにおいても、他の日本人による情緒的な手記とは一線を画す——そのような思想的内実を獲得し得ていたと言えよう。

　しかし、内村の思想的意義は、逆説的に旧ソ連圏の寿命（「反ソ思想」の寿命）に規定されているという意味では、ある時代に限定されたものとなったかの観もある。また日本におけるシベリア経験の主流の「語り」自体、旧ソ連圏が崩壊した後も、ほとんど何の変質もないままである。その一方で、思想史的に大きな問題となってきたのは、例えば下っ端の「アクチーブ」よりも、当時の将校クラスにおけるボス交渉問題（スパイ疑惑）である。

　ジャーナリスト、保阪正康によるルポルタージュ『瀬島龍三――参謀の昭和史』（一九八七年）は、個別の証拠と状況証拠を積み重ねながら、関東軍参謀であった瀬島龍三が極東軍事裁判において証言するため東京を訪れ、またハバロフスクに呼び戻される事跡を追う中で、彼が内村らと同じ二五年の刑を受けた形跡がないことに疑惑の目を向けている。保阪が予想するのは、旧関東軍の内部情報の提供、つまり密告（スパイ行為）と引き換えに瀬島の処遇が大いに改善された事実である。

　いずれにせよ内村の仕事は、旧ソ連体制に規定された「左翼反対派」という思想的枠組みの中で行われたものとなった。また、結果として内村の仕事は、瀬島龍三のような人物――帰還後は岸信介らとともに東アジア経済圏の再構築に尽力し、さらに第一次臨時調整委員会まで影響力を保っていた――がシベリア「抑留」の中から輩出されたような、戦後日本の中心的構図の「復活」とは全く別文脈をたどったことになる。

宗教的体験としての「抑留」

ここで一九七七年に亡くなったひとりの詩人にしてエッセイスト、石原吉郎を召還したいと思う。内村とほぼ同様の「抑留」体験を経て（内村より三年ほど短いが）、戦後日本文学において特異かつ重要なポジションを保持し続けてきた。本章においてポイントとなるのは、端的に石原が内村によって政治的次元からの逃避を批判されていたという点である。石原にかかわる最近の再評価については、山城むつみや中島一夫の論考が突出した印象を与えている。とりあえず、ここでは山城の論考「ユーモアの位置――ペシミストとコミュニスト」（一九九八年）をトレースしながら、それを石原論の参照枠としてみたい。

山城はもっぱら、ハルピン時代からの友人である鹿野武一の収容所における倫理的な態度に、石原が大きな影響を受けた事実に注目する（正確には、山城による鹿野武一への注目になろうか）。石原は、まるで生き残ることを拒否するかのように、作業所へと向かう隊列の危険な「位置」に固執する鹿野の生き様を、終生の近づき得ぬ模範としたわけである。山城の批評の意図は、この鹿野に宿る倫理的態度を提示し、椎名麟三の『邂逅（かいこう）』において提出されたような「コミュニズム」を、宗教の側からすくい出す手がかりとするものであった。現に、石原の処女エッセイ「一九五六年から一九五八年までのノート」には、椎名の『邂逅』への言及がある。

筆者は、鹿野の生き方を典拠とした石原の宗教性を、思想モードとしての「コミュニズム」へと媒介する山城の説に深く同意したい。しかし筆者としては、むしろ戦争責任の文脈で、彼らの行動を考えてみたいのである。しかして、この石原の姿勢を終始、批判的な眼差しで見ていたのが、内村であった。石原を批判する内村において、生きて帰ってきた事態は現代世界(スターリニズム)に抗うための所与の条件にすぎなかった。内村が石原の死後に著した『失語と断念——石原吉郎論』(一九七九年)でことさらに石原を批判したのは、石原がスターリン独裁下の「抑留」に対し、告発の姿勢を取らなかったことである。

ここで基本的な事実を押さえておくと、石原は、内村より三年早い一九五三年に、まさにスターリンの死に付随する第一回の「特赦」によって帰還を果たしている。石原の戦後における表現は、まずその翌年の一九五四年に、詩(戦後初めての詩は「夜の招待」)を書くことから始められている。次いで、シベリアでの経験が初めてエッセイとして書かれたのは、その日付が付された「一九五六年から一九五八年までのノート」からとなろう。しかしエッセイがまとまった形となって世に出されたのは、実に『日常への強制』(構造社、一九七〇年)、『望郷と海』(筑摩書房、一九七二年)、『海を流れる川』(花神社、一九七四年)、『断念の海から』(日本基督教団出版局、一九七六年)など、一九七〇年代に入ってからのこととなる。

このようなタイムラグについて、評伝『石原吉郎「昭和」の旅』(作品社、二〇〇〇年)を著した多田茂治はその中で、あまりにも非現実的とも言える収容所体験を語ることの不可能性のため、一九五〇年代半ばまでは、かろうじて詩という形式での表現だけが有効であったとの見解を持っている。詩的表現が先行し、後から評論が確立されるという見解は、石原本人によっても似たような言い方で仄めかされており、妥当な見解ではあろう。偶然とも言えるが、前述した藤原ていなどと同様に、かつての体験について叙述する磁場（執筆と出版）がふたつの峰を形成している点なども興味深い（石原の場合は、一九五〇年代から六〇年代にかけては詩が集中して出され、そして七〇年代は評論、ということになる）。

そのうえで注意したいのは、かつての「抑留」経験を叙述したエッセイ群において、時間を追うごとに叙述の転調というものが幾つか見受けられる点である。初発の「一九五六年から一九五八年までのノート」や「一九五九年から一九六一年までのノート」では、キルケゴールやカール・バルトなどの宗教観が前面に押し出されている一方、後の『望郷と海』（一九七二年）ではソルジェニーツェンの『収容所群島』やフランクルの『夜と霧』などが補助線となって、主に収容所内での労働や友の死などにかかわるディテールがルポルタージュ風に叙述される。いわば、叙述は徐々に具体性を帯びるのと同時に、参照枠となるものが（世界的）同時代性を帯びていくことになるのである。さらに『海を流れる河』（一九七四年）では、アイヒマン裁判や映画版『夜と霧』（一九五五年）、大岡昇平の『野火』などともパラフレーズされることによって、戦後日本にもたらされた馴染みの深い参照枠とつけ合せる作業が追加され、むしろ己の経験がジャーナリスティックなものへと相対化される方向を採っている。

だが筆者が見たところ、最後のまとまったエッセイ集とも言える『断念の海から』（一九七六年）では、再び石原は、ほとんど他の参照枠によらず、自らの「帰還」の意味を改めて深く宗教的に掘り下げんとしている。『断念の海から』という仕事は、まさに日本人（民族）にとっての集合的記憶を、シベリア「抑留」経験独自の思想的啓示へと練り上げたものとなった。

この『断念の海から』というエッセイ集で繰り返されるひとつの光景として、囚人の列車輸送を意味するロシア語の「エタップ」が出てくる。石原にとって最も過酷であった「エタップ」は、二五年の禁錮刑を受けたことに付随する、西部シベリアの地、カラガンダからバイカル湖西側のバム鉄道（第二シベリア鉄道）沿線の密林地帯への移動である。この時期の日本人「捕虜」たちは、既に自分たちが、あの一九四五年までの戦争の結果としてではなく、旧ソ連が日米など西側ブロックに対して己の発言権を確保せんがための「人質」となったことを知る。つまり、この時期の日本人の「エタップ」とは、冷戦体制による「人質」輸送に他ならなかったわけである。

具体的な移動の方角に即して言うと、石原の「エタップ」は、始めは東進するものの、中継駅タイシュタットからは北上することになっていた。『断念の海』に収められたエッセイ「詩と進行と断念と」の中で取り上げられた事跡には、次のようなことが記されている。この「エタップ」の最中、北に向かう日本人囚人たちは、南へとすれ違っていく別の日本人に己の名前を告げんとする傾向があった、ということである。「北」とはすなわち、祖国日本から遠ざかる絶望の方角である。振り返ってみれば、まさに石原こそ、己の名を告げようとした主体だった、ということになる。

この「エタップ」における「名の受け渡し」のイメージは、体験の順序からするならば、実のところ、石原が独房の壁に日本人やドイツ人の名前が刻まれた「痕跡」を見たことにより、既にその兆しを持っていた。その後、石原は、ドイツ人やルーマニア人と生活をともにする雑居房の壁においても、同じ事象を発見することとなった。そして石原は、単なる他人の名前からは、それ以上の何も引き出せないことに思い到りながらも、徐々に「名の受け渡し」そのものが孕む宗教的啓示にたどり着く。すなわち、凡そ「人質」となった人は、全く何物も相手に引き渡せないからこそ、己の名前のみを他人に託そうとする。

すなわち、石原が戦後に持ち越したのは、この何者か分からぬ者たちの名、その存在さえ不確かな名を反芻し続けることであった。実在の生を「断念」せざるを得ないにもかかわらず、しかしその「名」を維持し続けようとすること、あるいはその「断念」においてこそ「名」が残されるということ——石原にとってのシベリア経験は、そういった「断念」との引き換えによってこそ維持され得た「何か」であった。繰り返しになるが、この「断念」こそ、内村剛介においては、政治的次元の欠如として感得されたものであった。

> 日本がもしコンミュニストの国になったら（それは当然ありうることだ）、僕はもはやけっして詩を書かず、遠い田舎町の労働者となって、言葉すくなに鉄を打とう。働くことの好きな、しゃべることのきらいな人間として、火を入れ、鉄を炊き、だまって死んで行こう。社会主

義から暫次に共産主義へ移行して行く町で、そのように生きている人びとを、ながい時間をかけて見つづけて来たものは、僕よりほかにいないはずだ。

（石原吉郎「一九五九年から一九六一年までのノート」『石原吉郎詩集』思潮社より）

この「ノート」に記された石原の感興――社会主義から暫次に共産主義へ移行して行く町――などといった個所なども、内村の真っ直ぐな反スターリニズムの論理によって、「社会主義が帝国主義へ向かう国とどうして言えぬのだ」と反駁（はんばく）されることとなった。だが、ここで記されている「社会主義」あるいは「共産主義」は、実はもう少し屈折した、あるいは宗教的な何かを言い表そうとしている符牒以外の何ものでもない。それはおそらく、社会体制としての名称などではないだろう。そこで語られているのは、文字どおりに「言葉のない世界」、または「しゃべることの必要のない世界」という意味では、かつての「収容所」経験と重ね書きされる「何か」である。であるならば、石原はやはり「シベリア」をひとつの原点として、むしろそこから出ないことを思い定めていたのであり、いわばその無意識の「シベリア」への回帰に、晒され続けていたと言えるのではないか。

では次なる問いとして、そのエッセイ集に付された「断念の海」の「海」とはいったい何を意味したのかを考えてみたい。具体的にそれは、内村が指摘したように、祖国への帰還においで望まれた海、すなわち「日本海」に他ならなかったわけである。しかし実際のところ、石原は、それを「日本」の「海」とは表現せず、生涯を通じてロシア語の「ヤポンスコエ・モーレ」と呼び続けていた。では、当初は望郷として観念された「海」が、なぜ「断念の海」へと転調しなければならなかったのか。

石原は、収容所生活について、そこには形骸化した「生」があったとしても、生活そのものはなかったと述べていた。が、その生活の喪失感は、実は祖国の帰還の後にも持続せねばならなかったもののようであった。望郷の象徴であった日本海は、むしろ帰還において「断念」され、その帰還の後に、むしろ向こう側から眺められた「ヤポンスコエ・モーレ」として密かに熟し続けた、ということになる。

したがって帰国後の私にとって、あらためて生活が始まるということは、なによりも生活をとりもどすことであり、そのとき私にとってどんなに困難で、途方にくれることであったかということを、今になってやっと理解できる。

私がさいごにわたった海は、時間という奇妙で重大な感覚に、のがれようもなく結びついている。それは、時間と海とが後悔のようなずれをくりかえしながら、互いに相手をはこびあって行くような過程で、いくつもの時間が束になって流れるなかに、ようやく始まろうとしている私の時間もあり、うしろ髪をひくようにして、なおも私にまとわりついてはなれない、きのうまでの時間があり、それらの流れの行く手に、待ちもうけるようにして新しい不安な時間が始まろうとしており、いくつもの時間の不協和音の全体が、ひとつの大きな落差、悔恨に似た落差をかたちづくっていた。どこかに重大なくいちがいがある。ひたすらに南をめざす船の甲板で、なんども私はそう思い、そしてそう思いながら疲れつづけた。

（石原吉郎「海への思想」『断念の海から』より）

もちろんこの叙述の時間は、帰還から十数年以上経った時点であり、「なんども私はそう思い、そしてそう思いながら疲れ続けた」のは、基本的には戦後日本の只中の時間のことである。とはいえ、石原がここで言う「重大なくいちがい」がもたらされた時間の幅とは、戦後の時間であるとともに、かつて日本帝国がアジアへと張り出していく大きな流れに抵抗できなかった、二〇世紀前半に属する日本人全体の悔恨が回帰する時間をも含むものであった。

最近のロシア側の研究によれば、日本人兵士のシベリア「抑留」の遠因として、七万人もの日本軍隊がシベリアに駐留した、いわゆるシベリア出兵（一九一八年）のことがスターリンの念頭にあったことが紹介されている（「借りを返す時だ。さあ、返してやる」とベリヤの前で呟いたと言われている）。この怪物スターリンの想念に対して、内村の批判にもかかわらず、石原の言葉には少なくともそれに拮抗する「何か」があるように思われる。例えばそれは、「肉親にあてた手紙――一九五九年十月」の一見奇妙な文の連なりに出会う時に気づかされることである。

このような生活の中で、とも角も私のささえになったのは、私はけっして「犯罪者」ではないということ、いずれは誰かが背負わされる順番になっていた「戦争の責任」をとも角も自分が背負ったのだという意識でした。

ここに引用した文の連なりの特異点は、「『犯罪者』ではないこと」と「いずれは誰かが背負わされる」の間に何の接続詞も挟まれていないことにおいて際立っている。いわゆる旧ソ連の国内法に自分は抵触していない確信があるにもかかわらず、形式的にはその国内法によって裁かれた末の「抑留」生活に対して、それを無媒介に日本人としての「戦争責任」へと結びつけているのである。この飛躍は、もちろんアナロジーとしては、キルケゴール的な信仰の概念とも踵を接するものとの印象が出てくる。石原のこの無根拠とも言える耐え方は、スターリンによるシベリア出兵の借りを返す論理——半ばまっとうで、半ば無茶苦茶な論理——に拮抗し得ている。ただし、内村のような観点に立つならば、もちろんその要因はまた、別の文脈に置かれることにはなるのだが。

やはり内村の場合には、その「刑期」が一九五六年にまで延びていた事跡が決定的だったのかもしれない。スターリンが昇天した一九五三年から一九五六年に起こったポーランドとハンガリーの民衆の蜂起までの時間は、内村にスターリンの「亡霊」との対話を強い続けたことになる。そして結果的に、内村ら最後の捕虜たちが帰還する契機は、一九五六年一〇月の日ソ共同宣言（日ソ国交回復）ということになる。おそらく内村は、この「国交回復」という契機について、思想的に唾棄したことであろう。それは、内村が己の帰還について、ほとんど語ろうとしないことによっても裏書されている。そういった姿勢から、内村の「告発」にもまた、十分な歴史的真迫性があることは否定できない。

「シベリア」をめぐる問題性は、ふたりの中で、あるいは戦後思想史の中でずっと「抗争」的であらざるを得ないようだ。その際、内村の思想の基底には、疑いようのない「インターナショナリズム」が脈打っていた。その意味で、内村の帰還からの半生は、シベリア経験を翻訳することに費やされたと言っても過言ではない。もちろん石原も、世界で同時代的に流行した様々な参照枠を用いたりもしたわけだが、ふたりのコントラストにおいて、石原にはあらかじめ想定された枠組みは実は存在し得ず、ただ「どこかに重大なくいちがいがある」という身の置き所のなさに耐え続ける姿勢を示すのみであった。その「重大なくいちがい」とは、まさに冷戦構造のポジションとして割り振られた列島規模の磁場では解決できない歴史的・地政的負荷であったに違いない。それは、日本に帰還した後でこそ「ヤポンスコエ・モーレ」と呟かれるような、微かな、しかし決定的な「くいちがい」であった。

このような石原における「断念」の意味を改めて鮮明にするために、もう一度、大岡の『俘虜記』を振り返ってみたい。最後の章「帰還」が書かれるのは、一九五〇年一〇月『改造』誌上においてである。この「引揚」に向かうラストは、時速八ノットの速さで（石原とは逆に）「北」の日本に向かう船上の場面である。さてその船上では、亡くなった病兵の水葬が行われようとしていた。主人公の「大岡」は、一方では野次馬的にその水葬を見届けたいと思いながらも、もう一方では「戦争という現実によって死者を憐れまないという人でなしに追い込まれ」、結局は船倉にいることを選択する。そして船は、水葬者の周りを一周して、再び進路を「北」に向けるのであった。

『俘虜記』を締めくくるこの「水葬」からの離脱のイメージは、戦争からの離脱であるとともに、まさに「占領」期からの離脱の隠喩でもあるだろう。この船こそ、戦後の日本、つまりアメリカ合衆国の管理下からの「独立」を果たそうとする日本そのものであるようにしか読めないものである。ここで、大岡がこの『俘虜記』について、「占領下の社会を風刺する」と仄めかしていたことを、今一度思い起こしてみたい。

すなわち「風刺」が既に、風刺の象との距離を前提にしているのだとすれば、大岡の叙述の磁場においては、そのような離脱、つまり日本の「独立」は、根本的には疑われようのない既成事実であったように思われる。だが正確には、これが書かれている時点では、日本はまだ形式的にも「独立」してはいなかった。しかしながら、この際の「独立」が意味していたのは、単にアメリカ合衆国による管理からの離脱であって、「アジア」がそこに含まれていない「独立」であった（まさに「大岡」の船は、捕虜キャンプからの離脱ではなかったか）。

このことは、まさに自明でありつつも、敢えて強調しておかなければならない点である。つまり、この日本の「独立」には、戦争責任は含まれていない。戦争からの「自立」がないのである。そして、そのような「独立」の日本こそ、石原吉郎にとっては「断念」されなければならない「何か」だったのではないか。

石原は、『望郷と海』からのひとつの転換点として、エッセイ「海を流れる河」（『海を流れる河』所収）の中で、「海」を死者のいるところと想像し、そこに注ぎ込む「河」を生者として捉えようとしていた。石原はかつて、一度は確かに望郷（日本）の方角として「南」を望んでいたはずであったが、もう一方では、「北」に注ぎ込む河、エニセイ河（アンガラ河）に対しても言いようのない無限の憧憬を抱いていた。これを精神分析の用語によって「強迫神経」と名づけるのは、通俗的に過ぎるのかもしれない。ただし、そういった抽象的な分析を超えて、ユーラシア大陸という地理空間がこれほどまでに、日本人の中に持続し続けていた事態に、まずは驚かなければならないだろう。

そういった意味でも、石原がシベリア「抑留」経験を書くには「時」を必要としたし、それは「断念」された時間として自身に向け内訌せざるを得ないものであったようである。石原と大岡、両者の叙述の違いには、もちろん固有の経験の差というものが厳然として存在しているはずである。ただし、その経験の差は前述したように、冷戦構造の特異な敷設過程において決定されたものでもある。石原が後にしたソ連（ロシア）は、その後、日本と国交を結びながらも、軍事的（冷戦の論理から）には仮想敵国であり続けることになった（ロシアとの間でいまだ平和条約が交わされていない）。一方、大岡が去った後のフィリピン（東南アジア）は、一九六〇年代からの日本企業の海外進出の得意先へと転じていくことになる。

大岡の示した占領への「風刺」も、内村の提起したスターリニズム体制への「告発」も、さらに石原が示した「断念」も、残念なことに、ともに今日に到るまで日本人の歴史経験の遺産とはなりきれていないところがある。彼らの経験（資源）は、東アジアにおいて冷戦構造が去ったとは言えない今日、すなわち再び日本が東アジアと向き合わなければならないこの時、もう一度、何がしかの手続きのうえで再遺産化されねばならないものとしてあり続けている。

Ⅷ　対蹠空間としての「アジア」

何処まで這ってゆくんだ　とSがいった
おれを止めてくれ　とおれがいった
夢のように巨大な収穫コンバインの形の物が
人びとの前を動いていった

…

それから鐘の音がきこえてきた。何処からかひくく、少しずつ近くなり、村の半鐘が早打ちに鳴りだした。人びとがかけてくる。路いっぱいに溢れてくる。（死んだ祖父や若衆姿の伯父たちの姿が見える）小作証文を焼きに集まるんだと思う。だが人びとは何故かざわめきもなく近づいてきて、スローモーション映像のようにのろくなり、無言の群影となり、沈黙のまま交錯した。…

声をあげ、踠き、水から浮かびでるように、少しずつおれは醒めた。耳もとでたかく鳴っているのは電気ハンマアらしい。われにかえって見まわすと「いすゞ自動車」の裏から川崎駅に行く路を遠く這い、マンモス工場が並ぶ三号工業用地にふかく入っていた。或る化学コンビナートにいたる路に四つん這いになっていた。

（黒田喜夫「兵士の死」『地中の武器』より）

戦中のエネルギー、あるいは五〇年代

戦後知識人の思想形成の資源として、戦前・戦中の経験があったのだとしよう。すると、戦前・戦中に青年期に達していた男性知識人のひとつの傾向として、彼らが明治維新の事跡をあたかも昨日のごとく語っていることに、不思議な感覚を覚えることがある。そういった世代の最下限として、例えば一九二七年生まれの藤田省三を（〜二〇〇三年）挙げることができる。

藤田は、一九三三年の共産党員の大量転向も、また一九三六年の二・二六事件も、思想史的事件として直に接したことはないはずだ。にもかかわらず、彼はなぜ、それらの事件はおろか、明治維新の事跡まで我がことのように語ることができるのか。その答えを得るためには、一九四六年まで存続していた明治憲法を媒介にすると、ひとつの補助線が得られるかもしれない。明治憲法の成立は、維新（内戦）から自由民権運動へと打ち続く歴史的奔流の終焉（しゅうえん）であり、かつその完成を意味する。加えて、一九四五年の出来事は、明治憲法への歴史的審判として見えていたということ――このことは既にひとつの定見ともなっていよう。

ところが実のところ、戦後憲法は明治憲法を否定するものではない。欽定憲法としての明治憲法の廃止ではなく、その修正から由来するものなのであれば、戦後憲法も幾分のこと、明治憲法のロジックを内包したままであるとも言える（その最大のモメントとして、天皇制が廃止されず、ある種の工夫の結果、温存されることとなった）。日本が戦後憲法を作ったのは、紛れもなくアジア・太平洋戦争における「敗北」からの帰結であった。さらに、その戦争過程の最後の四年間の敵

でしかなかったアメリカ合衆国がその草稿を書き下ろしたことは、その内容の如何にかかわらず、その後の国家体制を冷戦の片側に引き込む動因として決定的なことであった。いずれにせよ、天皇制の存続(また退位問題)も、日本側からの要望とアメリカ合衆国の政治判断との合作によって決定されることとなったわけである。

ここで忘れてはならないことは、しかし戦後憲法にあるような「民主主義」は、軍国主義下にあった民衆にとって、まさに待望されたものであったという敗戦直後の感覚である。例えば、戦前・戦中に転向を強いられつつそのグレーゾーンを精いっぱい生きた中野重治は、民主主義が他所から「あたえられた」ことの苦渋とともに、それが待ち焦がれたものであったとしたうえで、だからこそ日本人は、それを「貴重に取りあつかわねばならぬことをよく知ってそれをそのように扱っている」と述べていた。簡単に言えば、つまり民主主義は、「あたえられた」ものでありつつも、なおかつ明治憲法下の日本人の「生」の中で育まれたものでもあった、と中野は言いたいのである。こういった敗戦直後の地平は、何度でも想起されるべき潜在的なる原点であるには違いなかろう。

だが戦後憲法が発布された数年後に、早くも戦後憲法の掘り崩しが始まっていたことに、言及しないわけにはいかない。とはいえ、当時ほとんどの日本人は、その危機を予測できていなかったようである。

もしも、あらゆる憲法に終わりがあるのだとして、日本の戦後憲法の終わりの始まりこそ、新中国の成立、そして朝鮮戦争にあったと言ってよかろう。ここで朝鮮戦争が警察予備隊（自衛隊の前身）の設置に果たした作用など、その具体的な連関については、既に周知のこととなっている。ところで、戦後憲法の起点を一九四六年一一月の公布に置くならば、警察予備隊設置（一九五〇年八月）までの期間は、実に四年弱の時間しかなかったことになる。戦後憲法が純粋に機能していたのは、実質的な占領によって軍備が禁じられていたその四年間だけだった、という考え方も成り立つだろう。ただし問題は、その戦後憲法の終わりの始まりの中で、そのプロセスを人々がどのように意識したか、あるいは今どのように（無）意識しているのか、ということに尽きるだろう。なぜなら憲法改正に関する論議の背景は、かつても今も、アメリカ合衆国の世界戦争政策と朝鮮半島（および中国）にかかわる軍事的緊張から招来されたものだからである。私たちは、今日こそ戦後憲法の公布から朝鮮戦争までの記憶を、あたかも昨日のごとく思い出してみなくてはならないのだ。

朝鮮戦争下のサークル運動

朝鮮戦争下の社会風俗を描写した作品として、武田泰淳の『風媒花』（一九五二年）がある。かといって、『風媒花』がそういった文脈で議論されたことはなかった（そういった時代背景は、むしろ当たり前のことだったのだから）。この『風媒花』は、一九五二年の一月号から一一月号まで『群像』（講談社）に掲載されたものである。連載が一九五一年九月のサンフランシスコ講和条約調印直後から始められている事実から、それは検閲体制からの離脱が強く印象づけられる作品となっている。

『風媒花』は、その登場人物のひとりが旧知の竹内好をモデルとしていることなどから、ひとつの見方として、武田を中心とした私小説的な空間を形作ったものとも見られる。だが、叙述のスタイルとしては、私小説的繊細さはほとんど感じられない。成功しているかどうかはさておき、むしろ複数のドラマの展開が押し出されている。新中国と中国文学の動向を論じ合うサークルの人間関係がプロットの主線を為しつつ、その人間関係がまた別のサークルへとリンクすることによって、ズレつつ重なる多中心的な磁場が浮き上がる仕組である。

しかして、そのリンクされたサークルのひとつに、占領軍管理下にある軍管理工場内の文学サークルがあって、大衆小説家である主人公の峯がそのサークルの会合で講話を行うこととなる。峯が工場内に入ってから講話を始める場面へと到るまでに、工場では土瓶に毒物が混入される事件が発生していることなど、既に不穏な空気が漂っていた。

こういったプロットの組み立てには、何者かが複数の銀行員を一挙に毒殺した帝銀事件(一九四八年一月)の影が見え隠れする。さらに帝銀事件に打ち続く、陰謀を思わせる不可解な連続する諸事件の余韻が響いている。その後も打ち続いたのは、一九四九年の七月から八月にかけて立て続けに発生した、国鉄にかかわる諸事件である。下山事件(下山国鉄総裁が行方不明のあと、変死体となって発見)、三鷹事件(中央線三鷹駅で無人電車が暴走、死者五人、重傷者七人)、松川事件

（東北線松川―金谷駅間のカーブで列車が転覆、機関士ら三人死亡）など、国鉄の合理化に反対する労組への大打撃となった諸事件は、まさにGHQ占領下の不穏な空気を作り出していた。

それらの事件が同じ主体（勢力）によって担われていたかどうか、法廷では実証されていないものの、当時の官房長官・増田甲子七が発した「今回の事件は今までにない凶悪犯罪である。三鷹事件をはじめ、その他の各種事件と思想的底流に於いては同じものである」という談話は、実は意味深長である。体制側は、諸事件に通底する主体をほぼ左翼勢力に同定していたわけであるが、そのことはむしろ反転して、容易に逆の側（GHQ側）の謀略性を想定させるものでもあった。

いずれにせよこの時期は、レッドパージなど左翼労働運動への監視が、日本社会を重く覆っていた時代であった。峯が講話をする文学サークルに対しても経営陣からの圧力が仄めかされており、朝鮮戦争とこの軍需工場の関係、そして朝鮮戦争に反対する勢力とこの文学サークルとの関係が、否応なく峯の講話を支配する緊張感の源となっている。ところが一方で、この軍需工場の経営者にしてみれば、朝鮮戦争はむしろ経営回復の天恵なのであり、さらにGHQにとっては、この文学サークルこそが不安と不穏の「温床」なのであった。

工場の文学サークルでの講話の中で、峯は、帝銀事件という出来事の不気味さに言及し、そこに戦中の陰惨な要素を見いだそうとする。もちろん、それは松本清張がのちに『日本の黒い霧』などによって主張した、帝銀事件と七三一部隊関係者との関連を先取りする予感ではある。

そこには確実に、戦前（戦中）と微妙に地続きであるところの戦後感覚が脈打っていた、ということになるだろう。

ところで、この時代に様々な人間を吸引していたサークル運動について、実証的な検証は、現在に至るまで、早世した歴史社会学者・道場親信などの仕事を除いて、ほとんど深められないままになっている。とはいえ、数少ない資料の中でも、「思想の科学」を中心とした人間関係によって編集された『共同研究　集団――サークルの戦後思想史』（平凡社、一九七六年）の内容などは興味深い。その証言集の中で、特に一九五〇年代の東京南部の工業地帯で活動していた井之川巨らによる証言（「下丸子文化集団――一九五〇年代、労働者詩人の群像」）は、『風媒花』の世界を労働者の側から再叙述しているかのようである。

井之川の下丸子文化集団は、占領軍の軍管理工場であった北辰電機や東日本重工からパージされた者と、下丸子から蒲田、糀谷付近にかけての町工場の労働者たちの合作によって担われていた。ちなみに井之川の証言によれば、一九五〇年代前半において文化サークル（映画、演劇、コーラス、絵画なども含む）は、東京南部だけでも二百ほどもあったという。下丸子文化集団は、一九五一年七月から機関誌『詩集下丸子』を発行するようになったが、その立ち上げに参与した共産党中央からの文化オルグには、安部公房や勅使河原宏らの名前も散見される。

サークルのメンバーは、単に詩誌を発行するだけでなく、ビラ詩を書いて一般の人々に手渡したり、朝鮮戦争に反対するカベ詩を工場内に貼りつけたりもした。また彼らは、非合法の詩誌『石つぶて』とも提携関係にあったようである。この『石つぶて』の発行者名は、「民族解放東京南部文学戦線」となっており、当時の日本共産党の方針を色濃く反映しているものだと言える。GHQの占領下の当時は、『石つぶて』を所持しているだけで警察に拘留される事件も発生していたという。もちろん、それらのサークル活動のコンセプトである「文化工作者集団」とは、中国共産党の「文化工作隊」のひそみに倣ったものであった。

さらに井之川個人の行動として、当時の共産党の武装方針の中で伝説にもなった、山村工作隊への関与というものも証言されている。だが最もリアルなのは、『風媒花』の舞台のひとつともなっていた、軍管理工場内での反戦活動である。井之川の証言によれば、当時工場では、肉片がキャタピラに挟まった戦車が持ち込まれ、工場内での修理が行われていた。それは、レッドパージ以降のことであり、共産党の細胞は既に排除された後のことであった。にもかかわらず、そこではさらに、サボタージュや意図的な不良品の生産が為されるなど、労働者グループによる数かずの抵抗運動が断続的に発生していた。

ところで『詩集下丸子』第一号の「あとがき」を執筆したのは、戦前のプロレタリア文学を多少とも経験した人物、戦中においては中国戦線へと動員されながら（自らの努力で）胃潰瘍になって帰還した、サークル内では年長者の高島青鐘という労働者詩人であった。

ここで立ち止まって考えてみたいのは、戦前・戦中から持ち越されたある種のエネルギーというものが、そこで輝やいていた瞬間である。もちろん井之川が言うように、当時活発化していた「文学者の戦争責任」にかかわる議論などは、井之川らのグループにとっても、「両刃の剣であり、相手を突けば返す剣は自らの内側にまで深く突きささってくる」ものと認識されていた。しかしそうであるからこそ、かつての日本人による帝国規模の「生」は、戦後労働運動においても、決定的なモメントを有していたのではないかと思われる。それは、前述した下山事件や三鷹事件、松川事件といった謀略事件の矛先が、一〇万人もの人員整理への反対闘争に向けられていたことにも関与する。

振り返ってみたい史脈として、当時六〇万人にも達していた国鉄労働者の多くは、実のところは戦前（戦中）からの引揚者、また召集解除者を含んでいたという事実がある。つまり、そのような帝国の敗北とともに国内へと流入してきたエネルギーへの攻撃が、戦後東アジアの冷戦秩序の構築の一環として日本政府とＧＨＱの合作の下に遂行された、ということである。

再び五五年という画期

井之川の証言によれば、朝鮮戦争下の反戦運動とともに興隆した戦闘的サークルの多くは、一九五五年の日本共産党「六全協大会」において極左冒険主義として批判されることとなった。さらにサークルの活動は総体としても、翌年のスターリン批判などによって打撃を受け、徐々に下火になったとも言われている。一九五〇年代後半、井之川らが掲げていた「文化工作集団」は、彼が言うところの「通常の文学同人」と変わることのないサークルとして存続していくことになる。

井之川の証言の端々には、そこに指導部の判断ミスや組織の引き回しがあったとはいえ、個人的には自分たちが一九五〇年代前半に行った行動が正しく評価されていないことへの不満が燻(くすぶ)っている。加えて井之川が指摘するのは、方針の転換という要因以外にも、自分たちの集団が「年代のせいもあって次々に結婚し、子供をつくり、折からの高度成長、情報社会の波にのって、企業の中堅幹部として第二の人生を歩みだして……」といったように、サークル運動が下火に向かう六〇年代以降の社会経済的プロセスである。

ところで一九五五年は、前述した日本共産党の路線変更や朝鮮総聯の結成、そしていわゆる五五年体制の成立といった政治構造の転換を画するものでありつつ、実は日本社会全般の構造的変化を知らせる政治経済、さらに文化にも及ぶ大きなメルクマールでもあった。それは、翌年に出された経済白書の「もはや戦後ではない」という総括に象徴され、人口に膾炙されたものだが、ここではまた、事実確認的な話をひとまず進めたい。

大泉英次・山田良治編著『戦後日本の土地問題』(ミネルヴァ書房、一九八九年)によれば、一九五五年の大豊作をきっかけとして、農村から都市への労働人口の移動への熱が一挙に高まることになった。そういった移動の下地として、自作農を作り出そうとするGHQ主導下の農地改革があり、そこから派生した農地の細分化と、土地売買の自由化がある(農地の流動化は、一九七〇年代前半、日本列島改造論によってさらに完成に近づくことになる)。

その分析によれば、従来の日本の経済構造は、農林水産部門を主軸とする第一次産業からの蓄積を都市工業化へと投資する原初的蓄積期のそれであったが、この一九五五年を境にして、第二次産業を主軸とする日本経済の構造が次第に確立する。つまり一九五五年はのちには、「鉄が鉄を喰い、設備投資が設備投資を生む」ような、新しい経済構造へのテイクオフの起点として参照されることにもなった。一方、この新しい経済構造への移行は、農村において、米価設定と結びついた保守地盤の確立とともに、機械化=兼業化による農村共同体そのものの緩慢なエネルギーの消失を招くことに繋がった。

ここである詩人を呼び出そう。既に本書で取り挙げてきた、黒田喜夫である。川崎市と故郷(山形)とを往復しつつ詩作を重ねていた黒田喜夫の詩とは、まさに農村共同体の解体過程を戦後革命の挫折として表出していた。『地中の武器』(思潮社、一九六〇年)の冒頭に置かれた詩「鳥目の男」のトーンは、まさに敗北をかみしめる挽歌のようである。

おお村ソヴエト議長は帰る
長征は終わったのか
にがい近親の声が撃つ　おれは
死ぬために帰り

わが裏切りの処刑のための帰還だ
だが村はそらぞらしく解放され
馬小屋に矮小な機械が眠り
老いた母の座に資本主義的な
従兄弟たちが坐る
粘着する柱にすがり　それから
苦悶とともに炉の傍に倒れた
冷たくなつかしい土地
爪で土塊をむしりつつゲリラの血を流す残像が砕け
苦悶から草の敷物によこたわる死に落ちた
湧きあがる不所有の夢よ
移動する遊撃のイメージ
なだれてくる祖父たちの群れ
とめどなくらせん状に去って行こうとするが
処刑された躰は逆に
なじみ深くくぼむ一点に沈んだ

黒田の内部で感得されていた共同体の解体過程と、井之川がサークルの下降過程として認識していた社会経済的プロセスとは、ともに日本社会の劇的変化を物語っていたわけである。サークル運動を維持できなかった井之川は、「安保」に実践的にかかわっていた吉本隆明や、九州を中心にサークル運動を先鋭化させていた谷川雁らに深い共感を覚えつつ、忸怩たる思いで自分たちの荒廃のプロセスを眺めることになった。

だが、一九五五年の「六全協大会」から排除されざるを得なくなっていた「文化工作者」という理念自体は、一面ではしぶとく生き延びていた。谷川雁が上野英信や森崎和江、中村きい子、石牟礼道子らとともに福岡県中間市に移住し、「サークル村」を結成したのは、「六全協大会」から三年後の一九五八年のことである（ちなみにその翌年には『工作者宣言』が出版されることになる）。谷川らの活動は、明らかに一九五〇年代前半の戦闘的サークル運動のやり直しと継承を志向するものであり、煎じ詰めれば「六全協大会」が切り捨てた「何か」への回帰を敢行していたことになろう。

「土地と人間の自由」

ここで少しだけ立ち止まって、並行するもうひとつの議論の史脈を提示しておきたいと思う。それは、谷川が目指したところの、「六全協大会」が切り捨てた「何か」を掘り起こすための補助線となるものである。その「何か」とは、五〇年代前半の日本共産党の路線に強く関与した新中国成立の経緯から派生するものである。その「何か」は、先の黒田喜夫の詩片にも散在していたもので、結論から先に言うと、二〇世紀の非欧米地域の社会変革においては、ほとんど共有していた最大のテーマ「土地と人間の自由」をめぐる問題である。この「土地と人間の自由」をめぐる議論において、最も強く参照されたのが、中国革命の経験であり、特に一九四九年以降に中国共産党によって進展した「土地改革」である。

今日、一般的には、一九四九年の出来事は単に中国共産党による社会主義＝独裁体制が確立したとの一面的イメージを抱かせる。しかし当時、竹内好が強調していたように、一九四九年時点での新中国は、国民党革命委員会や中国民主同盟なども参加した、中国人民政治協商会議によって成立した新民主主義国家であり、初発の時点では共産党の指導性の優位なども謳われていなかった。中国政治研究者である天児慧(あまこさとし)の指摘によれば、この後、共産党の指導性の優位が追認されていく理由として、土地改革を遂行しながら抗日戦争を戦い、さらに一九四九年以後に土地改革を完成した経緯において、唯一共産党だけが全国津々浦々にその細胞（基層組織）を浸透させていった経緯がある。

ここで、最も微妙であり、かつ決定的なポイントとなるのが、当時の中国共産党と農民大衆との関係である。抗日期において勢力を伸ばした中国共産党が頼りとしたのは、農民大衆であり、またこの時、多くの共産党系の知識人が農村に入って活動していた。中共はその中で、農民大衆の意向を常に自身の政策の中にフィードバックする機能を十分に果たしていた。

しかしてその機能が大きく崩れ、急速な機械的な集団化が引き起こされるのは、実は朝鮮戦争停戦後のことであった。新中国成立当時まで共産党は、人民公社に到るような農村（土地）の集団化を急いではいなかった。ここで注釈しなくてはならないのは、農村の集団化とは国有化のことであり、農民の視点からすれば、一度手に入れた土地が今度は国の下へ召し上げられることであった。一般的に「土地改革」と呼ばれるものは、農民に土地を分配し、私有化することまでを意味していた。その次の段階において農村（土地）を集団化するかどうかは、情勢や時代の条件によるものであり、朝鮮戦争の時点まで、中国共産党は農村（土地）の集団化の意図がなかったと言われる。むしろ緩やかな土地政策を実行することが農民大衆との関係でも理に適っているとされていたのである。

のちに野村浩一・小林弘二が『中国革命の展開と動態』（アジア経済研究所、一九七二年）で明らかにしたのは、当時の土地政策の緩やかさが、江西ソヴィエト時代の旧ソ連を手本とした集団化が農民の離反を招いた教訓からもたらされたものであった、ということである。ここでの方針転換は、端的に旧ソ連の「模倣」からの離脱ということになる。つまり当時の農民の意識として、自分の耕す土地の権利が保証されたり、そこまで行かずとも地代や利息の軽減によって、一定の安堵感を示していたのである。しかし、朝鮮戦争が停戦となって以降の一九五五年前後、急速な集団化（人民公社化）が目指され、農民のものとなっていた土地は、結局のところ、国家の重工業化のための本源的蓄積のための資源とされたのである。

農村（土地）の集団化を急いだ主たる原因として、主にふたつあったされる。ひとつは、五〇年代前半において、地主の復活などの「揺り戻し」があった史実が指摘されている。地主の復活は、国民党支配の記憶を呼び覚ますことになり、特に旧国民党支配地域において、地主の消滅がもう一度、強く要請されるようになった。加えて第二に、「冷戦」を背景とした食料自給率の維持の要請とともに農村人口の固定化が要求された。農村から上納された富を都市の工業化へ振り向けるためである。また第三に人民戦争理論による内陸地方の兵站化が、強い説得力を持つことになった。例えばそのためにも、台湾からの反攻の危険がある沿海地域を犠牲にしつつ、経済的には非効率であるにもかかわらず、重慶などに代表されるが、内陸都市部での重工業化建設が優先されるところとなった。

総じて、新民主主義段階の緩やかな改革路線が放棄され、朝鮮戦争以降、とにかく国家の重工業化（軍事化）が急がれなければならず、そのために多大な農村への犠牲が要求されたのである。当時において、人民公社は農村での偉大な共産主義化の実験と宣伝されていたわけだが、後の分析からすれば、急速な国家工業化のために、農村と農民大衆を本源的蓄積のための「犠牲」にする施策であった。

ここまで一九五〇年代の中国社会の状況を整理したのは、「土地と人間の自由」をめぐる相克のテーマが、まさに一九五〇年代の日本社会の構造変化とある種の同時性を有しながらも、両者が対蹠的な社会現実を構成してしまった道筋を示したいがためである。冷戦状況を生き抜くために重工業化を志向しつつ食料の自給率を維持しようとしてきた新中国に対して、日本は西側「冷戦」の兵站基地とならんがために、むしろ食料自給率は、アメリカ合衆国によって戦略的に引き下げられたわけである（戦後の学校現場におけるパン給食、脱脂粉乳を思い起こそう）。日米安保体制は、まさにこの「アメリカ小麦戦略」によって実質的な基盤を先取され、そしてこの基盤は無意識化・自然化されたのである。実に軍事安保は、食料安保によってその基礎が形成されていった、ということになる。

話をまた元に戻そう。ここで考えてみたいのは、あくまでも中国革命における一九四九年からの「土地と人間の自由」の問題が孕んだ、日本社会に対するインパクトと射程の意味である。例えるなら、谷川雁が「毛沢東の詩と中国革命」（一九五八年）を書いた時点で、「彼等は私有を求めるのか、共有を求めるのか？　その分岐点こそは革命の真の十字路である」と語った思想史的意義である。ここで注意深くなる必要があるのは、一九五〇年代とは、新中国の政治社会の実態についての資料など、ほとんど入手し得ない時代であったという前提である。毛沢東の詩から何がしかのヒントをつかみ出そうとする谷川の試みなど、現在から考えた場合、ほとんど失笑を買うような行為であったのかもしれない。

しかしだからこそと言うべきか、谷川の中国革命に対する見方には、むしろ現在の中国研究にはない、ある種の思想的強度が確実に脈打っていたようにも感じられる。「彼等は私有を求めるのか、共有を求めるのか」という問いかけこそ、アジアにおいて前衛党と農民（民衆）の関係を規定する、最もセンシティブであり、かつ決定的なモメントであったのだから。

そして谷川はこの問いかけを、農村人口の加速度的流出が進行する一九五五年以降の日本の「辺境」において、最も熾烈な後退戦の中で発していた、ということになる。現在から眺めてみるならば、一九五〇年代後半から一九六〇年代前半にかけての谷川の試みは、日本社会の激変の最中にあって、まさに都市と農村を貫く精神的靭帯を「再建」することであった。ただし厳密に考えてみると、その「再建」への道は、ほとんど失敗を運命づけられていたわけであり、むしろロマン主義的な遡行への旅に近いようなものとして見えてしまう。谷川は、日本の近代化を受け入れた農民大衆のエートスについて、裏返された農民主義と痛罵し、「君たちは逃亡しているのではない。追放されているのだ」と言い続けた。谷川雁の一九五八年当時の口吻は、このようなものであった。

アジアにおいて近代化という概念がショックを与えるのは、それがぼう大な無にひとしい時間に刃向っているときだ。家の観念もその虚しさに対抗するために作り出された虚構にすぎないであろう。とすればこの虚構が破壊されたからといって、その立ち向っている数千年の無歴史的な時間が動かされたわけではない。観念の家、抽象の家などはどうでもよい……今も昔もそう考える人間の方が多かったにちがいない。問題はそのような人間が雨露をしのぐこと、一箇の泉を身近に持つこと、便所の傍らに位置することしかいまだに考えられないことにある。社会学者や法律家は「家」が近代化されたなどと百度も説明するだろう。しかし壊れたのは人間の「家」であって、牛小舎ではない。そして人々は牛になろうとひしめいているのだ。つまり家の崩壊、近代化とはある種の階層の没落を意味するだけのことだと私は考えている。

（谷川雁「農村の中の近代」『原点が存在する』より）

谷川は、決して単純な農村主義者ではなかった。谷川の有名な章句「東京に行くな、ふるさとを創れ」という言葉から感得される「故郷」とは、農村が実態としては既に破壊されつつあることを知っているが故の運動＝理念であったとも言える。それは、近代が対決しているモノの大きさと深さを知れというメッセージであり、谷川はその対決の最前線に身を置くことを、自らに課したわけである。この時の谷川は、ベンヤミンが言及したあの「新しい天使」と題されたクレーの絵――後ろ向きになりながら進歩の風に吹き飛ばされようとしている「歴史の天使」――さながらである。

ところで、自身の文化活動について「テーマではなくモチーフを、モチーフではなくマチエールを」と、むしろ芸術的前衛性を謳うような文句を繰り返していた谷川が、実際上の活動の限界に気づき始めたのは、「下向するシンボルを」（一九六一年）を書いていた時期であろうと思われる。「シンボル」への回帰。それは敗北というよりも、敗北のプロセスそれ自体の終焉をも意味した。年譜によれば、「下向するシンボル」が書かれた時期とは、三池炭鉱の労働争議にかかわって大正行動隊が結成され、さらに大量解雇の末に大正鉱業退職者同盟を結成していた頃である。

さて「下向するシンボル」において探し求められていたシンボルとは、果たして明治維新のもたらした近代の中に顕在化しなかった歴史的潜在性のことであり、実に古典的な問題機制ではあった。日本の知識人が繰り返し「近代の始原」に回帰しようとする身振り自体が、後発近代性を所与の条件とする彼らのロマン主義的傾向たることは言うまでもないことであろう。しかし、谷川のロマン主義的傾向が司馬遼太郎などの凡庸な保守主義者たちの遡行と決定的に違うのは、やはり自分たちの原点としての「故郷」を、まさに血塗られた近代の残骸として眺めようとする、尋常ならざる熱を帯びた態度である。

方法としての「故郷」

「農村と詩」（一九五七年）の中で、谷川は、この世の革新のためには「自分を構成する古く遠い因果律とそれを動かすための梃子（てこ）」が必要だとして、都市に住まう読者に「故郷」に向き合うことを求めていた。しかし谷川は、その「故郷」の欠如を言い表すのに、ある意味では最も特異な事例というものを取り挙げていた。谷川が言及したのは、満州や朝鮮で育った同世代が有する「故郷」観であった。谷川の「故郷」は決して平凡なものではなかった。

外地から帰って来た彼ら彼女らは、必ずしも自ら決断したわけではないにせよ、所属集団の選択によってそこを「故郷」とし、しかもまたその「故郷」を忘却せんとしていた。谷川にとっての「故郷」とは、所与の自然などではなく、人為的な選択や政策の結果としてあるもの、あるいは忘却することで復讐される「何か」であるのだ。その意味からも「帰らねばならぬ、誰ひとり歓迎する者のない故郷へ」という詩的なアジテーションは、一見すると典型的なロマン主義なものでありつつ、実際には、当時忘却されつつあった帝国の基盤という遺産を握り返す作業であった。

谷川の「故郷」概念は、ある時には「東洋的無」などの非時間的なイメージに寄りかかりつつも、しかしその本質的なところでは過去から現在までの奪い／奪われる「抗争」の場を指し示し続けていた。そういった歴史主体のイメージとしては別の章でも扱った、例えば黒田喜夫によって焦点化された満州帰りのある元作男「あんにゃ」――戦後の農地委員会で活躍した男で、のちの共産党の方針転換に翻弄されて自殺した人物――が思い出されるだろうし、さらに多種多様な引揚者や召集解除者の群れが想定されていただろう。

ともあれ、谷川の闘争の軌跡も、一九六五年において、谷川が自身のアジテーションを裏切って上京し、教育事業に専念しはじめた頃を画期として、ひとつのサイクルが閉じられてしまったと考えてよい。東京オリンピックを通過した一九六〇年代半ばとは、松本健一が述べたような、農村を基盤とした日本社会の崩壊が顕在化した時期である。一方ではそれは、戦前からの延長線上で生きている人間の歴史意識、地政感覚が消失する時期とも重なっている。

本章の冒頭で述べたことを真っ直ぐここに持ってくるなら、明治維新を昨日のことのように語ることのできた世代感覚の終焉を意味することになろう。既に述べたように、竹内好が企図していた一九六八年の明治百周年に際する記念行事は、政府以外では、「右」によっても「左」によっても、運動化することができなかったようである。


ただしかし、何がしかのきっかけによって「故郷」が再発見される瞬間は、私たちの下に繰り返し顕れるであろう——谷川は繰り返し、その可能性を未来に向けて語っていた。

一九六五年は、日韓基本条約締結の年であり、それはまた、朴慶植（パクキョンシク）の『朝鮮人強制連行の記録』（未来社）が世に出た年でもある。冷戦下、様々な形で伏流化していた「故郷」の記憶が、記録として再生されるひとつのチャンスを得た瞬間でもあった。このような歴史のチャンスを探し当てようとした別の例として、竹内好と鶴見俊輔との間で持たれた「本当の被害者は誰なのか」という対談がある。

この対談で取り上げられているのは、六六〇万人にものぼると見られる、日本人の外地からの「引揚」の記憶である。対談は、この記憶が尊い遺産であることを確認しつつも、それが甘美な追憶に終わるかもしれない危機感を共有している。対談の中では、かつての日本人の対外拡張の裏側で朝鮮人（中国人）の戦時動員（および強制連行）が進行し、また日本人の「引揚」と同時に朝鮮人（中国人）の「帰還」があったこと、さらにその「帰還」が激しい内戦への突入によって差し止められた事跡などが省察されている。つまり自分たちの苦難の物語の裏側には、自分たちとの間において、実はのっぴきならぬ因果律を形成するもうひとつの「物語」が同時並行的に進行している、という予感である。

この着想は、地理学のアンティポディース（「対蹠地点」、地球の反対側を示す）から得られたものであり、自分たちの物語がその対蹠地点に向けて投影されなければ、歴史意識の堕落に向かうことになる、とふたりは結論づけている。こういったロジックは、もちろん今日の歴史叙述の水準においては、おそらく常識の部類に属する構えではあるだろう。だが原理的に言って、只の今進行しつつある歴史意識の堕落について、さらにこの今において形成さるべき対蹠地点の在り処について、ほとんどの人間は気づくことができない。例えば、二〇〇二年秋からはじまった日本人「拉致」問題は、少なくともマスメディアのレベルでは、かつての日本人による朝鮮人（中国人）に対する（半）強制動員を思い出すことにも、また近くは金大中氏の「拉致」を想起することにも結びつかなかったのだ。

この対談で提起された「対蹠地点」という発想――竹内が「方法としてのアジア」と語った頃から、既に提出されていたとも言える――は、今後もさらに練り上げられなければならない発想であろう。例えば「引揚」をひとつの梃子として活用するなら、何らかの形で戦後秩序が構築され得ず、「引揚」が差し止められていた可能性から、今日までの日本人の「生」を想像してみることである。つまり例えば、朝鮮半島に在朝日本人が、台湾に在台日本人が、そして中国に在中日本人が膨大な数として残留せざるを得なかった可能性である。もちろん中国東北部では、旧ソ連の侵攻が「引揚」のプロセスを引き起こすと同時にまたそのプロセスを破壊し、その結果として「残留孤児（婦人）」に冷戦期を「故郷」で過ごさせることになった。

私たちが今、試みる価値があると思われるのは、そのような在アジア日本人として生きていたかもしれない「生」（あるいは死）を想起することではないだろうか。「拉致」問題が発生して以降の、如実な排外的な機運が持続する現在において、いわずもがな日本人は、確かに今も対蹠空間としての「アジア」の内部にあるということである。今この瞬間においても、「アジア」のどこかで確実に、「拉致」問題から投影されるべき何らかの対蹠地点が形成されつつあるに違いないのだから。

冷戦文化補論——パンデミックとオリンピック

現在の「冷戦」、過去の「冷戦」

新型コロナウイルスによる肺炎患者が日本の中で（あるいは港に留め置かれていたクルーズ船の中より）発見されてからの初期、よく「水際」作戦という言葉を聞くところとなった。国境を実体的なもの、なおかつ自然的なものとして想定するわけだが、ここで働いているのは、端的に「水際」で外からの「異物」を食い止めることで、何にも冒されていない、うまくやっていたはずの自分たちを守る身振りである。もちろん、この動向は全世界に波及しているものであり、日本だけが例外ではないのだが……。ただ、ひとつはっきりしているのは、安倍晋三首相の近辺の様子を観察している限り、彼が特に守りたかったのは、もちろん二〇二〇年夏の東京オリンピック大会であり、またこれを成功させることで、二〇一一年の福島第一原子力発電所の事故の後の「復興」を世界にアピールすることであった。

目下、安倍晋三とその側近によって次々に「対策」が打ち出されている、彼が政治家として追い求めている原イメージ（理想）とはどういうものなのか——これを探ってみるのも、日本の「冷戦文化」を解析するためのひとつのアプローチとなるかもしれない。

彼の著書『美しい国へ』（文春新書、二〇〇六年）によれば、安倍晋三がこよなく愛する映画作品として、『ALWAYS三丁目の夕日』（二〇〇五年）がある。内容について最大公約数的にまとめると、一九五八年の東京下町を舞台とし、徐々に東京タワーが完成に近づく様子が当時の日本人庶民の希望の象徴として描かれた昭和ノスタルジー、という具合となるだろう。本書の歴史の枠組みで言えば、この一九五〇年代後半からの高度成長期は、紛れもなく一九六四年の東京オリンピックへと接続され、ひとつのサイクルを形成するのであった。ちなみに一九五八年とは、彼の祖父、岸信介が首相を担っていた時期でもある。いずれにせよ、日本がオリンピックの開催に向けて「ワンチーム」を為していた時代――これこそが安倍晋三の原イメージ（理想）であった。本書の見方からすれば、この一九五八年とはまさに、日本が最も安定して冷戦構造の中にあった時期、ということは間違いなく言える。

さて、私たちは、近代オリンピックの歴史を振り返ってみた場合、それは如実に国際政治が行使される磁場にあったことを知っている。かつての戦中はさりながら、近過去においてもそうであった。特に、一九八〇年のモスクワ五輪から一九八四年のロサンゼルス五輪への流れには、今日では見逃されがちな冷戦構造の転換があからさまに顕現していた。

一九七八年のソ連によるアフガン侵攻を口実に、西側諸国はモスクワ五輪のボイコットを決めたが、四年後のロサンゼルス大会では逆にソ連を始めとした旧ソ連・東欧圏の不参加が、米国のグレナダへの軍事進攻を理由にして表明され、二大会続けての「片面」開催となった。このロス五輪の際にソ連と距離を置く、ユーゴスラビア、ルーマニアなどの参加もあったのだが、特に目立ったのは改革開放の最中の中国からの参加である。国際政治の解釈として、ロス五輪当時、中国とソ連は真っ向から対立しており、中国は対ソ連において米国と踏み込んだ同盟関係を持っていたことが思い出される。すなわちここには、冷戦構造が大きくねじれていた事実が克明に記録されているのだ。ちなみにこの時、中国は西ドイツやルーマニアに次ぐ数でメダルを獲得しているのだが、既に当時のロス五輪が「商業五輪」と呼ばれていた問題性に対しての批判は全く行っていなかった。

しかしてロス五輪は、近代オリンピックが資本主義から一定の距離をとっていた従来のイメージを大きく覆す大会として、後の範例となった。これ以後オリンピックは、資本によって価値付けられつつ、ヒト、モノ、情報が大胆に集中されると同時に拡散される場となった。すなわち、八〇年代を通じてオリンピックは経済のグローバル化を先んじて設定する実験場となったのであり、その効果のひとつとして、例えば一九八八年のソウル五輪もある。ソウル五輪は、韓国の経済的地位の確立を示すとともに、いわゆる「民主化」の後押しともなったと言われる。だがその一方で、八〇年代に徐々に浸透しつつあった経済のグローバル化の波に洗われ、ソ連・東欧圏はのちに一挙的崩壊に追い込まれることとなった。いずれにせよ、一九八〇年代よりの冷戦構造の崩壊過程は、経済のグローバル化の進展が国境を越えるヒトのエネルギーを昂進させずにはおかなかった結果だった、ということになろう。

さて翻って、ここで言いたいのは、経済のグローバル化を世界の規則として定着させたロス五輪以降のオリンピックと、ヒトやモノのこれまでにない膨大な移動がもたらした今回のパンデミック現象とは、実に同根の現象であり、出来事だということである。二〇二〇年の東京オリンピックとパンデミックが重なったことは、決して偶然のことではない。二〇〇三年のSARS（重症急性呼吸器症候群）の流行と北京オリンピック（二〇〇八年）のケースも、五年のタイムラグがあったにせよ、これも同根の出来事であったと言えるだろう。

さて、話を元に戻そう。新型コロナウイルス肺炎の流行にかかわって、日本を起点にした場合に、今後どのような長期的な影響が顕れるのか。紛れもなく、既にビジネスパースン、観光客、留学生の行き来をはじめとして、またモノの流通のうえでも日本と最も大きい交易の実績を持つ中国、そして韓国との関係に計り知れない影響が出てくる。近年「台頭する中国」に対する米国の警戒感に同調するように行動していた日本は、今後の中国とどのような関係を持つことになるのか。既にして日本は、中国を抜きにした経済活動など考えられない段階にあった。さらに今回の新型コロナウイルス肺炎による被害は、明らかに中国の消費力に頼った世界経済にも深刻な影響を与えずにはおかないだろう。その一方で、また日本と韓国との間に生じていた、歴史問題を媒介して停滞していた外交関係も今後どうなっていくのだろうか。

ここで特に韓国との関係について、冷戦史の角度から振り返ってみたい。今日を生きる日本人の多くの人々にとって、文在寅（ムンジェイン）政権からの韓国との外交関係の停滞と映る出来事は、かつての日韓関係の緊密さからの「後退」として感じられるようである。周知のように、植民地期における奴隷的搾取、いわゆる「徴用工」への補償問題に関して、文政権下の韓国最高裁が下した判決は、日本社会に大きな反応（反発）を引き起こしていた。先ほど「後退」と述べたことは、冷戦構造の配置の中で北の共和国に対抗するため、日本や米国が韓国の強い後ろ盾となっていた時期を起点にした「後退」ではあろう。

しかし冷静に振り返ってみた場合、そのような構図が機能し始めたのは、一九六五年の日韓基本条約の締結からのことである。『ALWAYS三丁目の夕日』が対象とした一九五八年においては、日本は中国だけでなく、韓国とも国交がなかった事実を思い起こしたい。つまりその時期、日本人は、（在日韓国・朝鮮人や在日中国人・台湾人を除いて）公的には韓国や中国と無関係に生きていた。さらに言えば、李承晩（イスンマン）政権の時代（一九四八〜六〇年）の間、特に朝鮮戦争停戦の後、いわゆる李承晩ラインを宣言した韓国政府と日本政府は、国交のない中で領土問題を抱え、相手を真っ向から批判していた。いわずもがなこの李承晩時代とは、冷戦真っ盛りの頃である。このような文脈を踏まえれば、今日の日本と韓国との関係は、この李承晩の時期のモードに戻ったということであり、実はかつての「冷戦」を、変形をともないつつ反復しているということになる。かつてと今の韓国が違うのは、韓国は徐々にであるが、脱アメリカの方向性をもちうようになってきているということである。

もちろん、ずっと動かない「冷戦」もある。本書の旧版が出されて以降、一五年前からの現在に思いを馳せた時に思い浮かんだのは、日本は北の共和国との往来がいまだ閉ざされたままだ、ということである。ただ別のアングルから見た場合、北の共和国にしても、幾度ものチャンスと失敗があったにせよ、北の共和国版「改革開放」が密かに、徐々に経済方面において動き出している（この流れに注目するならば、米国、日本による禁輸措置は微妙な問題を孕んでいる）。北の共和国版「改革開放」には、もちろん韓国との繋がり、また中国の一帯一路政策に乗るプランも潜在的にともなっている。例えば、二〇一八年に金正恩労働党委員長と文在寅大統領が首脳会談で取り交わした経済協力には、（大陸にまで接続する）南北の鉄道の開通とともに、東南アジアにまで広がる鉄道網への参入が謳われている。いずれにせよ、二〇二〇年は、新型コロナウイルスにより世界経済が混乱し、それがまた東アジアの国際政治関係に何らかの変化をもたらす大きな画期となるのではないか。

　では、今回のパンデミックの起点となった中国、特に中国にとっての冷戦とオリンピックとの関係に目を移してみよう。先ほど申したように、一九八四年のロス五輪によって、中国は自身の国際社会への登場を強く印象付けることに成功した。思うに、中国はある意味では、八〇年代の段階で、ソ連・東欧圏に先んじ、良し悪しはどうであれ、「改革開放」に踏み込んだことで、既に脱冷戦の方向に走り出していたと言える。そして一九八九年の六・四天安門事件を通過しつつ、ソ連・東欧圏のようには「社会主義」体制を崩壊させることなく、鄧小平の「南巡講話」（一九九一～九二年）を経て、のちに「中国の台頭」とも称されるような、経済のグローバル化の波に全面的に乗っていくのである。そのような「中国の台頭」が鮮明な姿を現したのが、既に近過去に属する二〇〇八年の北京オリンピックであった。しかして今日の中国は、かつて一九八〇年代のように米国と共同歩調を採ることはせず、また米国の側でも、「中国の台頭」による世界的ヘゲモニーの変化に神経を尖らすようになっていた。

特にトランプ大統領が登場する二〇一〇年代後半からは、米中は如実に「貿易戦争」に突入して現在に到っている。この状態に関して「新冷戦」とも称されていた中、現在では、新型コロナウイルス肺炎のパンデミックの波に米中ともに洗われるという、新たな局面に入っている。もとより米中貿易戦争は、お互いの貿易の自由度を狭め、また世界中に張り巡らされたサプライチェーンを切り合うことから、凡そ今度のパンデミック以前から、世界経済の停滞の最大要因とも見なされていた。そしてさらに今回のパンデミックを受け、米中が繰り広げていた「新冷戦」がいったいどういった方向に進むのかについて、簡単な判断は下せない状況である。

冷戦の「反復」

とはいえど、本書が特に力を入れて叙述したのは、東アジア冷戦史の中でも、特に一九五〇年代以降のことであった。ここに冷戦の原型というものが敷設された、と筆者は考えている。そこで旧版が出されてからの一五年の間に、ひとつの整理のあり方として、「冷戦」構造の反復のされ方、その法則性について整理してみたい。

もはや言うまでもなく、本書における東アジアの冷戦の敷設過程において最大のメルクマールとなるのは、サンフランシスコ講和条約の締結（一九五一年）とその発効（一九五二年）である。ただ振り返ってみて、この時に日本の再「独立」が急がれた要因としてあるのは、一九四九年の中華人民共和国の成立であり、その影響を受けた朝鮮戦争への突入という契機である。つまり、人民共和国の成立と（朝鮮戦争を間に挟んだ）サ条約の締結とは、冷戦構造が決定されるに到る作用と反作用を指し示している。

ここから着想を得て考えてみたのは、冷戦構造が旧来のものから別の形態へと変化する際に、前記のような作用と反作用が常にタイムラグをともなって現れる、という法則である。それは他においては、中国における一九六九年と一九七一（七二）年の間に見受けられたことである。一九六九年、中共の第九回全国代表者会議において、文革がひとつの節目をむかえたことが示された。この歴史的背景にあるのは珍宝島でのソ連との軍事的衝突であるが、文革のプロセスで言えば、混乱する都市の学園や工場での闘争を収束させるべく、解放軍を全面的に展開させ、多くの若者を下放させた。つまりそれらは、それまでの文革の実験に対する重大な変更であった。ある意味、この時に文革は事実上、その当初の目的からすれば、既に失敗に終わっていたということになる。このようなソ連との対立と文革の実験の失敗を受け、中共指導部は国内いよび国際環境の困難を打破するために、むしろ西側諸国との関係改善を指向し、一九七一年のニクソン米大統領の突如の訪中による米中接近、そして一九七二年の日中国交樹立が引き出されることになった。

もうひとつ例を挙げてみよう。今度は一九八九年と一九九一（九二）年の間の作用と反作用の構図である。一九八九年の六・四天安門事件の要因は、学生からの「民主化要求」もさりながら、都市部での改革開放政策の失敗こそが市民の怒りの根源にあり、決して学生たちの行動だけで説明できるものではない。当時、市場価格と公定価格との二重基準の間の矛盾が巨大なインフレーションを引き起こし、また多くの工場や不動産を民営化の名を借りて、多くの幹部が私有化したことへの怒りが頂点に達していた。周知の通り、この運動の収束とともに、西側諸国は中国に対する経済封鎖を発動したわけであるが、その二年後、国際的包囲を突破するため、一九九一年当時、（最高実力者）鄧小平は大胆な規制緩和によって投資を呼び込むきっかけを狙っていた。そして翌年一九九二年、鄧小平による「南巡講話」によって、中国は第二次「改革開放」とも呼ぶべき新たな段階に入ることが宣言された。特にこの時は、沿海都市部の開発を推し進めるために、農村部に多大な犠牲を押しつけつつ、私たちの知っているあの「中国の台頭」への軌道が生ずることとなった。ちなみにこの時一九九二年、日本政府が採った行動についても思い起こしておく必要がある。端的にそれは、平成天皇の中国訪問である。つまり結果としてこの行動は間違いなく、六・四事件後の中国の国際的孤立を緩和し、中国がグローバル化する世界に再び入るための条件作りに資したことになる。

今日において、以上のような文脈によって一九九〇年代後半よりの「中国の台頭」が可能となったと言える。そこでこのような「中国の台頭」に好印象を持たない日本の保守派の心情を探ってみると、以下のようなことがおそらくあるだろう。つまり、一九七二年の日中国交正常化は間違いではなかったのか、という疑惑。そしてまた、平成天皇の訪中は六・四事件の後の中国政府に対して日本からの支持と承認を与えた、間違った選択であった、という疑惑である。もちろんこのような「疑惑」にこそ、根深い「冷戦」思考が宿っているわけであるのだが。

いずれにせよ、「中国の台頭」が現実化し、中国が米国と同等に近い政治的発言権を国際社会において示そうとしていた最中において、新型コロナウイルス肺炎のパンデミックが世界を覆った。おそらく、全世界的にまた長期にわたって、国際経済が停滞するであろう。この中において、日本と中国、あるいは朝鮮半島との関係がどうなっていくか——実にこれをこそ考えてみたいのだが、これは並々ならぬ難題であり、別の機会に試みてみたい。

ここで言いたかったことは、冷戦構造が形を変えつつ「反復」される法則には、作用と反作用という力学が必ず働いていたということ——まさにそのように世界の未来は、決して単線的に進歩や安定に向けた軌跡を描くことはない、ということである。要は、そのような歴史が変わる際の力学に入っていくような観察眼を身に着けることである。

希望と潜在的可能性

この補論が書かれている最中の首相、安倍晋三は一九五四年生まれである。先に取り挙げた映画作品『ＡＬＷＡＹＳ三丁目の夕日』の内部の時間は一九五八年に設定されているのであれば、この年において安倍晋三は四歳であった（実にもの心がついた矢先である）。先に述べたように、この時期、まさに日本社会は東アジア冷戦体制の中で最も安定的な軌道の中にあった。そこでは、ほとんど米国以外の外部というものはなかった。つまり実際のところ、日本は米国の影響に包まれて存在し、大陸中国とも、朝鮮半島とも無縁に暮らしていたのである。いわば、日本人の多くは冷戦の只中を生きつつ、またその冷戦を最も意識せずに生きていられたわけでもある。ここにおいて、冷戦を意識しないことは最も冷戦内部の虜となっていた、という言い方が成立するであろう。先の『ＡＬＷＡＹＳ三丁目の夕日』について、昭和ノスタルジーと称したが、さらに言えば冷戦ノスタルジー、という言い方も成り立つであろう。

本書は、日本が冷戦的思考から如何に抜け出るのか、という課題を究極の目標としていたわけだが、まさに今はその希望の光と、冷戦の「反復」が激しくせめぎ合っている潮時である。もとよりの本書の任務は、冷戦構造の敷設とその構造転換のプロセスを掘り下げることで、日本、そして東アジアがそこから抜け出す可能性を探ることであった。

最後に付け加えることがあるとすれば、その未来の可能性として見えてくる、冷戦から抜け出た日本、そして東アジアの姿を想像することの必要性であろう。それは例えば、朝鮮半島の北の共和国の人々と、忌憚なく東アジアの平和と希望を語り合う未来の日である。あるいはまた、東アジアの諸地域に住まう人々が、冷戦下において作られた制度やイデオロギーの違いを尊重しつつ、共有し得る価値を再び作り直すことが可能となる未来の日である。それは極めて弱い潜在的可能性であるが、全く見えないわけではない。

あとがき（二〇〇五年度版）

本書は、私たちの「内なる冷戦」を見つめ直すことを目的とするものだったわけだが、そのことによって、今世界で一体何が起こっているのか——その現在性を解く手がかりが得られるかもしれない。この「あとがき」を書きつつある傍らでは（二〇〇五年冬）、イラクの総選挙にかかわるテレビニュースが流れている。そこでは、アメリカ合衆国によって主導された「自由」で「公正」な選挙が行われ、それに対して「妨害」工作が頻発している、と報道されている。イラク戦争は実際には終わっていないと思われるが、かつてそれが終わったとされた時期、アメリカ合衆国国内では、戦後統治のあり方をめぐって、かつて日本を統治した経験が論議されていた（と言われていた）。しかし、そのイラクにおける「自由」で「公正」なる選挙の現在を見る限り、この状況は、むしろ一九四八年に朝鮮半島の南半分だけで強行された単独選挙のこと、またその単独選挙に反対する人々が、米軍と共謀した勢力によって虐殺された事跡（済州島の四・三事件）——東アジアの冷戦体制を決定づけた事跡——を想起させるものである。イラクは今後、絶えざる内戦・分断過程に置かれていくような予感に晒されている。

さて、戦後のアメリカ合衆国が世界中で行ってきた戦争政策（分断政策）は、一九五〇年代には朝鮮半島と中国、さらに六〇年代にはベトナムへとその矛先を移動させて来たわけだが、七〇年代からは、もっぱら中東地域へのプレゼンスを強めていく。戦後から一貫してアメリカ合衆国が行ってきたこと、また実行できずに挫折した軌跡はすべて、戦争技術の格段の「進化」による変数はあるものの、つねに一貫したパターンにあったと思われる。つまり、敵を作り出し、それを撃滅せんとすること。

だがそこで重要なことは、そのような出来事の連鎖の中で、日本人が何を感じてきたか、またその出来事の中で日本は何ものであったか、ということである。本書で何度も論じたように、朝鮮戦争やベトナム戦争において、日本経済は、その合衆国の戦時経済のおこぼれにあずかる形で、漁夫の利を得てきた。そしてまさに、そのことは繰り返されている。イラクの戦争状況において使用されている特殊加工された部品や素材、「敵」を瞬時に走査する監視装置など、日本の企業に受注されたものが数多くある。すなわち、戦争によって、日本はまた儲けたわけである。

……と、実にうんざりするわけだが、そのような単純な認識さえ、日本では共有されていない。とにかく、こういったことをメディアは愚直に伝えていく必要がある。とはいえ、それ以上に重要なことは、そのような不感症的な態度、つまり私が本書で言おうとした「内なる冷戦」のことである。この思考習慣は、もちろん現在の北の共和国に対する日本のマスメディアの、極めて侮蔑的な報道手法をも含むものである。ここで興味深いのは、共和国バッシングの先頭に立ってきた「七光り」政治家、安倍晋三のことである。

彼は、六〇年に新安保条約を強行採決した岸信介の孫にあたる人物で、山口県(長州藩)が生んだ三世政治家ということになるが、彼の座右の書がまた吉田松陰(尊皇攘夷の始祖でありつつ、米国へも渡航しようとして失敗した)であるというのも、あまりにできすぎた話ではある。岸信介の回想にもあるように、長州藩には、幕末前後からロシアの南下に憂いを持つような気風があったらしい。このような地政学的想像の継承は、ある意味では百年単位の時を超えて、「反ソ」「反中国」「反北」、さらにまた「嫌韓」——つまり今日の「内なる冷戦」にまで繋がっているのではないか。さらに考えてみるに、安倍のような人間を三世として名指すこと、そして在日韓国人・朝鮮人の三世がちょうど働き盛りになっている時代のめぐり合わせというものも、近代日本の因果な関係を見る思いがする。

そして今、日本人の「内なる冷戦」思考に隠然たる揺さぶりをかけているのが、ここ数年の中国経済の伸張と政治的発言の増大に対する日本人の反応である。振り返ってみれば、百年以上もの間、日本は、中国との「近代化」の競争において、つねに自身が優位に立っている憶測のもとにあった。つまり、今その前提が崩れようとしているわけだ。ただ日本の経済界の一部は、日中国交回復時(一九七二年)と同様の思考スタイルで、つまり経済的な利害=関心に導かれた、「期待」をかけ続けている。しかしそのことは、やはり日本人の中国観のゆがみを根本的に正すことには繋がらない。むしろパターン化された中国観が放置されたまま、そのために様々な矛盾や葛藤が滞留し、また噴出してきているではないか。

総じて、私が「内なる冷戦」と呼ぶものは、実にアジア（と日本）における近代の到来にかかわって派生した長期的な構造そのものかもしれない。ここ百年の間に、日本人は様々な形でアジアと接してきた。その中には、物を介した交易や知識の伝播、また移民（植民地化）のみならず、戦争（侵略）という形式を通した接し方もあったろう。また、どのように相手を理解しようとしたのか、また相手を理解するとはいったいどのような営みであり得たのか、ごく少ない例ではあるが、苦闘の痕跡も散見される。例えばそれは、次のような自国と戦争状態にある中国に赴いた知識人の吐露に滲み出ているものである。以下の引用は、竹内好が日中戦争の最中、事実上日本の占領下に置かれた北京に滞在していた頃の日記である。竹内が北京に滞在していた間、主たる中国知識人は北京を脱出し、抗日戦争を持続する南方に移動してしまっていた。そこでの竹内は、中国の知識人との熱い交流もかなわず、また日本人として中国人から責められることもなく、歴史のエアポケットに入ったような奇妙な感覚を覚えていた。竹内は、日本側の警官がうろつく北京の街の中、不安を抱えて彷徨（さまよ）っていた。

僕は今度の旅行で身にしみて感じたのは、文化の政治と分かち難い一事である。僕は来る途々、たとえていえば路傍の一木一草にも政治を感じたる日本のような機構の複雑化した、それだけ擬制の多いところから、事実上の軍政の地へ来てみると、この印象はまことに歴々としている。軍事と政治と文化とは、あたかも一本の触手の如く動いているのだ。何故もっと基礎的な勉強をしておかなかったかと悔やまれる。複雑な現象を処理するのは一の人間的な能力であろう。孤立した学問の権威が痛快に失墜せしめられるのはこの種の時代である。人間的な能力、或は基本的な認識というものに欠ける淋しさはまことに堪え難いものである。このことはどうか銘記して頂きたい。

私がここから読み取ったのは、ひとりの知識人の無力感である。当時の北京では、日本側のエージェントと地元の中国人実力者たち、あるいは国民党・共産党などの影響下にある人間同士で、時に血を見るような熾烈な交渉が行われていた。しかし竹内は、そのような中国社会に分け入るための方法（認識）を持てず、またそのことに苛立っていた。そして竹内は、自身の認識の欠如を「淋しさ」と表現したのである。これは、単に相手の社会や文化を理解できない不全感である以上に、歴史に参入し得ないもどかしさが示す存在の「震え」のようなものであっただろう。

翻って、今の日本は、竹内が抱いたような意味において、実に「淋しい」社会となり果てているようである、しかも自覚を欠いたまま……。もちろん、本書で取り上げたようにその「淋しさ」を自覚し、またその「淋しさ」に必死に抵抗していた知識人もいたわけであり、それを歴史の遺産として如何に再生し得るのか——そのような問いを提出することが本書の最終的な目的であった。

さて、本書を書き上げるにあたり、つたない文章に目を向けてくれた双風舎の谷川茂氏にまず感謝したい。だがこの『冷戦文化論』の元々の生みの親は、やはり連載の企画を用意してくれた『早稲田文学』編集長、市川真人氏であった。ここに感謝とともにその名を記しておく。またこの場をお借りして、五〇年代の反戦運動への注目を啓示してくれた池上善彦氏（『現代思想』編集長、同氏は私を物書きの世界に引き入れてくれた）と、映像資料などでお世話になった四方田犬彦氏にも感謝を述べたい。そして最後に、日頃から学問の険しさをつねに身をもって教えてくれる台湾・中国研究者、松本正義氏に感謝の意を改めて表しておきたい。

二〇〇五年二月、三鷹市にて

増補改訂版に寄せて

本書は、二〇〇五年に出版された『冷戦文化論』（双風舎）の改訂版である。ニュアンスを多少変え、語句やデータを入れ替えたものの、大幅な改稿は施していない。それはどうしてなのか。まずは、旧版を草していた頃に感じていた日本に残存する「内なる冷戦」の軛、すなわち日本の冷戦的な思考パターンというものが、ここ十数年においてもさして変わっていないという感覚があるからだ。ただし日本において、かつてはあまり問題にされていなかったその軛のあり様が二〇〇五年段階よりもむしろ露わな桎梏となりつつある、という現在時にかかわる印象というものが実は私にはある。本書の復刊は、そのようなタイミングにおいて為された。

本書の復刊は、前回双風舎でお世話になった谷川茂氏のお声掛けにより、新たに論創社版として出していただくこととなった。ここに謹んで谷川氏に感謝する。

二〇二〇年四月、世田谷にて

冷戦期年表（一九四五〜一九七五年）

本年表は、コメンタール戦後五〇年編集委員会編『コメンタール戦後五〇年別冊　もうひとつの戦後へ』（社会評論社、一九九六年）の戦後日本思想史年表と、下川耿史編『昭和・平成家族史年表』（増補新装版、河出書房新社、二〇〇一年）を元に作成した。なお「文学・思想・論壇」に掲載した書籍・論文・記事については、発行月または掲載月を記し、日付は省略した。

社会・世相・運動

1945

03・10東京大空襲／06・23沖縄全滅、兵士と市民あわせて19万人死亡。／07・26ポツダム宣言／08・06広島に原爆投下／08・09長崎に原爆投下／08・15敗戦／08・25市川房枝らが婦人参政権獲得の運動を起こす／08・28連合軍最高司令官マッカーサー元帥が厚木到着／日本文学報国会解散／09・10GHQ、言論および新聞の自由に関する覚書発表。検閲開始／10・24GHQ、政治的・民事的・宗教的自由に対する制限撤廃の覚書／10・11戦後初の映画『そよ風』が封切り。主題歌「リンゴの唄」がヒット／GHQ、五大改革指令／10・24国際連合が成立／12・30新日本文学会結成

1946

01・01天皇が「人間宣言」／01・04GHQ、軍国主義者の公職追放を指示／02・01第一次農地改革実施／02・09日本農民組合結成／02・19部落解放全国委員会結成　02・24日本共産党、第五回大会で「平和革命」路線を採用／02・28戦後初の米映画『春の序曲』と『キュリー夫人』封切り／03・05チャーチル「鉄のカーテン」演説／04・27途絶えていたプロ野球公式戦が開幕／05・

文学・思想・論壇

1945

08高坂正顕「新しき試練へ踏出せ」『毎日新聞』／大仏次郎・穴倉恒孝・吉川英治・中村直勝ら「英霊にわびる」『朝日新聞』／10日本共産党出獄同志「人民に訴う」『アカハタ』／徳田球一「闘争の新しい方針について」『アカハタ』／美濃部達吉「憲法改正問題」『朝日新聞』／宮本百合子「新日本文学の端緒」『毎日新聞』／11福本和夫「新日本への一提言」『新生』／12福田恆存「近代日本文学の発想」『文学』／長谷川如是閑「敗けに乗じる」『文藝春秋』

1946

01中野重治「冬に入る」『展望』／埴谷雄高「死霊」連載第一回『近代文学』／宮本顕治・袴田里見「われら抗議す」『アカハタ』／02山川均「民主戦線のために」『改造』／04本多秋五「小林秀雄論」『近代文学』／坂口安吾「堕落論」『新潮』／日本共産党「第五回大会宣言」『前衛』／長谷川町子「サザエさん」連載開始『夕刊フクニチ』／05丸山眞男「超国家主義の心理と論理」『世界』

01戦後初のメーデー／GHQの指示により、軍国映画二万巻を焼却／05・03極東軍事裁判開廷／05・22第一次吉田内閣が発足／06・25吉田首相「第九条は自衛権の発動としての戦争も放棄したもの」と発言／07・06大日本帝国を「日本国」に改称／10・03在日朝鮮居留民団結成／10・11太平洋問題研究会再結成／11・01社会思想研究会結成／11・03日本国憲法、公布

1947

01・15新宿・帝都座で額縁ショー。初のヌードショー／02・12日本ペンクラブ再建大会。／04・05第一回知事・市町村長選挙／03・12米、対共産主義封じ込め政策「トルーマン・ドクトリン」発表／04・07労働基準法公布／04・20第一回衆議院議員選挙／10・05コミンフォルム設置／08・01新宿・帝都座で田村泰次郎原作『肉体の門』上演／12・12児童福祉法公布／12・22改正民法公布

1948

01・24文部省、朝鮮人学校の設立を認めず。四月に神戸で抗議デモ。GHQが非常事態宣言を出す／01・26帝銀事件／01・30インドでガンジー暗殺／03・25川島芳子、スパイ容疑で北京にて死刑／04・01旧ソ連、ベルリン封鎖開始／04・16東宝争議はじまる／05・01美空ひばり、歌手デビュー／05・04森田草平、日本共産党に入党。作家や演劇家の入党が相次ぐ／05・05旧ソ連引揚げ第一船「千歳丸」入港／05・14イスラエル建国宣言／06・13太宰治、入水心中／06・22文部省、国立大学設置法を決定／08・01大韓民国成立／08・29ヘレン・ケラー来日／09・09朝鮮民主主義人民共和国成立／09・18全日本学生自治会総連合（全学連）が結成集会／11・12極東軍事裁判、A級戦犯二五人に有

／06川島武宜「日本社会の家族的構成」『中央公論』／09文部省『くにのあゆみ』上下、日本書籍／10石川淳「焼跡のイエス」『新潮』／花田清輝『復興期の精神』我観社／11桑原武夫「第二芸術」『世界』

1947

02椎名麟三「深夜の酒宴」『展望』／03竹山道雄「ビルマの竪琴」『赤とんぼ』／田村泰次郎「肉体の門」『群像』／06小田切秀雄「戦争責任論」『朝日評論』／06・07石坂洋次郎「青い山脈」連載開始『朝日新聞』／07太宰治「斜陽」『新潮』／08武田泰淳「蝮のするゑ」『進路』／文部省「戦争の放棄」／10折口信夫『日本文学の発生史序説』斎藤書店／11大宅壮一「亡命知識人論」『改造』／宇野弘蔵『価値論』河出書房

1948

01石田栄一郎『河童駒引考』筑摩書房／清水幾太郎・松村一人・林健太郎・古在由重・丸山眞男・真下信一・宮崎音弥「座談会・唯物史観と主体性」『世界』／大岡昇平「俘虜記」『文學界』／06服部之総「東条政権の歴史的後景」『改造』／長谷川如是閑「国家理念の世界史的変革」『中央公論』／太宰治「人間失格」『展望』／07岸田国士『日本人とは何か』養徳社／10平塚らいてう「わたくしの夢は実現したか」『女性改造』／竹内好「指導者意識について」『総合文化』／11有賀喜左右衛門『日本婚姻史論』日光書院／竹内好「中国の近代と日本の近代」『東洋文化講座』第三巻／12三浦つとむ『哲学入門』

罪判決／12・10国連、「世界人権宣言」採択

1949

01・01家庭裁判所開設／GHQが「日の丸」の自由掲揚を許可／01・23第二回総選挙で共産党が三五議席／03・07ドッジ・ライン発表／04・04北大西洋条約締結／04・23一ドル三六〇円の単一為替レートを実施／05・06ドイツ連邦共和国成立／05・20旧ソ連が日本人捕虜の引揚げ再開発表／07・02旧ソ連からの引揚げ者二四〇人が共産党に一斉入党／07・04マッカーサーが「日本は共産主義の防壁」と声明／07・06下山事件／07・14歴史教育者協議会設立／07・15三鷹事件／08・17松川事件／10・01中華人民共和国樹立／10・07ドイツ民主共和国成立／12・09アメリカ占領地教育会議で南原繁が全面講和を主張

1950

01・01マッカーサーが日本の自衛権を認めると声明／01・06コミンフォルムが日本共産党を批判／02・01旧ソ連が細菌戦責任者として天皇の戦犯裁判を要求／02・10GHQ、沖縄に恒久基地を建設すると発表／04・22日本戦没者学生記念会（わだつみの会）結成／05・26引揚促進全国評議会が『ソ連残留者白書』でまだ一万九〇〇〇人が抑留されていると発表／06・06マッカーサー、『アカハタ』の発行禁止／06・25朝鮮戦争勃発／06・29朝鮮戦争で北九州地方に警戒警報が発令／07・08マッカーサー、警察予備隊創設指令／07・11日本労働組合総評議会（総評）結成／07・09韓国・釜山からの引揚げ第一船が博多港に到着。07・28新聞・報道・通信関係者のレッドパージはじまる／10・17文部省、学校行事の日の丸掲揚・君が代斉唱を復活

1949

01木下順二「夕鶴」『婦人公論』／井上清『日本女性史』三一書房／福武直『日本農村の社会的性格』東大協同組合出版部／04石川達三「風にそよぐ葦」『毎日新聞』／藤原てい『流れる星は生きている』日比谷出版社／竹内好「中国人の抗戦意識と日本人の道徳意識」『知性』／07三島由紀夫『仮面の告白』河出書房／今西錦司『生物社会の論理』毎日新聞社／10丸山眞男「肉体文学から肉体政治まで」『展望』／谷川徹三『戦争と平和』雲井書店／日本戦没学生手記編集委員会『きけわだつみのこえ』東大協同組合出版部／11島尾敏雄「出島孤記」『文藝』／久野収「平和の論理と戦争の論理」『世界』／12南博『社会心理学』光文社

1950

01大岡昇平「武蔵野夫人」『群像』／野間宏「青年の環」『文藝』／03三好十郎『恐怖の季節』作品社／04竹内均「日本共産党に与う」『展望』／今村太平「映画にあらわれた日本精神」『思想の科学』／05桑原武夫『文学入門』岩波新書／07井上光晴「書かれざる一章」『新日本文学』／青山秀夫『マックス・ウェーバーの社会理論』岩波書店／08丸山眞男・竹内好「座談会・被占領心理」『展望』／笠信太郎『ものの見方について』河出書房／08沖縄タイムス編『鉄の暴風』沖縄タイムス社／10高島善哉「生産力と価値」『思想』／11マーク・ゲイン『ニッポン日記』上下巻、岩波書店

1951

01・03ＮＨＫ、第一回紅白歌合戦を放送／01・24日教組、「教え子を再び戦場へ送るな」運動開始／03・20日本生活協同組合連合会創立／03・21『カルメン故郷に帰る』封切。日本初の総天然色映画／04・11マッカーサー解任／04・24桜木町事件／05・05「児童憲章」制定／05・16日本が正式に世界保健機関（ＷＨＯ）に加盟／07・28日本平和推進国民会議発足／08・21日本共産党、「五一年テーゼ」採択／09・08サンフランシスコ講和条約調印／09・10ベニス国際映画祭で『羅生門』がグランプリ／10・04出入国管理令公布／10・16日本共産党第五回全国協議会、民族解放民主革命路線を採択／10・24社会党臨時大会、講和・安保をめぐり左右に分裂

1952

01・18韓国、李承晩ラインを設定。漁船の拿捕頻発／02・13引揚擁護庁、第二次大戦中の南方地域での日本軍将兵戦死者数を、一二三万九七〇九人と公表／03・06吉田首相、「自営のための戦力は違憲に非ず」と国会答弁／04・10ＮＨＫ連続ラジオドラマ『君の名は』放送開始／サンフランシスコ講和条約発効、日本独立／05・01メーデーで警官隊とデモ隊が衝突。血のメーデー／05・02政府主催の全国戦没者追悼式／07・04破防法、衆議院で可決成立／08・06『アサヒグラフ』原爆被害初公開写真掲載号、五二万部が即日売り切れ／08・10原爆被害者の会が誕生／10・01日本共産党、総選挙で議席ゼロに／11・04アイゼンハワー、米大統領に／12・27戦後初のブラジル移民五家族一六人が熊本から出発。二九日には神戸から五四人が出発

1951

01小林秀雄「ゴッホの手紙」『芸術新潮』／竹内好・小椋広勝・久野収・土屋清・丸山眞男「座談会・現代革命論」『人間』／02遠山茂樹『明治維新』岩波全書／03無着成恭『山びこ学校』青銅社／04竹内好「毛沢東」『中央公論』／06思想の科学研究会編『「戦後派」の研究』養徳社／09寺田透「小林秀雄論」『群像』／09竹内好『現代中国論』河出市民文庫／10清水幾太郎『社会心理学』岩波全書／都留重人「講和と平和」『世界』／11堀一郎『民間信仰』岩波全書

1952

01武田泰淳「風媒花」『群像』／伊藤整「日本文壇史」『群像』／和辻哲郎『日本倫理思想史』上下巻、岩波書店／02飯塚浩二『日本の精神的風土』岩波新書／野間宏『真空地帯』河出書房／04手塚治虫「鉄腕アトム」連載開始『少年』／06中村光夫「占領下の文学」『文学』／08竹内好「国民文学の問題点」『改造』／伊藤整・臼井吉見・竹内好・折口信夫「座談会・国民文学の方向」『群像』／竹内好『日本イデオロギイ』筑摩書房／10大西巨人「俗情との結託」『新日本文学』／11火野葦平「戦争文学について」『文学界』／12中国農村慣行調査刊行会編『中国農村慣行調査』岩波書店／丸山眞男『日本政治思想史研究』東大出版会

1953

02・28吉田茂首相、バカヤロー解散／03・23中国からの集団引揚げ再開第一陣が京都・舞鶴港に入港／04・27阿蘇山大爆発／05・12内灘基地反対闘争／07・01防衛庁・自衛隊発足／07・27朝鮮休戦協定調印／08・01軍人恩給が復活／10・02池田・ロバートソン会談／10・08中京競馬場で第一回地方競馬／12・25奄美大島が日本復帰

1954

01・07造船疑獄摘発／01・27米で初の原潜ノーチラス号が進水／01・18左右社会党が合同／02・01マリリン・モンロー来日／02・19日本初の国際プロレス大会、力道山・木村組とシャープ兄弟の対戦／03・01アメリカ、ビキニ環礁で水爆実験、日本の漁船「第五福竜丸」被曝／03・12吹き替え映画第一号としてディズニーの『ダンボ』封切り／05・07インドシナ戦争、ディエンビエンフー陥落／06・28周恩来・ネール会談／07・20インドシナ休戦協定調印／08・08原水爆禁止運動全国協議会（原水協）結成／09・06ヴェネチア映画祭で黒澤明『七人の侍』と溝口健二『山椒大夫』が銀獅子賞／09・26台風一五号により北海道・函館港で青函連絡船「洞爺丸」など四隻が沈没、死者行方不明者一一五五人／11・03日本初のSF映画『ゴジラ』封切り

1955

01・17ウィーン・アピール（原子力兵器禁止）／02・19日本ジャーナリスト会議設立／04・18バンドン会議／05・08砂川基地闘争／05・14ワルシャワ条約締結／07石原慎太郎が「太陽の季節」を『文学界』に発表／07・08厚生省、『売春白書』で公娼が全国で五〇万人と発表／07・18ジュネーブ首脳会議／07・27日

1953

01井上清『天皇制』東大出版会／02林屋辰三郎「民族意識の萌芽的形態」『思想』／08「モラリストとはなにか」『三田文学』／10家永三郎『日本近代思想史研究』東大出版会／12有沢広巳『再軍備の経済学』東大出版会

1954

01竹内好『国民文学論』東大出版会／03伊藤整『女性に関する一二章』中央公論社／武田泰淳「ひかりごけ」『新潮』／鶴見俊輔『大衆芸術』河出新書／06桑原武夫編『フランス百科全書の研究』岩波書店／佐藤忠男「任侠について」『思想の科学』／08岡本太郎『今日の芸術』光文社／09小島信夫「アメリカン・スクール」『文学界』／中村光夫『日本の近代小説』岩波書店／10花田清輝『アヴァンギャルド芸術』未來社／11竹内好「吉川英治論」『思想の科学』／石田雄『明治政治思想史研究』未來社／12宇野弘蔵『経済政策論』弘文堂／庄野潤三「プールサイド小景」『群像』

1955

02平野謙・臼井吉見・佐々木基一・竹内好・山本健吉「座談会・第三の新人・戦後文学・平和論」『改造』／03小田切秀雄「思想における平和共存」『新日本文学』／川島武宜「イデオロギーとしての家族制度」『世界』／04中村真一郎「西欧文学と日本文学」『文学界』／05大宅壮一「『無思想人』宣言」『中央公論』／06広津和

本共産党第六回全国協議会(六全協)、「極左冒険主義」路線を自己批判／08・06第一回原水爆禁止世界大会広島大会／08・24森永ヒ素ミルク事件／09・05日ソ交渉で旧ソ連抑留者名簿を手交、旧ソ連は元軍人一〇一一人、民間人三五四人と発表／10・13日本社会党統一大会／11・14日米原子力協定調印／11・15保守合同、自由民主党結成

1956

02・14旧ソ連共産党第二〇回大会、フルシチョフのスターリン批判／03・16インドネシア・モロタイ島から元日本兵の岸啓七ら九人が帰国／03・31長崎平和公園が完成／04・18コミンフォルム解散／05・02毛沢東、「百家争鳴」演説／05・04原子力三法公布／05・17石原裕次郎、映画『太陽の季節』でデビュー／05・24売春防止法公布／07・18『経済白書』が「もはや戦後ではない」と宣言／10・19日ソ国交回復の共同宣言／10・23ハンガリー事件／12・13旧ソ連、日本人戦犯を全員釈放すると発表／12・18日本が正式に国連加盟／12・25那覇市長選挙で沖縄人民党の瀬長亀次郎当選／12・26旧ソ連から最後の集団帰国者一〇二五人を乗せた「興安丸」が舞鶴港に入港、累計四七万二九三〇人帰国

1957

01・16労農党、社会党と統一／01・30群馬県の米軍演習場で、米兵ジラードが薬きょう拾いの農婦を射殺／02松本清張の「点と線」が雑誌『旅』で連載開始／02・05岸信介内閣成立／03・04光文社、神吉晴夫編『三光』を右翼の圧力により発売中止／03・13チャタレー裁判最高裁判決で訳者と出版社の有罪確定／05・15英、クリスマス島で第一回水爆実験／05・17引揚者給

郎『松川裁判』弘文堂／07石原慎太郎「太陽の季節」『文学界』／大塚久雄『共同体の基礎理論』岩波書店／09大河内一男『戦後日本の労働運動』岩波新書／11遠山茂樹・今井清一・藤原彰『昭和史』岩波新書

1956

01三島由紀夫「金閣寺」『新潮』／鶴見俊輔「知識人の戦争責任」『中央公論』／04三浦つとむ「スターリンは如何に誤っていたか」『知性』／05埴谷雄高「永久革命者の悲哀」『群像』／06村上兵衛「天皇の戦争責任」『中央公論』／五味川純平『人間の条件』全六巻、三一書房／羽仁五郎『明治維新史研究』岩波書店／吉本隆明・武井昭夫『文学者の戦争責任』淡路書房／10松田道雄「戦争とインテリゲンチア」『思想』／11深沢七郎「楢山節考」『中央公論』／久野収・鶴見俊輔『現代日本の思想』岩波新書／黒田寛一『スターリン主義批判の基礎』人生社／12上田耕一郎『戦後革命論争史』上下巻、大月書店／丸山眞男『現代政治の思想と行動』上下巻、未來社

1957

02加藤周一「天皇制について」『知性』／梅棹忠夫「文明の生態史観序説」『中央公論』／丸山邦男「ジャーナリストと戦争責任」『中央公論』／藤田省三「現代革命思想の問題点」『中央公論』／04丸山眞男・埴谷雄高・竹内好・江口朴郎「座談会・現代革命の展望」『世界』／社説「安保は改定さるべきである」『朝日新聞』／06遠藤周作「海と毒薬」『文学界』／07邸永漢「台湾人を忘

付金等支給法、公布／06・27第二次砂川事件／08・26旧ソ連、ICBM実験成功／10・01日本が国連の非常任理事国に／10・04旧ソ連、人工衛星第一号打ち上げ／11・23毛沢東、「米帝国主義は張り子の虎」と発言

1958

01・01日本、国連安保理非常任理事国に／02・03若乃花、第四五代横綱に。栃若時代はじまる／02・24ラジオ東京(現TBS)が『月光仮面』放送開始／03・12最高裁、公務員の政治活動制限を合憲と判決／04・18衆議院、原水爆禁止決議／05・30B・C級戦犯一八人が巣鴨拘置所を仮出所。巣鴨プリズン閉鎖／05・26社会主義学生同盟結成／07・13中国引揚げ最終船「白山丸」、五七九人を乗せ舞鶴港に入港／10・05仏、第五共和国発足／10・13ラジオ東京がテレビドラマ『私は貝になりたい』を放送／12・10共産主義者同盟(ブント)結成／12・21ドゴール、仏大統領当選

1959

01・01キューバ革命／03・09浅沼社会党書記長、中国で「米帝国主義は日中人民共同の敵」と発言／04・10皇太子結婚、テレビ中継の視聴者は推定一五〇〇万人／04・15日米安保条約改定阻止の第一次統一行動／06・30沖縄・宮森小学校に米軍ジェット機墜落／08・13在日朝鮮人の北朝鮮帰還に関する日朝協定調印／09・15フルシチョフ訪米／09・26伊勢湾台風／09・30フルシチョフ訪中、中ソ対立激化／11・02水俣病問題で漁民がチッソ工場へ乱入／11・12厚生省、「水俣病は有機水銀の中毒」と結論／11・27安保阻止第八次統一行動、デモ隊国会構内で集会／12・15第一回日本レコード大賞で水原弘「黒い花びら」が受賞

れるな」『中央公論』／08吉本隆明「戦後文学は何処へ行ったか」『群像』／09大野晋『日本語の起源』岩波新書／11江藤淳「奴隷の思想を排す」『文学界』

1958

03小林勝『断層地帯』全五巻、書肆パトリア／土門拳『ヒロシマ』研光社／04竹内好「権力と芸術」『権力と芸術』／05桜井徳太郎『日本民間信仰論』雄山閣／福武直『社会調査』岩波全書／07橋川文三「文学史と思想史」『思想』／08安井郁『民衆と平和』大月書店／09矢内原忠雄編『戦後日本小史』東大出版会／11吉本隆明「転向論」『現代批評』／佐藤忠男『裸の日本人』光文社／谷川雁『原点が存在する』弘文堂

1959

01共産主義者同盟「全世界の獲得のために」『共産主義』／思想の科学研究会『共同研究・転向』全三巻、平凡社／03清水幾太郎『論文の書き方』岩波新書／羽仁進「カメラのマイクの論理」『中央公論』／04高見順『敗戦日記』文藝春秋／05久野収・鶴見俊輔・藤田省三『戦後日本の思想』中央公論社／07堀田善衛『上海にて』筑摩書房／08都留重人・丸山眞男・加藤周一「座談会・現代はいかなる時代か」『朝日ジャーナル』／10谷川雁『工作者宣言』中央公論社／11竹内好「近代の超克」『近代日本思想史講座七』筑摩書房

1960

01・19新安保条約・行政協定調印／01・24民主社会党結成（のちに民社党と改称）／01・25三井三池炭坑で解雇反対闘争はじまる／02南米移民移住者八七家族が「ぶらじる丸」で神戸から出航／03・16李承晩、韓国大統領に当選／04・26韓国、四月革命。李承晩退陣要求一〇万人デモ、李辞職す／05・19政府、警官隊導入して新安保条約を強行採決／05・21グァム島で元日本兵の皆川文蔵を発見／05・28岸首相、「声なき声」発言／06・03大島渚『青春残酷物語』封切り。七月には吉田喜重『ろくでなし』、八月には篠田正浩『乾いた湖』など、「日本の新しい波」とよばれる作品の封切り相次ぐ／06・04安保阻止第一次実行行使、全学連主流派国会突入、樺美智子死亡／06・17新聞社七社宣言／06・19新安保条約自然成立／06・20初のロングサイズのタバコ「ハイライト」発売。六〇円／07・19池田勇人内閣成立／08・01山谷で労働者ら暴動、交番に投石・放火／09・10カラーテレビ放送開始／09・05池田首相が高度経済成長と所得倍増計画を発表／10・12浅沼社会党委員長、一七歳の右翼少年に刺殺される／11・28深沢七郎の「風流夢譚」に対し宮内庁・右翼が抗議し、掲載元の中央公論社が謝罪

1961

01アジア・アフリカ作家会議日本協議会結成／02・01深沢七郎「風流夢譚」に右翼が反発し、版元の中央公論社社長・嶋中鵬二宅を襲う／03・15『宴のあと』事件／04・11イスラエルでアイヒマン裁判／04・12旧ソ連、史上初の有人飛行船打ち上げに成功／06・06自立農家の育成を目的とする農業基本法成立／08・01釜ヶ崎暴動／08・13東独、ベルリンの壁構築／11・24国連総会、

1960

01江藤淳「小林秀雄論」『声』／吉本隆明「戦後世代の政治思想」『中央公論』／三島由紀夫「宴のあと」『中央公論』／土門拳『筑豊のこどもたち』パトリア書店／松本清張「日本の黒い霧」『文藝春秋』／02竹内好「戦争責任について」『現代の発見』第三巻、春秋社／橋川文三『日本浪漫派批判序説』未來社／宮本常一『忘れられた日本人』未來社／05「戦中遺文」『新潮』／06竹内好「民主か独裁か」『図書新聞』／荒畑寒村『寒村自伝』論争社／07谷川雁「私の中のグアムの戦死」『思想の科学』／08篠原一・日高六郎・斉藤真・竹内好「安保改定反対闘争の成果と展望」『思想』／上野英信『追われゆく坑夫たち』岩波新書／09島尾敏雄「死の棘」『群像』／古在由重『思想とは何か』岩波新書／10大西巨人「神聖喜劇」『新日本文学』／樺美智子『人知れず微笑まん』三一書房／谷川雁・吉本隆明・埴谷雄高・森本和夫・梅本克己・黒田寛一『民主主義の神話』現代思潮社／12深沢七郎「風流夢譚」『中央公論』／竹内好「五・一九前後の大衆行動について」『思想の科学会報』

1961

01フォイヤー・竹内好・永井道雄・丸山眞男・宮城音弥「座談会・知識人・東と西」『思想の科学』／02小田実『何でも見てやろう』河出書房／神島二郎『近代日本の精神構造』岩波書店／04谷川雁『戦闘への招待』現代思潮社／05香川健一「構造改革派の思想と方法」『現代思想』／06竹内好『不服従の遺産』筑摩書房／大林太良『日本神話の起源』角川書店／柳田國男『海上の

核兵器使用禁止宣言／12・16世界平和評議会ストックホルム会議／12・21『思想の科学』天皇制特集号が発売中止、廃棄／12・23『ウエストサイド物語』ロードショー

1962

02・24東京で日韓会談開始／03・22韓国・尹大統領辞職、朴正熙大統領代行に／04・26全労・総同盟・全官公・全日本労働総同盟組合会議(同盟会議)結成／05・17サリドマイド児が問題化／06・01朝日放送で「てなもんや三度笠」放送開始／朝日放送で上方コメディー「てなもんや三度笠」放送開始／07・03アルジェリア独立／08・06原水禁世界大会、旧ソ連核兵器問題で分裂／08・12堀江謙一、ヨットで単独太平洋横断／08・15厚生省、終戦当時の外地での生死不明者のうち、約一万六〇〇〇人が消息不明だと発表／10・22キューバ危機／11・30竹内好ら「中国の会」結成

1963

01・01フジテレビ「鉄腕アトム」放送開始／01・07旧ソ連『プラウダ』紙が中国を名指しで「教条主義者」と批判／01・09政府、米原潜寄港申し入れを「原則的に同意」と発表／02・16熊本大で水俣病の原因をチッソの工場排水と発表／03・31吉展ちゃん事件／04・01革共同第三次分裂(中核と革マルに)／05・01狭山事件／06・20米ソ間にホットライン敷設／06・22坂本九の「スキヤキ・ソング」、米で一〇〇万枚突破／08・15政府主導の第一回全国戦没者追悼式／10・15朴正熙、韓国大統領に当選／11・09三井三池鉱でガス爆発、死者四五七人／11・10共産党、中ソ論争で「自主独立」の立場を表明／11・22ケネディー米大統領、暗殺／12・08力道山が刺され、一五日に死亡

道』筑摩書房／09宇都宮徳馬「日中復交と極東の平和」『世界』／10清水慎三『日本の社会民主主義』岩波書店／11丸山眞男『日本の思想』岩波新書／貝塚茂樹『諸子百家』岩波新書

1962

01吉本隆明「丸山眞男論」『一橋大学新聞』／会田雄次『アーロン収容所』中公新書／03竹内好「思想団体の原理と責任」『週刊読書人』／06星野安三郎「改憲論の背後にあるもの」『世界』／多田道太郎『複製芸術論』勁草書房／07竹内好「小新聞の可能性」『思想の科学』／日高六郎「大衆運動の思想」『新日本文学』／坂本義和「平和運動における心理と論理」『世界』／08『現代史資料』全四五巻、別巻一、みすず書房／10福本和夫『革命運動裸像』三一書房／竹内好・吉本隆明・日高六郎・山田宗睦「座談会・六二年の思想」『思想の科学』

1963

01住谷一彦『共同体の史的構造論』有斐閣／02尾崎秀樹『近代文学の傷跡』普通社／03斉藤孝・福田歓一・佐藤昇・藤田省三・竹内好「座談会・中ソ論争と現代」『世界』／04見田宗介「調査記録・日常性と革命のあいだ」『思想の科学』／06石堂清倫『中ソ論争』青木書店／08竹内好「アジア主義の展望」『現代日本思想体系第九巻』筑摩書房／09廣松渉「マルクス主義と自己疎外論」『思想』／林房雄「大東亜戦争肯定論」『中央公論』／11むのたけじ『たいまつ十六年』企画通信社／12竹内好・鶴見俊輔・橋川文三・山田宗睦「座談会・大東亜共栄圏の理念と現実」『思想の科学』

1964

03・28東大の大河内学長、卒業式で「太った豚になるより、やせたソクラテスになれ」と告辞／04・01日本、国際通貨基金（IMF）に移行／海外旅行自由化／04・08共産党、四・一七ストに反対表明／04・28日本、経済協力開発機構（OECD）に加盟／06・16新潟を中心に大地震／08・02トンキン湾事件、ベトナムに米が直接介入はじめる／08・28政府が原潜寄港を承認／10・01東海道新幹線開業／10・10東京オリンピック開幕／10・15フルシチョフ解任、後任にブレジネフ書記長／11・03米大統領にジョンソンが当選／11・09佐藤栄作内閣成立／11・10全日本労働総同盟（同盟）結成／11・12原潜シードラゴン号が佐世保港に入港、反対闘争激化／11・17公明党結成

1965

01・08韓国、ベトナムに派兵／01・28慶大で学費値上げに反対する全学スト。以降、東北大やお茶の水女子大などに広がる／02・07米軍、北ベトナム空爆開始／02・23全国出稼ぎ者総決起集会開催／04・24「ベトナムに平和を！市民文化団体連合」（ベ平連）発足／06・12家永三郎、教科書検定違憲訴訟を提起／06・22日韓基本条約調印／07・29米軍、沖縄発の飛行機で北ベトナムを空爆開始／少年ライフル魔事件／10・12日韓条約批准阻止闘争、一〇万人国会請願デモ／11・08日本テレビでナイトショー番組の草分け「11PM」放送開始／11・10日本原子力発電の東海発電所、初の商業送電を開始／12・04日韓条約強行採決

1966

01・02TBSで「ウルトラQ」放送、怪獣ブーム到来／01・18早

1964

01竹内好「日本人のアジア観」共同通信配信／02上山春平・竹内好・大熊信行・五味川純平・林房雄「座談会・大東亜戦争をなぜ見直すのか」『潮』／藤子不二雄「オバケのQ太郎」連載開始『少年サンデー』／05中根千枝「日本的社会構造の発見」『中央公論』／宇野弘蔵『経済原論』岩波全書／06荒木経惟「さっちん」『太陽』／色川大吉『明治精神史』黄河書房／07臼井吉見「安曇野」連載開始『中央公論』／岩田弘『世界資本主義』未來社／08安田武『戦争文学論』勁草書房／10竹内好「一九七〇年は目標か」『展望』／11中島嶺雄『現代中国論』青木書店／12白土三平「カムイ伝」連載開始『ガロ』

1965

01中野重治「甲乙丙丁」『群像』／竹内好「周作人から核実験まで」『世界』／岡村昭彦『南ベトナム戦争従軍記』岩波新書／03明石康『国際連合』岩波新書／04見田宗介『現代日本の精神構造』弘文堂／05朴慶植『朝鮮人強制連行の記録』未來社／06小林秀雄「本居宣長」『新潮』／大江健三郎『ヒロシマ・ノート』岩波新書／尾崎秀樹『大衆文学論』勁草書房／中野好夫・新崎盛暉『沖縄問題二十年』岩波書店／07小島信夫「抱擁家族」『群像』／09竹内好・福田恆存「対談・現代的状況と知識人の責任」『展望』／金子光晴『絶望の精神史』光文社／10安部公房『砂漠の思想』講談社

1966

01平野謙「わが戦後文学史」『群像』／吉野源三郎「七〇年問題

大全学スト／02・04全日空機、東京湾に墜落／02・27第一回物価メーデーで「お嫁に行けない物価高」のプラカード／05・16中国で文化大革命はじまる／06・28三里塚芝山連合空港反対同盟結成／06・29ビートルズ来日／07・04新東京国際空港の建設地を成田市三里塚に閣議決定／09・01共産主義者同盟（第二次）再建／09・18サルトルとボーヴォワールが来日／10・03ラジオ関東（現・ラジオ日本）で初の終夜放送「オールナイト・パートナー」開始／10・21ベトナム反戦統一スト／11・12共産主義者労働者党結成／12・17三派全学連結成

1967

02・06米がベトナム戦争で枯れ葉剤の使用開始／02・11初の「建国記念日」／04・05岡山大・小林教授が富山県イタイイタイ病の原因が三井金属の排水と発表／04・16東京都知事に美濃部亮吉が当選、初の革新都知事／04・18厚生省、新潟・阿賀野川流域の水銀中毒の原因を旧昭和電工の排水と発表／06・05第三次中東戦争／07・01ヨーロッパ共同体（EC）成立／09・01四日市ぜんそく患者が初の大気汚染公害訴訟を提訴／10・09チェ・ゲバラの戦死をボリビアが発表／11・04渋谷のゴーゴー大会に一万五〇〇〇人が参加／11・15沖縄・小笠原諸島返還などで佐藤・ジョンソン共同声明／12・11佐藤首相、非核三原則を声明／12・22沖縄放送協会、沖縄本島でテレビ本放送を開始

1968

01・19米原子力空母エンタープライズ、佐世保入港／01・東大闘争はじまる／02・20金嬉老事件／03・16米軍、ベトナムのソンミ村で虐殺／03・13米、北爆停止／04・04キング牧師暗殺／04・05小笠原返還協定調印、二六日に復帰／05・04パリで学生

について」『現代の眼』／石田雄・日高六郎・福田歓一・藤田省三「座談会・戦後民主主義の危機と知識人の責任」『世界』／02桑原武夫編『中江兆民の研究』岩波書店／山辺健太郎『日韓併合小史』岩波新書／05高橋和己『孤立無援の思想』河出書房／09大塚久雄『社会科学の方法』岩波新書／10サルトル「知識人の役割」『朝日ジャーナル』／11吉本隆明「共同幻想論」『文藝』／玉野井芳郎『マルクス経済学と近代経済学』日本経済新聞社

1967

01大江健三郎「万延元年のフットボール」『群像』／大岡昇平「レイテ島戦記」『中央公論』／02きだみのる『にっぽん部落』岩波新書／中根千枝『タテ社会の人間関係』講談社現代新書／04赤塚不二夫「天才バカボン」連載開始『週刊少年マガジン』／05川島武宜『日本人の法意識』岩波新書／07竹内好・武田泰淳「対談・私の中国文化大革命観」『文藝』／10鶴見良行「日本国民としての断念」『潮』／鶴見俊輔『限界芸術論』勁草書房／12大城立裕「沖縄で見る羽田事件」『展望』／江上波夫『騎馬民族国家』中公新書

1968

01高森朝雄作・ちばてつや画「あしたのジョー」連載開始『週刊少年マガジン』／02家永三郎『太平洋戦争』岩波書店／04本多勝一『戦場の村』朝日新聞社／05永原慶二『日本の中世社会』岩波書店／つげ義春「ねじ式」『ガロ』／07宇井純『郊外の政治学』

デモ激化（五月革命）／05・27日大で学園闘争はじまる／06・28東大全学共闘会議（全共闘）結成／07・01核拡散防止条約調印／08・15旧ソ連、チェコ侵攻／10・17川端康成にノーベル文学賞／10・23明治百年記念式典／11・01政府が明治百年記念の恩赦を決定／11・05ニクソンが米大統領に当選／12・10三億円事件発生／12・21米宇宙船アポロ8号、打ち上げ。月面をテレビ中継／12・28学園紛争の影響で、東大が史上初の入試中止を決定。

1969

01・19東大安田講堂、機動隊により封鎖解除／02・09五〇〇〇人乗りジャンボ旅客機「ボーイング七四七」が米で初飛行／02・18日大文理学部、機動隊により封鎖解除／03・01京大で機動隊と学生が衝突／05・23政府、初の『公害白書』を発表／06・12日本初の原子力船「むつ」進水／06・29新宿西口広場のフォークソング集会に七〇〇〇人／07・10同和対策事業特別措置法公布／07・20アポロ11号、月面着陸／08・27山田洋次『男はつらいよ』第一作公開／10・04TBSで『8時だよ!全員集合』放送開始／10・07文部省、高校生の政治的なデモや集会への参加を禁止／11・21佐藤・ニクソンが沖縄復帰共同声明／11・26全国スモンの会結成

1970

03・03女性誌『anan』（平凡出版、現・マガジンハウス）創刊／03・14日本万国博開催／03・18カンボジアでクーデター、ロン・ノル政権樹立／03・31赤軍派、日航機「よど号」をハイジャック／04・20『朝日新聞』の調査で、東京の消費者物価が世界一だと判明／05・01米軍、北爆を再開、カンボジアに侵攻／05・06プロスキーヤーの三浦雄一郎、エベレストで三㎞の滑降

三省堂／三島由紀夫「文化防衛論」『中央公論』／08大田昌秀「本土にとっての沖縄とは何か」『世界』／田川建三『原始キリスト教史の一断面』勁草書房／寺山修司『書を捨てよ町へ出よう』芳賀書店／羽仁五郎『都市の論理』勁草書房／09水上勉「水俣病問題の社会的責任」『朝日新聞』／内田芳明『ヴェーバー社会科学の基礎研究』岩波書店

1969

01大田昌秀「戦後沖縄の民衆意識」『世界』／山口昌男「道化の民俗学」『文学』／石牟礼道子『苦界浄土』講談社／02島尾敏雄『琉球弧の視点から』講談社／03池田浩士「闘争の底辺から底辺の闘争へ」『情況』／04司馬遼太郎『坂の上の雲』全六巻、文藝春秋／05田口富久治『社会集団の政治的機能』未來社／平岡正明『ジャズ宣言』イザラ書房／06柄谷行人「〈意識〉と〈自然〉」『群像』／梅棹忠夫『知的生産の技術』岩波新書／08加藤周一『言葉と戦車』／本多勝一『戦場の村』／10平田清明『市民社会と社会主義』岩波書店

1970

01藤子不二雄「ドラえもん」連載開始『小学一〜四年生』／川満信一「わが沖縄」『展望』／沼正三『家畜人ヤプー』都市出版社／02奥平康弘『表現の自由とはなにか』中公新書／04宮田登『都市民俗論への課題』未來社／朴慶植「三・一独立運動の歴史的前提」『思想』／06清水知久・和田春樹「米軍解体とわれわれ」『米国軍隊は解体する』三一書房／07小西誠『反戦自衛官』合同

に成功／06・23日米安保条約自動延長／反安保闘争で全国一三二の大学が授業放棄／08・04革マル派の学生が中核派のリンチで死亡／08・30植村直己、北米最高峰マッキンリーに単独登頂。世界初の五大陸最高峰を征服／10・01国鉄、「ディスカバー・ジャパン」の観光キャンペーンを開始。爆発的な人気をよぶ／11・14初のウーマンリブ大会／11・25三島由紀夫、市ヶ谷の自衛隊駐屯地で割腹自殺／12・20コザ暴動

1971

01・13沖縄の米軍が第一次毒ガス撤去／02・11日本など四〇カ国が海底軍事利用禁止条約に調印／02・22三里塚、第一次強制執行／03・28中国とピンポン外交開始／05・14婦女連続殺人の大久保清が逮捕される／05・19沖縄全軍労・教職員会・自治労などが沖縄返還協定反対でゼネスト／06・13『ニューヨーク・タイムズ』が国防総省の「ベトナム秘密報告書」掲載開始／06・17沖縄「返還」協定調印／07・09キッシンジャーが秘密裏に訪中し、周恩来と会談／07・20マクドナルド第一号店が銀座に開店／07・30岩手県雫石町で、全日空機に自衛隊機が衝突。乗客一六二人が死亡／08・15ニクソン米大統領、ドル防衛策を発表、ニクソンショック／09・16三里塚、第二次強制執行／09・29新潟水俣病訴訟で患者側勝訴／10・03日本テレビで「スター誕生」放送開始。合格者第一号は森昌子／10・22日朝両国赤十字の「帰還協定」による北朝鮮への最終帰還船が新潟港を出航。一二年間に八万九六九二人の在日朝鮮人が北朝鮮へ／10・25中国が国連代表権獲得／11・24沖縄「返還」協定、衆院本会議で強行承認

出版／08江藤淳『漱石とその時代』新潮社／中野好夫・新崎盛暉『沖縄・七〇年前後』岩波新書／10平恒次「『琉球人』は訴える」『中央公論』／11桑原史成『写真記録・水俣病一九六〇—一九七〇』朝日新聞社／佐藤忠男『日本映画思想史』三一書房／12金達寿『日本の中の朝鮮文化』刊行開始、講談社

1971

01石母田正『日本の古代国家』岩波書店／早乙女勝元『東京大空襲』岩波新書／02新川明「叛骨の系譜」連載開始『沖縄タイムス』／伊藤正孝『南ア共和国の内幕』中公新書／土居健郎『「甘え」の構造』弘文堂／03宇井純『公害言論』亜紀書房／北山修『戦争を知らない子供たち』ブロンズ社／松本健一『若き北一輝』現代評論社／04本多勝一『殺される側の論理』朝日新聞社／05姜在彦『近代朝鮮の思想』紀伊國屋新書／見田宗介『現代日本の心情と論理』筑摩書房／06尾崎秀樹『旧植民地文学の研究』勁草書房／中岡哲郎『工場の哲学』平凡社／08谷川健一「沖縄の日本兵」『展望』／板坂元『日本人の論理構造』講談社現代新書／09大島渚・竹内好・陳舜臣・橋川文三「座談会・日本人の中国認識」『朝日ジャーナル』／唐十郎『腰巻きお仙』現代思潮社／11上野英信『天皇陛下万歳』筑摩書房／福田歓一『近代政治原理成立史序説』岩波書店／宮田光雄『非武装国民抵抗の思想』岩波新書

1972

01・24グアム島で元日本兵の横井庄一を発見／02・03アジア初の冬季オリンピック（第一一回）が札幌で開催される。三五カ国が参加／02・16連合赤軍の永田洋子と森恒夫を逮捕、リンチ殺人が判明／02・19浅間山荘事件／02・19ニクソンが訪中、米中首脳会談／03・26奈良県明日香村の高松塚古墳で、極彩色の壁画が発見される／04・01沖縄返還交渉にからむ外務省機密文書漏洩事件で、外務事務官・蓮見喜久子と毎日新聞記者・西山太吉を逮捕／04・16川端康成、ガス自殺／05・13大阪ミナミの「千日デパート」ビル火災で、一一八人が死亡／05・15沖縄が日本に復帰、沖縄県発足／05・30日本赤軍、テルアビブ事件／06・17米でウォーターゲート事件／07・07田中角栄内閣成立／07・24四日市公害訴訟、患者側勝訴／08・09イタイイタイ病訴訟、患者側勝訴／09・29日中国交正常化／10・28パンダが上野公園へ

1973

01・01連合赤軍の森恒夫、東京拘置所で自殺／01・27パリでベトナム和平協定調印／02・14円、変動相場制に移行／03・20水俣病裁判で患者側勝訴／04・24国労と動労、遵法闘争／07・20アムステルダム空港離陸後の日航機が、連合赤軍の丸岡修らを含むパレスチナ・ゲリラに乗っ取られる／07・27共産党と創価学会が、相互不干渉・共存の一〇年協定を公表／08・08韓国の金大中、東京で拉致／09・11チリでクーデター、アジェンデ大統領が自殺／09・20日本、北ベトナムと国交樹立／09・21天皇、「終戦は私の決定」と米誌の質問に返答／09・23公衆電話にプッシュホンが登場／10・06第四次中東戦争勃発／12・10三億円事件、時効成立

1972

01小田実『世直しの倫理と論理』上下巻、岩波新書／金子光晴『日本人について』春秋社／03市井三郎・大野力・斉藤真・高畠通敏・竹内好・中沢護人・鶴見俊輔「シンポジウム・天皇制特集号廃棄事件の今日的意味」『思想の科学』／本多勝一『中国の旅』朝日新聞社／中村政則「日本帝国主義成立史論」『思想』／04都留重人『公害の政治経済学』岩波書店／05大城立裕「同化と異化のはざまで」『朝日ジャーナル』／山崎朋子『サンダカン八番娼館』筑摩書房／06有吉佐和子『恍惚の人』新潮社／08作田啓一『価値の社会学』岩波書店／09竹内好「講和の原点」『朝日ジャーナル』／10思想の科学研究会編『共同研究・日本占領』徳間書店／石原吉郎『望郷と海』筑摩書房／阿部謹也「ハメルンの笛吹男伝説の成立と変貌」『思想』／11丸山眞男「歴史意識の『古層』」『歴史思想集』筑摩書房

1973

02大熊一夫『ルポ・精神病棟』朝日新聞社／03鈴木明『南京大虐殺のまぼろし』文藝春秋／04柴田三千雄『パリ・コミューン』中公新書／T・K生「韓国からの通信」掲載開始『世界』／06和歌森太郎『天皇制の歴史心理』弘文堂／07ねずまさし『天皇家の歴史』上下巻、三一書房／千田夏光『従軍慰安婦』双葉社／12鎌田慧『自動車絶望工場』現代史出版会

1974

01・09田中首相タイ訪問、バンコクの学生が反日デモ／01・15田中首相インドネシア訪問、ジャカルタで反日暴動／03・10フィリピンのルバング島で元日本兵小野田寛郎を救出／04・12衆院内閣委員会で靖国法案強行採決／04・19名画「モナリザ」を東京国立博物館で日本初公開／07日本アジア・アフリカ作家会議結成／08・08ニクソン米大統領辞任、後任にフォードが就任／10・22『文藝春秋』の追求により田中首相の金脈が問題化、11・26に辞任／11・18フォード米大統領、現職として初の来日／12・09三木武夫内閣成立

1975

03・14中核派本多書記長、革マル派どの内ゲバで死亡／04・17プノンペン陥落、カンボジアでポル・ポト派政権掌握／04・30ベトナム戦争終結／07・17沖縄の「ひめゆりの塔」を訪れた皇太子夫妻、火焔瓶を投げられる／07・19沖縄国際海洋博覧会が開幕／08・02日本赤軍、クアラルンプールの米・スウェーデン両大使館を占拠／08・15三木首相、私人の資格で靖国神社に参拝／10・31天皇「原爆投下は気の毒だったが、やむをえなかった」とテレビ録画中継の記者会見で発言／11・26公労協、スト権スト

1974

03なだいなだ『権威と権力』岩波新書／内村剛介『呪縛の構造』現代思潮社／松下竜一『暗闇の思想を』朝日新聞社／05家永三郎『検定不合格・日本史』三一書房／08釜共闘・山谷現闘委編集委員会編『やられたらやりかえせ』田端書店／09鶴見良行「アジアを知るために」『展望』／10山上たつひこ「がきデカ」連載開始『週刊少年チャンピオン』／松本重治『上海時代』全三巻、中公新書／吉野源三郎『同時代のこと』岩波新書／11立花隆「田中角栄研究」『文藝春秋』

1975

02奥村宏『法人資本主義の構造』御茶の水書房／加藤周一『日本文学史序説』上下巻、筑摩書房／04有吉佐和子『複合汚染』上下巻、新潮社／05今村仁司『歴史と認識』新評論／中沢啓治『はだしのゲン』第一巻、汐文社／山口昌男『文化と両義性』岩波書店／08井上清『天皇の戦争責任』現代評論社／色川大吉『ある昭和史』中央公論社／竹中労『琉歌幻視行』田畑書店／09竹内好編『アジア学の展開のために』創樹社／10矢野暢『南進の系譜』中公新書／山崎正和『藝術・変身・遊戯』中央公論社／11大谷保昭『戦争責任論序説』東大出版会／12小林英夫『「大東亜共栄圏」の形成と崩壊』御茶の水書房／子安美智子『ミュンヘンの小学生』中公新書

参考文献

I……竹内好「敵」『竹内好全集第九巻』筑摩書房　一九八一年（初出は『近代文学』一九五九年四月）
竹内好「近代の超克」『竹内好全集第八巻』筑摩書房　一九八一年（初出は『近代日本思想史講座』第七巻　一九五九年）
竹内好「大東亜戦争と吾等の決意」『竹内好全集第十四巻』筑摩書房（初出は『中国文学』第八〇号、一九四二年一月）
カール・シュミット『大地のノモス』新田邦夫訳　福村出版　一九七六年
カール・シュミット『陸と海と―世界史的一考察―』生松敬三・前野光弘訳　福村出版　一九七一年
カール・シュミット『パルチザンの理論』新田邦夫訳　福村出版　一九七四年
絓秀実「方法としてのフェティシズム」『小説的強度』福武書店　一九九〇年
臼井吉見『戦後文学論争』番町書房　一九七二年
毛沢東「持久戦について」『毛沢東選集第二巻』外文出版社　北京　一九六八年

II……カール・シュミット『陸と海と―世界史的一考察―』
カール・シュミット『大地のノモス』
ポール・ヴィリリオ『戦争と映画』石井直志・千葉文夫訳　UPU出版　一九八八年
エドガー・スノー『中国の赤い星（上・下）』ちくま学芸文庫　一九九五年
吉本隆明『藝術的抵抗と挫折』未來社　一九六三年
吉田満『戦艦大和ノ最後』講談社　一九七四年
吉田満『戦中派の生死観』文藝春秋　一九八〇年
梅棹忠夫『文明の生態史観』中公文庫　一九七四年
川勝平太『文明の海洋史観』中公叢書　一九九七年
保田與重郎『蒙疆』（保田與重郎文庫一〇）新学舎　二〇〇〇年
黒田喜夫『詩と反詩〈黒田喜夫全詩集・全評論集〉』勁草書房　一九六八年
竹内好「北京日記」『竹内好全集第十五巻』筑摩書房　一九八一年
福田和也『保田與重郎と昭和の御代』文藝春秋　一九九六年
加藤典洋『敗戦後論』講談社　一九九七年
加藤典洋『戦後的思考』講談社　一九九九年

Ⅲ……武田泰淳『滅亡について』岩波文庫　一九九二年
武田泰淳『武田泰淳全集1』筑摩書房　一九七一年
吉本隆明『藝術的抵抗と挫折』未來社　一九六三年
徐京植『半難民の位置から』影書房　二〇〇二年
平野共余子『天皇と接吻』草思社　一九九八年
フロイト『夢判断』高橋義孝訳　岩波文庫　一九六九年
四方田犬彦編著『李香蘭と東アジア』東京大学出版会　二〇〇一年
増村保造著、藤井浩明監修『映画監督　増村保造の世界』ワイズ出版　一九九九年

Ⅳ……池田浩士『火野葦平論―〔海外進出文学〕論第一部―』インパクト出版会　二〇〇二年
上山春平『大東亜戦争の遺産』中公叢書　一九七二年
松本健一『死語の戯れ』筑摩書房　一九八五年
橋川文三『歴史と体験―近代日本精神史覚書―』春秋社　一九六八年
竹内好『近代の超克』冨山房百科文庫　一九七九年（初出は「近代化と伝統」『近代日本思想史講座七』筑摩書房　一九五九年）
竹内好編『アジア主義』（現代日本思想体系九）筑摩書房　一九六三年
竹内好『竹内好全集第九巻』筑摩書房　一九八一年
吉本隆明『擬制の終焉』現代思潮社　一九六二年
今村昌平他編『戦後映画の展開』岩波書店　一九八七年

Ⅴ……田川和夫『日本共産党史』現代思潮社　一九六五年
田川和夫『戦後日本革命運動史』現代思潮社　一九七〇年
高峻石『戦後朝・日関係史』田畑書店　一九七九年
西村秀樹『大阪で闘った朝鮮戦争』岩波書店　二〇〇四年
蔵田計成『新左翼運動全史』流動出版　一九七八年
金石範『転向と親日派』岩波書店　一九九三年
梁永厚『戦後・大阪の朝鮮人運動1945-1965』未來社　一九九四年

VI……カール・シュミット『陸と海と―世界史的一考察―』
「特集／検証　戦後沖縄文学」『敍説』XV、花書院　一九九七年
島尾敏雄『島尾敏雄非小説集成（1）（2）（3）』冬樹社　一九七三年
新崎盛暉『戦後沖縄史』日本評論社　一九七六年
屋嘉比収「「国境」の顕現」『現代思想』vol.31-11　二〇〇三年九月号
新城郁夫『沖縄文学という企て』インパクト出版会　二〇〇三年
DeMusik Inter編『音の力　沖縄「コザ沸騰編」』インパクト出版会　一九九五年

VII……奥野芳太郎編著『在外邦人引揚の記録』毎日新聞　一九七〇年
多田茂治『石原吉郎「昭和」の旅』作品社　二〇〇〇年
保阪正康『瀬島龍三―参謀の昭和史』文藝春秋　一九八七年
成田龍一「「引揚」に関する序章」『思想』二〇〇三年一一月号
『季刊　中帰連』（中国帰国者連絡会、一九九七年～）
内村剛介『失語と断念』思潮社　一九七九年
ヴィクトル・カルポフ『スターリンの捕虜たち』長瀬了治訳　北海道新聞社　二〇〇一年
セルゲイ・I・クズネツォフ『シベリアの日本人捕虜たち』岡田安彦訳　集英社　一九九九年
エレーナ・カタソノワ『関東軍兵士はなぜシベリアに抑留された』白井久也監訳　社会評論社　二〇〇四年

VIII……思想の科学研究会編『共同研究　集団―サークルの戦後思想史』平凡社　一九七六年
井之川巨『偏向する勁さ』一葉社　二〇〇一年
野村浩一・小林弘二編著『中国革命の展開と動態』アジア経済研究所　一九七二年
天児慧『中国　溶変する社会主義大国』東京大学出版会　一九九二年
大泉英次・山田良治編著『戦後日本の土地問題』ミネルヴァ書房　一九八九年
天川晃・荒敬その他編『GHQ日本占領史　33　農地改革』日本図書センター　一九九七年
谷川雁『原点が存在する』弘文堂　一九五八年
黒川喜夫『詩と反詩』勁草書房　一九六八年

丸川哲史（マルカワ・テツシ）

1963年和歌山県生まれ。一橋大学大学院言語社会研究科博士号取得。現在、明治大学政治経済学部兼教養デザイン研究科教員。専攻は、日本文学評論、東アジア現代思想史。著書に、『台湾、ポストコロニアルの身体』（青土社）、『リージョナリズム』（岩波書店）、『帝国の亡霊』（青土社）、『竹内好』（河出ブックス）、『台湾ナショナリズム』（講談社選書メチエ）、『中国ナショナリズム』（法律文化社）、『魯迅出門』（インスクリプト）、『思想課題としての現代中国』（平凡社）など。

論創ノンフィクション 002
冷戦文化論 増補改訂版

2020年7月1日　初版第1刷発行

著　者　丸川哲史
発行者　森下紀夫
発行所　論創社
東京都千代田区神田神保町 2-23　北井ビル
電話　03（3264）5254　振替口座　00160-1-155266

カバーデザイン　宗利淳一
組版・本文デザイン　アジュール
校　正　小山妙子
印刷・製本　中央精版印刷株式会社
編　集　谷川 茂

ISBN 978-4-8460-1938-9 C0095